Mineko Iwasaki

en colaboración con Rande Brown

Vida de una geisha

MOSAICO

Barcelona • Bogotá • Buenos Aires • Caracas • Madrid • México D.F. • Montevideo • Quito • Santiago de Chile

Los derechos para esta edición fueron cedidos por Simon & Schuster. La traducción al
español a cargo de Ma. Eugenia Ciocchini fue cedida por Ediciones B para esta edición
de Mosaico en 2003.

Título original: *Geisha. A Life.*
Traducción: M.ª Eugenia Ciocchini
1.ª edición: noviembre 2002
© 2002 by Mineko Iwasaki
© Ediciones B, S.A., 2002
  Bailén, 84 - 08009 Barcelona (España)
  www.edicionesb.com
  www.edicionesb-america.com

Publicado por acuerdo con el editor original,
Pocket Books, una división de Simon & Schuster, Inc

Impreso en U.S.A. - Printed in U.S.A.
ISBN: 84-666-0875-3

Mineko Iwasaki

en colaboración con Rande Brown

Vida de una geisha

Traducción de M.ª Eugenia Ciocchini

En Japón, estado insular de Asia oriental, existen unos distritos especiales, llamados *karyukai*, que están dedicados al disfrute de los placeres estéticos. En estas comunidades viven y trabajan las *geishas*, profesionales instruidas para las artes.

El término karyukai significa «el mundo de la flor y el sauce». Así toda geisha es en esencia hermosa, como una flor, y a la vez elegante, flexible y fuerte, como un sauce.

En los trescientos años de historia del karyukai, ninguna mujer se ha atrevido a desvelar sus secretos: nos lo han impedido las reglas tácitas de la tradición y el carácter sagrado de nuestra peculiar actividad.

Pero creo que es el momento de hacerlo. Quiero que se conozca cómo es en realidad la vida de una geisha, repleta de singulares exigencias profesionales y colmada de compensaciones. Son muchos los que sostienen que fui la mejor geisha de mi generación y, en verdad, coseché más éxitos que cualquier otra. Sin embargo, con los años esa vida devino asfixiante para mí, y hube de abandonarla.

Hacía mucho tiempo que deseaba narrar esta historia.

Me llamo Mineko. Aunque éste no es el nombre que me puso mi padre al nacer: es mi nombre profesional. Lo llevo desde los cinco años, cuando me lo asignó la jefa de la familia de mujeres que habría de criarme conforme a la tradición de las geishas. El apellido de la familia es Iwasaki, y me adoptaron legalmente como heredera del mismo y sucesora a regentar el negocio cuando tenía diez años.

Comencé mi carrera muy pronto, pues ciertos acontecimientos que viví a la edad de tres años me convencieron de que aquélla era mi auténtica vocación.

Me trasladé a la casa de geishas Iwasaki cuando aún no tenía cinco años y un año después comencé mi formación artística. Me encantaba el baile. Se convirtió en mi pasión; me entregué a él con gran fervor. Estaba decidida a ser la mejor y creo que lo conseguí.

La danza me ayudaba a seguir adelante cada vez que los demás requerimientos de la profesión me resultaban en extremo pesados. Literalmente, ya que no sobrepaso los cuarenta y cinco kilos, y un quimono y los adornos para el cabello suelen alcanzar los veinte. Era una carga excesiva. Yo me habría contentado con bailar, pero las exigencias del sistema me obligaron a debutar como *maiko* cuando todavía era una geisha adolescente a los quince años.

La casa de geishas Iwasaki estaba ubicada en el distrito de Gion Kobu de Kioto, el karyukai más célebre y tradicional de todos. Es la comunidad en la que viví durante toda mi carrera profesional.

En Gion Kobu no nos referimos a nosotras mismas como geishas (que significa «artistas»), sino que usamos un término más específico: *geiko* o «mujer del arte». Una clase de geiko, famosa en el mundo entero como símbolo de Kioto, es la joven bailarina conocida como maiko o «mujer de la danza». En consecuencia, en adelante emplearé las palabras geiko y maiko a lo largo del presente libro.

A los veinte años «me cambié el cuello», cumpliendo así con el ritual de transición que simboliza el paso de maiko a geiko. A pesar de todo, a medida que iba consolidándome en la profesión, me sentía cada vez más decepcionada por la intolerancia de nuestro arcaico sistema. Por ello traté de impulsar reformas tendentes a promover las oportunidades educativas, la independencia económica y los derechos laborales de las mujeres de la comunidad, pero mi incapacidad para cambiar las cosas me desalentó hasta el extremo de que, al final, decidí retirarme y, para disgusto de los más conservadores, lo hice en pleno apogeo de mi fama, a la edad de treinta años. Cerré la casa de geishas Iwasaki, que entonces estaba bajo mi dirección, embalé los preciosos objetos que contenía y los valiosos quimonos, y me marché de Gion Kobu. Me casé y ahora tengo una familia.

Viví en el karyukai durante los años sesenta y setenta del pasado siglo, época en la que Japón experimentó una transformación radical y la sociedad posfeudal se convirtió en una sociedad moderna.

Pero yo pertenecía a otro mundo, un reino peculiar cuya identidad y misión dependían de que se preservasen las tradiciones del pasado. Y yo estaba empeñada en conseguirlo.

Las maiko y las geiko al inicio de su carrera viven y se forman en un establecimiento denominado *okiya*, que significa «posada» aunque casi siempre se traduce por «casa de geishas». Siguen un rigurosísimo programa de clases y ensayos, tan intenso como el de una primera bailarina, una concertista de piano o una cantante de ópera en Occidente. La propietaria de una okiya apoya de manera incondicional a la geiko en sus esfuerzos para convertirse en profesional y, una vez que ésta ha debutado, la ayuda a organizar sus actividades. La joven geiko vive en la okiya durante un período estipulado —entre cinco y siete años, por lo general— y en ese tiempo la resarce de cuanto ha invertido en ella. A partir de ese momento se independiza y se instala por su cuenta, aunque continúa manteniendo una relación comercial con la okiya que la apadrinó.

La única excepción a esta regla es la geiko a quien se ha designado *atotori*, es decir, heredera de la casa y sucesora, que lleva el apellido de la okiya, ya sea por nacimiento o por adopción, y vive en ella durante toda su carrera profesional. Las maiko y las geiko desarrollan su actividad en exclusivos salones para banquetes conocidos como *ochaya*, una palabra que a menudo se traduce literalmente por «salón de té». Allí, ejercemos de anfitrionas en fiestas privadas a las que asisten selectos grupos de invitados. También actuamos en público en una serie de festivales anuales, los más famosos de los cuales son los *Miyako Odori* o «Bailes de los Cerezos». Las exhibiciones de danza son de una gran vistosidad y congregan a espectadores de todo el mundo. Los Miyako Odori se representan en nuestro propio teatro, el Kaburenjo, en el mes de abril.

Existe un gran misterio acerca de lo que significa ser una geisha o, en mi caso, una geiko, y no son pocos los equívocos que suscita nuestra profesión. Espero que mi relato contribuya a esclarecerla y, a la vez, sirva de testimonio de este singular componente de la historia cultural japonesa.

Y ahora les ruego que me acompañen en este extraordinario viaje por el mundo de Gion Kobu.

1

Creo que la elección de mi profesión es por demás paradójica.

Una geiko de categoría se halla siempre expuesta al resplandor de los focos, mientras que yo pasé gran parte de mi infancia escondida en un armario oscuro. Una geiko de categoría despliega todo su talento para complacer al público, para satisfacer a cada persona con la que se relaciona, mientras que yo prefiero las actividades solitarias. Una geiko de categoría es un delicado sauce que se inclina a merced de la voluntad ajena, mientras que yo siempre he sido terca, rebelde y extremadamente orgullosa.

Una geiko de categoría es maestra en el arte de crear un ambiente de distensión y esparcimiento, sin embargo, yo no disfruto en particular con la compañía de otros. Una geiko de renombre nunca está sola, pero yo siempre he amado la soledad.

¿No es extraño? Parece que hubiese escogido de forma deliberada el camino que entrañaba para mí mayores dificultades, una senda que me obligase a afrontar y superar mis limitaciones personales.

De hecho, de no haber ingresado en el karyukai, creo que me habría hecho monja budista. O puede que policía.

Resulta complicado explicar los motivos que me llevaron a tomar la decisión de entrar en el karyukai a una edad tan temprana.

¿Por qué una niña que adora a sus padres iba a querer separarse de ellos? No obstante, fui yo quien eligió esa profesión y ese lugar de trabajo, traicionando con ello a mis progenitores.

Permitan que les cuente cómo ocurrió pues, tal vez, las motivaciones afloren por sí mismas al hacerlo.

Si miro atrás, descubro que jamás he sido tan feliz como cuando vivía con mis padres. A pesar de mi corta edad, me sentía segura y libre, y me permitían hacer cuanto deseaba. Pero desde el momento en que dejé mi hogar, a los cuatro años, nunca más disfruté de esa libertad y tuve que dedicarme por entero a complacer a otros. Mis alegrías y triunfos posteriores quedaron teñidos de ambivalencia y empañados por un trasfondo oscuro, incluso trágico, que llegó a determinar mi personalidad.

Mis padres estaban muy enamorados. Formaban una pareja interesante. Él descendía de un rancio linaje de aristócratas y señores feudales venido a menos. En cambio, la familia de ella, fundada por piratas que se convirtieron en médicos, era muy rica. Mi padre, un hombre alto y delgado, era inteligente, activo, sociable, y también muy estricto. Mi madre era el polo opuesto: menuda y rolliza, con un rostro redondo de bonitas facciones y un busto generoso. Ella era débil; él, fuerte. Sin embargo, ambos eran comprensivos, afables y conciliadores. Él se llamaba Shigezo Tanakaminamoto (Tanakaminamoto no Shigezo, en japonés clásico); ella, Chie Akamatsu.

El fundador de nuestro linaje fue Fujiwara no Kamatari, un hombre que accedió a la nobleza durante su paso por este mundo.

La antigüedad de los Tanakaminamoto se remonta a cincuenta y dos generaciones. Desde siempre, los miembros de la aristocrática familia Fujiwara habían sido regentes del emperador. Durante el mandato del emperador Saga, a Fujiwara no Motomi se le honró con el rango de daitoku (el grado más alto de la corte ministerial, establecido por Shotoku Taishi). Falleció en el año 782. Su hija, la princesa Tanaka, se casó con el emperador Saga y dio a luz al príncipe Sumeru, octavo en la línea de sucesión imperial. Como servidor del emperador, Fujiwara no Motomi adoptó el nombre de Tanakaminamoto y se convirtió en un aristócrata independiente.

Incluso en la actualidad, Minamoto es un nombre que sólo tienen derecho a usar los aristócratas. Los descendientes de la familia desempeñaron otros cargos de relevancia, incluidos el de geomántico de la corte y jefe de santuarios y templos. Los Tanakaminamoto sirvieron a la orden imperial durante más de mil años.

A mediados del siglo XIX Japón experimentó profundos cambios. La dictadura militar, que había gobernado el país a lo largo de seiscientos cincuenta años, cayó derrocada y el poder pasó a manos del emperador Meiji. Tras la abolición del sistema feudal, Japón comenzó a transformarse en una nación moderna. Dirigidos por el emperador, los aristócratas y los intelectuales entablaron un intenso debate acerca del futuro del país.

En aquellos tiempos mi bisabuelo, Tanakaminamoto no Sukeyoshi, también era partidario del cambio, pues se había cansado de las interminables luchas que mantenían las distintas facciones de la aristocracia y quería librarse de las pesadas responsabilidades que conllevaba su posición. El emperador decidió trasladar la capital de Kioto, que lo había sido durante más de un milenio, a Tokio. Pero mi familia había arraigado en su tierra natal y mi bisabuelo no deseaba marcharse. Así pues, como jefe de la familia tomó la importante decisión de devolver su título y unirse a las filas de los plebeyos.

Cuando el emperador lo presionó para que lo conservase, él alegó con orgullo que era un hombre del pueblo. El emperador insistió en que al menos mantuviese su nombre, y mi bisabuelo accedió. De este modo, mi familia usa ahora en la vida diaria la forma abreviada del apellido: Tanaka.

Pese a la nobleza de sus intenciones, la decisión de mi bisabuelo significó un duro revés en la economía familiar, dado que la renuncia al título acarreaba la pérdida de cualquier derecho sobre las propiedades que lo acompañaban. Las fincas de la familia habían ocupado una vasta zona del noreste de Kioto, desde el santuario de Tanaka, al sur, al templo de Ichijoji, en el norte; una superficie de miles de hectáreas.

Mi bisabuelo y sus descendientes jamás se recuperaron: incapaces de hacerse un sitio en la moderna economía que daba impulso al país, languidecieron en una digna pobreza, mientras vivían de sus ahorros y alimentaban su trasnochado sentimiento de superioridad. Algunos llegaron a ser expertos ceramistas.

Mi madre pertenece a la familia Akamatsu, fundada por piratas legendarios que cometían sus actos de pillaje en las rutas comerciales establecidas en el mar de Japón e incluso se adentraban rumbo a Corea y China. Amasaron una importante fortuna con bienes mal adquiridos que ya habían conseguido convertir en legítimos cuando mi madre nació. Aunque la familia Akamatsu nunca sirvió a ningún *daimyo* o señor, gozaba de suficiente poder y riquezas para gobernar el oeste de Japón. El emperador Gotoba (1180-1239) los premió con el apellido Akamatsu.

Durante sus incursiones en los «mercados extranjeros», los antepasados de mi madre adquirieron amplios conocimientos sobre las hierbas medicinales y su elaboración. Se hicieron curanderos y, con el tiempo, llegaron a ser médicos oficiales del clan Ikeda, los señores feudales de Okayama. Mi madre heredó las aptitudes curativas de sus antepasados, y transmitió a mi padre conocimientos y habilidades.

Ambos eran artistas. Mi padre se graduó en una escuela de Arte, y fue pintor profesional de telas para prendas tradicionales y un experto en porcelana fina. Conoció a mi madre en una tienda de quimonos —ella los adoraba— y, al instante, se enamoró. Fue tenaz en su cortejo, pero debido a la notable diferencia de clase existente entre ambos mi madre pensó que la relación sería imposible. Al final, mi padre la dejó embarazada de mi hermana mayor, lo que la obligó a casarse.

En aquella época mi padre ganaba mucho dinero, ya que sus creaciones tenían una elevada cotización e ingresaba una suma respetable todos los meses. Pero entregaba la mayor parte a sus padres, que prácticamente no disponían de otros recursos. Mis abuelos vivían con el clan familiar en una inmensa casa del barrio de Tanaka, atendida por un considerable número de criados. A mediados de la década de los años treinta, la familia había gastado ya casi todos sus ahorros. Algunos de los hombres habían trabajado como agentes de policía y funcionarios públicos, pero ninguno fue capaz de conservar su empleo durante mucho tiempo, dado que era evidente que no estaban acostumbrados a ganarse la vida. Así pues, mi padre los mantenía a todos y, a pesar de que no era el hijo mayor, mis abuelos insistieron en que él y mi madre vivieran con ellos cuando se casaron: necesitaban el dinero.

No era una situación agradable. Mi abuela, Tamiko, era una mujer excéntrica, déspota y malhumorada, el polo opuesto de mi dulce y dócil madre. Aunque la habían criado como a una princesa, mi abuela la trataba como a un miembro de la servidumbre. Fue desconsiderada con ella desde el principio y no dejaba de reprocharle sus orígenes plebeyos. En el linaje de los Akamatsu había varios bandidos famosos y mi abuela se comportaba con mi madre como si estuviera contaminada. No la consideraba lo bastante buena para su hijo.

La principal afición de la abuela Tamiko era la esgrima, y se había convertido en maestra en el manejo de la *naginata*, la alabarda japonesa. El comedimiento de mi madre la sacaba de sus casillas, de manera que empezó a provocarla y a amenazarla sin ningún disimulo con la curvada hoja de su arma. En una ocasión se excedió, pues le hizo varios cortes al *obi* (el fajín del quimono) que llevaba puesto mi madre, hasta hacerlo caer. Fue la gota que colmó el vaso.

Mis padres ya tenían tres hijos, dos de ellas niñas: Yaeko, de diez años, y Kikuko, de ocho. Mi padre se encontraba en la disyuntiva de tener que decidir si seguía manteniendo a sus padres o se establecía en su propio hogar, pues el dinero no alcanzaba para todos. Le comentó sus problemas a un fabricante de quimonos con el que trabajaba, y éste hizo mención del karyukai, sugiriéndole que hablase, al menos una vez, con la propietaria de uno de los establecimientos.

Mi padre se reunió con la dueña de la okiya Iwasaki de Gion Kobu, una de las mejores casas de geiko de Japón, y también contactó con una okiya de Pontocho, otro distrito de geiko de Kioto. Consiguió un sitio para Yaeko y Kikuko, y obtuvo dinero al consentir que las contrataran como aprendizas. Las instruirían en las artes tradicionales y las reglas de la etiqueta y el decoro, y las mantendrían durante su período de formación. Cuando se convirtieran en geiko, pasarían a ser personas independientes, cancelarían sus deudas y podrían disponer libremente del dinero que ganasen, aunque habían de ceder un porcentaje del mismo a la okiya promotora de su carrera.

La decisión de mi padre estableció un vínculo entre la familia y el karyukai que influiría en la vida de todos nosotros a lo largo de muchos años. Mis hermanas sufrieron mucho cuando las obligaron a dejar la casa de nuestros abuelos. Yaeko nunca superó la sensación de abandono, y aún hoy sigue enfadada y resentida.

Mis padres se trasladaron con mi hermano mayor a una casa en Yamashina, un barrio de la periferia de Kioto. Durante los años siguientes mi madre tuvo ocho hijos más. En 1939, tan apurados de dinero como siempre, enviaron a otra hija —mi hermana Kuniko— a la okiya Iwasaki, donde trabajaría como ayudante de la propietaria.

Yo nací en 1949, cuando mi padre tenía cincuenta y tres años y mi madre cuarenta y cuatro, y fui su última hija. Vine al mundo el 2 de noviembre de aquel año, bajo el signo de Escorpión y en el año del Buey, y recibí de mis progenitores el nombre de Masako.

Por lo que conocía, para mí éramos sólo diez. Tenía cuatro hermanos mayores (Seiichiro, Ryozo, Kozo y Fumio) y tres hermanas mayores (Yoshiko, Tomiko y Yukiko). No sabía nada de las otras tres chicas.

Nuestra casa era espaciosa y laberíntica. Estaba situada junto a un canal, en medio de una vasta extensión de terreno y alejada de otras viviendas. La rodeaban árboles y cañas de bambú, y tras ella se alzaba una montaña. Se accedía a través de un puente de cemento que cruzaba el canal. Delante de la casa había un estanque bordeado de asteres y en la parte trasera, un amplio jardín con un gallinero, una charca llena de carpas, una caseta para nuestro perro —Koro— y un huerto, que atendía mi madre.

La planta baja constaba de una salita, una estancia destinada al altar, un salón, un comedor con chimenea, una cocina, dos habitaciones, un cuarto de baño y el estudio de mi padre. Arriba, encima de la cocina, había otras dos habitaciones, que ocupaban mis hermanos. Yo dormía en la planta baja, con mis padres.

Recuerdo con júbilo un incidente ocurrido durante la estación de las lluvias. Regresan a mi imaginación el amplio estanque circular que había frente a la casa, la hortensia en flor que estaba junto a él y aquel intenso azul en perfecta armonía con el verde de los árboles.

Era un día apacible, pero, de repente, comenzaron a caer grandes gotas de lluvia. Sin perder un instante, recogí mis juguetes, que estaban debajo del pimentero, corrí al interior de la casa y dejé mis cosas en un estante, cerca del arcón de caoba.

Poco después de que todo el mundo llegase a casa comenzó a llover a cántaros. Diluviaba. En cuestión de minutos, el estanque se desbordó y el agua empezó a entrar en la vivienda, mientras corríamos como locos, tratando de recoger los tatamis. Aquella situación me parecía muy divertida.

Después de recuperar cuantos tatamis pudimos, nos dieron a cada uno dos caramelos que tenían el dibujo de una fresa en el envoltorio. Al tiempo que nosotros correteamos por la casa comiendo las golosinas, mis padres se subieron encima de algunos tatamis que todavía flotaban en el agua y los utilizaron como balsas, dándose impulso para ir de una habitación a otra. Se lo estaban pasando mejor que nadie.

Al día siguiente mi padre nos reunió y nos dirigió una arenga:

—Todos atentos: ahora tenemos que limpiar la casa, dentro y fuera. Seiichiro, forma un equipo y ocupaos del patio trasero; Ryozo, forma un equipo e id al bosquecillo de bambúes; Kozo, forma un equipo y limpiad los tatamis, y tú, Fumio, ve con tu hermanita Masako y pide instrucciones a tu madre. ¿Entendido? ¡Manos a la obra y haced un buen trabajo!

—¿Y tú qué harás, papá? —quisimos saber todos.

—Alguien tiene que quedarse aquí y guardar el castillo —respondió.

Su grito de guerra nos dio ánimos, pero existía un problema: lo único que habíamos comido la noche anterior eran los caramelos de fresa y a causa del hambre no habíamos podido dormir. Estábamos desfallecidos. Además, todos los alimentos se habían echado a perder a causa de la inundación.

Cuando nos quejamos, mi padre dijo:

—Puesto que un ejército no puede luchar con el estómago vacío, será mejor que salgáis a buscar provisiones. Traedlas al castillo y preparaos para resistir un sitio.

Tras recibir sus órdenes, mis hermanos se fueron y regresaron con arroz y leña. En aquel momento me alegré de tener hermanos y hermanas, y recibí con gratitud la torta de arroz que me dieron.

Ese día nadie fue a la escuela, y todos dormimos como si no hubiera mañana.

En otra ocasión, fui a dar de comer a las gallinas y a recoger los huevos, como de costumbre. La gallina clueca, que se llamaba *Nikki*, se enfadó y me persiguió hasta la casa, donde me alcanzó y me propinó un picotazo en la pierna. Mi padre, enfurecido, la atrapó y mientras la asía con las manos, espetó:

—Te mataré por esto. —La estranguló en el acto y la colgó del cuello bajo el alero, aunque por lo general, colgaba a las gallinas de las patas. La dejó allí hasta que todos volvieron de la escuela.

Cuando la vieron, pensaron: «¡Estupendo! Esta noche cenaremos puchero de gallina.» Pero mi padre aseveró con gravedad:

—Mirad bien y aprended. Esta ave estúpida le ha dado un picotazo a nuestra querida Masako, y ha muerto por ello. Recordadlo: no está bien hacer daño a otros ni causarles dolor. No lo permitiré. ¿Lo habéis entendido?

Todos fingimos que, en efecto, lo habíamos comprendido. Esa noche la cena fue puchero de gallina, preparado con la desafortunada *Nikki*, pero yo me sentí incapaz de probar bocado.

—Tienes que perdonar a *Nikki*, Masako —me explicó mi padre—. Durante la mayor parte de su vida fue una buena gallina, así que debes comer para que pueda transformarse en Buda.

—Pero me duele la barriga. ¿Por qué no coméis mamá y tú para ayudarla? —Luego recé una oración.

—Ésa es una buena idea. Hagamos lo que dice Masako: comamos la gallina para que pueda convertirse en Buda.

Todos rezaron una oración por el ave y disfrutaron sobremanera ayudando a *Nikki* a convertirse en Buda.

Otro día yo estaba jugando con los demás, en una insólita demostración de sociabilidad, subimos a la montaña que se alzaba a la derecha de nuestra casa. Una vez allí, cavamos un hoyo y enterramos en él todos los enseres de la cocina: las ollas, las sartenes y las fuentes.

Nos encontrábamos cerca del fuerte secreto de mi hermano y lo estábamos pasando en grande, cuando él me desafió a que trepara a lo alto de un pino.

Pero una rama se rompió y fui a parar al estanque que había delante de la vivienda. El estudio de mi padre daba a aquel lado, así que oyó el ruido que hice al caer al agua. Debió de sorprenderse, pero no perdió los estribos. Me miró y preguntó con calma:

—¿Qué haces?

—Estoy en el estanque —respondí.

—Hace demasiado frío. ¿Y si te constipas? Creo que deberías salir del agua.

—Lo haré dentro de un par de minutos.

En ese momento salió mi madre y se hizo cargo de la situación.

—Dejaos de bromas —nos reprendió—. ¡Y tú, sal de ahí de inmediato!

Mi padre, aunque de mala gana, me sacó de allí y me llevó diligente a la bañera.

Aquello debería de haber sido el fin del suceso, pero entonces mi madre fue a la cocina para preparar la cena y, cuando descubrió que todos los utensilios habían desaparecido, llamó a mi padre, que estaba bañándose conmigo.

—Cariño, me temo que hay un problema. No podré cocinar. ¿Qué hago?

—¿De qué me hablas? ¿Por qué no puedes cocinar?

—Porque en la cocina no hay nada. ¡Todas nuestras cosas han desaparecido!

Al oír esta conversación, decidí que debía alertar a los demás y me dirigí a la puerta. Pero mi padre me agarró por el cuello del vestido, tirando con fuerza.

Poco después, todos entraron en la casa, aunque habría sido mejor que no lo hicieran. Mi padre se preparó para aplicar el castigo de rigor, que consistía en poner a mis hermanos en fila y golpearlos uno a uno en la cabeza con una espada de bambú. Yo solía permanecer a su lado mientras lo hacía, pensando que aquello debía de doler. Pero esa vez fue diferente, pues gritó:

—Tú también, Masako.

Empecé a gimotear cuando me colocó junto a mis hermanos.

—Papá —le imploré, pero no me hizo caso.

—Esto también es obra tuya —fue su única respuesta. Y, a pesar de que no me pegó tan fuerte como a los demás, el castigo supuso para mí una auténtica conmoción, pues nunca antes me había golpeado.

Por la noche no nos dieron nada de cenar, y todos mis hermanos lloraron mientras se bañaban. Después, nos mandaron a la cama. Recuerdo que uno de mis hermanos se quejó de que tenía tanta hambre que había flotado como un globo en la bañera.

Debido a las aficiones artísticas de mis padres, nuestra casa estaba llena de objetos hermosos: cristales de cuarzo que destellaban a la luz del sol, fragantes adornos de pino y bambú que colgábamos en Año Nuevo, exóticos utensilios que mi madre usaba para preparar las medicinas de hierbas, brillantes instrumentos musicales —como la flauta de bambú de mi padre, el *shakuhachi*, o el *koto* de una sola cuerda de mi madre— y una refinada colección de cerámica artesanal. También había una bañera antigua, que parecía una enorme sopera de hierro.

Mi padre era el soberano de su pequeño reino. Tenía su estudio en casa y en él trabajaba con algunos de sus múltiples aprendices. Mi madre aprendió de él el *roketsuzome*, la tradicional técnica japonesa de teñir telas atadas, y se convirtió en toda una experta. Ambos eran famosos por sus remedios herbales y la gente acudía con frecuencia a ellos para solicitar sus preparados.

Mi madre no era una mujer de constitución fuerte. Estaba enferma de malaria, lo que le había debilitado el corazón. Sin embargo, tuvo la fortaleza y la perseverancia necesarias para dar a luz a once hijos.

Cuando no podía estar con uno de mis padres, yo prefería la soledad a la compañía de cualquier otra persona. Ni siquiera me gustaba jugar con mis hermanas. Amaba el silencio y no podía soportar el bullicio de los demás niños, así que cuando volvían de la escuela, me escondía o buscaba otro modo de evitarlos.

Lo cierto es que pasaba mucho tiempo escondida. Las casas japonesas son pequeñas y están amuebladas con austeridad según los criterios occidentales, pero tienen grandes armarios, en los que solemos guardar muchos enseres domésticos que no están en uso, como la ropa blanca. Cada vez que algo me irritaba o incomodaba, o cuando quería estar sola o tranquila, me encerraba en uno de ellos.

Mis padres jamás me obligaron a jugar con mis hermanos, pues comprendían mi necesidad de soledad. Estaban pendientes de mí, por descontado, pero siempre me concedieron un espacio propio.

Sin embargo, recuerdo haber pasado momentos maravillosos en compañía de toda la familia. Mis favoritos eran las hermosas noches en que, a la luz de la luna, mis padres tocaban a dúo, él el shakuhachi y ella el koto. Nos congregábamos a su alrededor para escucharlos. Jamás pensé que aquellas idílicas veladas musicales pudieran terminar.

Pero así fue.

2

Puedo precisar el momento en que las cosas empezaron a cambiar.

Yo acababa de cumplir tres años. Fue una fría tarde de invierno. Mis padres recibieron la visita de una mujer muy anciana, y yo, a causa de mi excesiva timidez con los desconocidos, me escondí en un armario en cuanto ella accedió al vestíbulo.

Me senté en la oscuridad y escuché la conversación. Aquella mujer irradiaba un curioso encanto y su forma de hablar me fascinaba.

Se llamaba madame Oima, y era la propietaria de la okiya Iwasaki de Gion Kobu. El motivo de su visita era averiguar si mi hermana Tomiko estaría interesada en convertirse en geiko, pues había estado en la okiya Iwasaki varias veces y madame Oima había descubierto su potencial.

Tomiko, que tenía catorce años, era la más delicada y refinada de mis hermanas. Le encantaban los quimonos, la música tradicional y la cerámica de calidad, y siempre hacía preguntas a mis padres acerca de estos temas. No entendí todo lo que entonces hablaron, pero sí me di cuenta de que aquella señora estaba ofreciendo un empleo a Tomiko.

Ignoraba que la okiya Iwasaki atravesaba una delicada situación económica. Lo único que sabía era que mis padres trataban a aquella mujer con el mayor de los respetos y que su porte superaba en dignidad al de cualquiera que yo hubiera conocido hasta entonces. Noté que mis padres le profesaban una gran admiración.

Atraída por su voz, abrí la puerta del armario unos pocos centímetros y espié para ver de dónde procedía.

La señora se percató de ello y preguntó:

—¿Quién está en el armario, Chie-san?

Mi madre rió y respondió:

—Es mi hija pequeña, Masako.

Al oír mi nombre, abandoné mi escondite.

La mujer permaneció inmóvil y, con los ojos muy abiertos, me observó por espacio de algunos segundos.

—Oh, vaya —exclamó—. ¡Qué cabello y qué ojos tan negros! ¡Y esos diminutos labios rojos! ¡Qué niña tan bonita!

Mi padre nos presentó.

Poco después, y aunque seguía mirándome a mí, la señora se dirigió a mi padre:

—¿Sabe, señor Tanaka? He estado buscando una atotori, una sucesora, durante mucho tiempo y tengo la extraña sensación de que acabo de encontrarla.

Yo no tenía la menor idea de a qué se refería. Desconocía qué era una atotori ni por qué esa mujer necesitaba una. Pero percibí un cambio en la energía de su cuerpo.

Dicen que quien tiene ojos para ver es capaz de llegar al fondo del carácter de una persona, por muy mayor que ésta sea.

—Hablo en serio —prosiguió—. Masako es una niña maravillosa. Llevo mucho tiempo en el negocio y puedo ver que es un tesoro. Les ruego que consideren la posibilidad de que también ella ingrese en la okiya Iwasaki. De veras. Creo que podría tener un magnífico futuro allí. Sé que es muy pequeña, pero ¿no podrían permitirnos que la formásemos para la carrera? Por favor.

La educación de una geiko en Gion Kobu es un sistema cerrado. Sólo las chicas que viven en una okiya de Gion Kobu están autorizadas para aprender las disciplinas necesarias en las escuelas acreditadas, y nadie salvo ellas es capaz de soportar las exigencias del agotador programa. Es imposible convertirse en geiko si una vive fuera del karyukai.

Mi padre, a quien el inesperado giro de los acontecimientos había desconcertado de manera evidente, no respondió de inmediato.

—Discutiremos con detenimiento su oferta con Tomiko y la animaremos a aceptarla —concluyó por fin—, aunque ella tendrá la última palabra. Nos pondremos en contacto con usted en cuanto haya tomado una decisión. Respecto a Masako, lo lamento mucho, pero no puedo considerar su propuesta. No estoy dispuesto a perder a otra hija. —Si Tomiko aceptaba unirse a la okiya Iwasaki, mi padre habría entregado ya a cuatro de sus siete hijas.

Permítanme que explique lo que significa «entregar» a una hija. Cuando una niña se marcha de casa para ingresar en una okiya, sucede lo mismo que si se fuera a un internado. En la mayoría de los casos va a visitar a sus padres en su tiempo libre y ellos, por su parte, están autorizados para verla cuando lo deseen. Eso es lo habitual. Sin embargo, cuando una niña es elegida sucesora de una casa y de su nombre, la propietaria la adopta para convertirla en su legítima heredera. En ese caso recibe el apellido de la familia de la okiya y renuncia al suyo para siempre.

Madame Oima tenía ochenta años y estaba muy preocupada porque aún no había encontrado quien la sucediera. Ninguna de las mujeres que estaba bajo su tutela reunía los requisitos y no quería morir sin encontrar a la candidata idónea. La okiya Iwasaki tenía el equivalente a millones de dólares en propiedades (bienes inmuebles, quimonos, valiosísimos adornos y obras de arte) y mantenía a un personal de más de veinte personas. Ella era la responsable de la continuidad del negocio y, para garantizar su futuro, necesitaba una heredera.

En el transcurso de aquel año, la señora Oima nos visitó en varias ocasiones para hablar del reclutamiento de Tomiko. Pero, al mismo tiempo, hacía campaña para enrolarme a mí.

Mis padres no conversaban de este tema en mi presencia, aunque supongo que se lo habrían explicado todo a Tomiko. Madame Oima era la mujer a quien habían confiado el cuidado de la mayor de mis hermanas, Yaeko, hacía muchos años. La anciana la había nombrado atotori y la había formado como geiko. Pero Yaeko se marchó de Gion Kobu sin cumplir con sus obligaciones para con ella. Aquello supuso una humillación para mis padres, quienes esperaban que el ingreso de Tomiko en la okiya ayudase a compensar a la anciana por la deserción de Yaeko.

Sin embargo, no había ninguna posibilidad de que Tomiko fuese la siguiente sucesora, pues en circunstancias ideales, las atotori deben formarse como tales desde la más tierna infancia.

Nadie me comunicó que Tomiko se marchaba. Supongo que mis padres pensaron que era demasiado pequeña para entender adónde iba y, en consecuencia, no trataron de explicármelo. Lo único que sé es que un día Tomiko terminó la escuela primaria, al siguiente se fue de vacaciones de primavera y nunca regresó. (De acuerdo con las leyes modernas, una niña ha de terminar la escuela primaria para que se le permita ingresar en una escuela para geiko.)

Lamenté su partida, pues se trataba de mi hermana favorita. Era más lista que las demás y parecía la más equilibrada.

Pero las visitas de la señora Oima no se interrumpieron después del traslado de Tomiko: me quería a mí. A pesar de las protestas de mi padre, ella no cejaba en su empeño. Cada mes nos visitaba para interesarse por mí. Y cada mes mi padre, con absoluta amabilidad, mantenía su negativa.

Madame Oima utilizó todos los argumentos posibles para convencerlo de que yo haría una brillante carrera a su lado y de que no debía interponerse en mi camino. Le rogó que reconsiderase su decisión. Recuerdo muy bien sus palabras:

—Iwasaki es la mejor okiya de Gion. Masako tendrá allí más oportunidades que en cualquier otro sitio.

Con el tiempo, la tenacidad de la señora comenzó a erosionar la resistencia de mi padre. Advertí un cambio en su postura.

En una ocasión que yo estaba sentada en el regazo de mi padre mientras los dos conversaban, ella retomó el tema una vez más. Mi padre rió.

—De acuerdo, de acuerdo, madame Iwasaki, aún es demasiado pronto, pero le prometo que algún día la llevaré a visitarla. Quién sabe, puede que le guste; todo depende de ella. —Creo que la única finalidad de aquella promesa era que la anciana dejase de insistir.

Entonces decidí que había llegado el momento de que la señora Oima se fuera. Yo sabía que la gente solía ir al cuarto de baño antes de marcharse, así que me volví hacia ella y le indiqué:

—Pis.

Interpretó que mi orden era una petición, así que me preguntó afable si quería que me acompañase al lavabo. Asentí, me bajé del regazo de mi padre y le di la mano. Una vez que llegamos, le espeté «ahí» y regresé al salón.

Madame Oima regresó al cabo de unos minutos.

—Gracias por atenderme tan bien —subrayó, dirigiéndose a mí.

—Váyase a su casa —repliqué.

—Sí, debería irme. Me marcho, señor Tanaka. Creo que hoy hemos hecho auténticos progresos. —Y se fue.

A pesar de que no viví demasiado tiempo en casa de mis padres, en los pocos años que estuve junto a ellos me dieron consejos que me han resultado útiles durante el resto de mi vida. Sobre todo las enseñanzas de mi padre, pues hizo cuanto pudo para inculcarme el valor de la independencia y la responsabilidad. Y, lo más importante, infundió en mí un arraigado sentimiento de orgullo.

Mi padre tenía dos dichos favoritos. Uno hacía referencia a un samurái. Es una especie de proverbio que afirma que un samurái ha de regirse por un código de conducta superior al de un hombre corriente. Así, aunque no tenga nada que comer, fingirá que tiene mucho, lo que significa que un samurái nunca renuncia a su orgullo. Pero también prueba que un guerrero jamás se rinde ante la adversidad. La otra sentencia era: «*Hokori o motsu*», que significa «preserva tu orgullo» o «vive con dignidad», sean cuales fueren las circunstancias.

Repetía estos aforismos tan a menudo y con tanta convicción que nosotros los aceptábamos como si fuesen palabras sagradas.

Todos aseguran que yo era una niña extraña. Mis padres me contaron que no lloraba casi nunca, tampoco cuando era un bebé. Les preocupaba que tuviera un problema de audición o de voz, e incluso temieron que fuese retrasada. A veces mi padre pegaba sus labios a mi oreja y me hablaba muy alto, o me despertaba a propósito cuando estaba dormida. Yo me sobresaltaba, pero ni siquiera sollozaba.

Conforme fui creciendo se dieron cuenta de que no tenía ningún problema, de que sólo era inusualmente silenciosa. Me gustaba soñar despierta. Recuerdo que quería saber los nombres de todos los pájaros, las flores, las montañas y los ríos. Pensaba que bastaba con interrogarlos para que ellos mismos me dijeran cómo se llamaban y no deseaba que los demás estropeasen las cosas proporcionándome esa información. Estaba convencida de que si miraba algo durante el tiempo suficiente, ese algo me hablaría. Y, la verdad, todavía sigo creyéndolo.

Un día, mi madre y yo contemplábamos los asteres de color blanco y melocotón que crecían alrededor del estanque.

—¿Cómo se llama esta flor? —pregunté.

—Aster —respondió.

—Mm, aster. ¿Y ésta pequeña?

—También es un aster.

—¿Qué quieres decir? ¿Cómo es posible que dos flores tan distintas tengan el mismo nombre?

Mi madre se quedó perpleja.

—Bueno, es el nombre de la familia de plantas. Es la clase de flor.

—Pero en nuestra casa vive una familia y cada uno tiene un nombre diferente. Esas flores también deberían tener el suyo propio. Quiero que les pongas uno, como hiciste con nosotros. Así ninguna flor se sentirá mal.

Mi madre fue a ver a mi padre, que estaba trabajando.

—Masako acaba de pedirme algo muy curioso: quiere que le ponga nombre a cada uno de los asteres.

Mi padre me indicó:

—No necesitamos más hijos, así que no hay razón para ponerles nombre.

La idea de que no precisaban más hijos hizo que me sintiese sola.

Me resultaba fácil evocar una preciosa tarde de mayo en que soplaba una brisa suave y fresca procedente de las montañas del este. Los lirios habían florecido y reinaba una paz absoluta. Yo estaba sentada en el regazo de mi madre y juntas disfrutábamos del sol acomodadas en la galería.

—¡Qué bonito día! —exclamó ella.

Recuerdo con claridad que le contesté:

—Soy muy feliz.

Éste es el último recuerdo verdaderamente dichoso que guardo de mi infancia.

Alcé la vista y descubrí que una mujer cruzaba el puente en dirección a nuestra casa. Su imagen era imprecisa, como si se tratase de un espejismo.

Todos los músculos del cuerpo de mi madre se tensaron. Se le aceleró el corazón y empezó a sudar. Su olor cambió. Parecía aterrorizada, pues pude ver que cada uno de sus miembros estaba contraído. Me estrechó con fuerza, en un instintivo gesto de protección, y yo percibí el peligro que ella intuía.

Observé a la mujer que se aproximaba y, de repente, tuve la sensación de que el tiempo se detenía, de que aquella desconocida caminaba a cámara lenta. No he olvidado siquiera su ropa: llevaba un quimono que ceñía con un obi decorado con dibujos geométricos de color beis, marrón y negro.

Sentí un súbito escalofrío y, también entonces, corrí a esconderme en el armario.

Era incapaz de creer lo que sucedió a continuación. Cuando mi padre entró en la sala, la mujer empezó a hablar dando muestras de auténtico odio. Tanto él como mi madre trataban de replicar, pero ella los interrumpía a cada minuto, empleando un tono cada vez más estridente y agresivo. El volumen de su voz aumentaba por momentos. Yo no entendí casi nada de lo que dijo, pero sí me percaté de que estaba usando un lenguaje grosero e infinidad de palabras malsonantes. Jamás había oído a nadie vociferar de aquella manera. Se me antojó una especie de demonio y que su perorata era interminable. Yo no sabía quién era ni podía imaginar qué habían hecho mis padres para provocar en ella semejante reacción. Al final se marchó.

Más tarde, sentí que una nube oscura se cernía sobre la casa. Nunca había visto a mis padres tan disgustados. Era escalofriante. Durante la cena, la atmósfera se había vuelto tan tensa que no pudimos disfrutar de la comida. Yo estaba muy asustada. Me subí al regazo de mi madre y pegué mi cara a su costado.

Mis hermanos se fueron a dormir justo después de cenar y yo, como de costumbre, permanecí acurrucada en el regazo de mi madre mientras mis padres hacían la sobremesa, a la espera de que papá anunciara que era hora de acostarse. Pero aquella noche casi no hablaron. Pasaba el tiempo y mi padre seguía sin moverse. Por fin, me dormí en brazos de mi madre. A la mañana siguiente amanecí en su futón, junto a ellos y nuestro perro *Koro*.

Pocos días más tarde reapareció aquella horrible mujer, pero esta vez la acompañaban dos niños. Los dejó con nosotros y se marchó. Yo sólo sabía de ellos que eran sus hijos.

El mayor se llamaba Mamoru. Era un maleducado, y no me caía bien. Me llevaba tres años, igual que uno de mis hermanos, con el que enseguida congenió. El menor se llamaba Masayuki. Tenía once meses más que yo. Era un niño agradable y nos hicimos amigos.

La madre de los niños acudía a visitarlos una vez al mes. Traía juguetes y dulces para sus hijos, pero nada para nosotros, pese a que también éramos pequeños. Me recordó el proverbio de mi padre acerca del samurái. Yo no podía ni verla, pues en sus ojos no había sino codicia y frialdad. En cuanto aparecía, me escondía en el armario, me tapaba los oídos con las manos y me negaba a salir hasta que se hubiera marchado.

3

Mi padre estaba planeando ir a ver a madame Oima y me preguntó si quería acompañarlo. Puesto que me encantaba salir con él, accedí. Además, me aseguró que se trataba de sólo una visita y que podríamos marcharnos cuando yo lo deseara.

Todavía me daba miedo andar por el puente que había frente a nuestra casa, así que mi padre tuvo que llevarme en brazos. Caminamos hasta la parada del tranvía y, una vez allí, tomamos el que iba a la estación de Sanjo Keihan.

En aquel tiempo, el mundo en el que yo vivía era muy pequeño: no tenía amigos y no había otras viviendas de nuestro lado del puente. De manera que contemplé con asombro las vistas de la gran ciudad, las innumerables casas que flanqueaban las calles de Gion Kobu y la multitud de transeúntes. Era emocionante y aterrador a la vez. Cuando llegamos estaba hecha un manojo de nervios.

La okiya Iwasaki, situada en la calle Shinbashi, a tres puertas al este de Hanamikoji, estaba construida en el elegante estilo arquitectónico de los karyukai de Kioto. Era un edificio largo y estrecho, con montantes que daban a la calle. Me pareció imponente.

Entramos por el *genkan*, el vestíbulo, y subimos a la recepción.

La casa estaba llena de mujeres, todas vestidas con quimono informal. Me sentí extraña. Pero la anciana Oima nos recibió con una amplia sonrisa, y se mostró efusiva en sus saludos y en sus manifestaciones de hospitalidad.

Entonces apareció Tomiko. Para mi sorpresa, parecía una novia, sobre todo por el complicado peinado que lucía.

Luego entró una mujer que vestía a la manera occidental.

—Masako, ésta es tu hermana mayor —anunció mi padre.

—Me llamo Kuniko —añadió ella.

Me quedé estupefacta.

¿Y quién entró en la sala a continuación? Nada más y nada menos que aquella desagradable mujer a quien yo no podía soportar, la madre de los dos niños que vivían con nosotros.

Empecé a tirar de la manga del quimono de mi padre y exclamé:

—Quiero irme a casa. —Era incapaz de reaccionar ante tanto estímulo.

Una vez en la calle, las lágrimas comenzaron a brotar de mis ojos, despacio, sin pausa, y no cesaron hasta que llegamos a la estación de trenes Sanjo Keihan. Sé que estábamos allí porque recuerdo haber visto las torrecillas de la escuela primaria.

Cuando subimos al tren que nos llevaría a casa, me sumí en el silencio habitual. Mi padre, que parecía entender mis sentimientos, no trató de comentar conmigo lo ocurrido y se limitó a rodearme los hombros con un brazo.

En cuanto llegamos a casa y vi a mi madre, me eché a llorar con gran aflicción y me arrojé a sus brazos. Al cabo de un rato me bajé de su regazo y me metí en el armario.

Mis padres me dejaron tranquila y pasé la noche allí, envuelta en la oscuridad.

No abandoné el armario hasta la mañana siguiente, aunque todavía estaba muy alterada por el viaje a la okiya Iwasaki, pues lo que había visto en el karyukai era muy distinto de todo cuanto conocía, mi pequeño mundo comenzaba a desmoronarse. Estaba confundida y asustada, y me pasaba la mayor parte del tiempo abrazándome a mí misma, con la mirada perdida.

Tardé un par de semanas en volver a la normalidad, a cumplir con mis tareas cotidianas, a incorporarme al «trabajo». Al ver que había crecido demasiado para sentarme en su regazo, mi padre me había construido un escritorio con una caja de naranjas y lo había colocado al lado del suyo. Yo pasaba horas enteras entretenida junto a él.

Justo entonces, la señora Oima decidió venir a casa. Su sola visión me conmocionó y volví a esconderme en el armario. Pero esta vez fue peor, pues tenía tanto miedo de salir que ni siquiera quería ir a jugar debajo del pimentero situado al otro lado del estanque. Estaba siempre pegada a mis padres y me negaba a separarme de ellos.

No obstante, madame Oima continuó visitándonos y preguntando por mí.

Todo siguió igual durante unos meses. Mi padre estaba preocupado por mí y buscaba la manera de engatusarme para que retomase contacto con el mundo.

Discurrió un plan. Un día me expuso:

—Tengo que llevar un quimono a la ciudad. ¿Quieres venir conmigo?

Sabía lo mucho que me gustaba salir a solas con él. Aún estaba recelosa, pero a pesar de mi desconfianza, acepté.

Me llevó a una fábrica de telas para quimonos situada en la calle Muromachi. Cuando entramos, el propietario saludó a mi padre con deferencia. Mi padre me explicó que tenía que hablar de negocios con él y me pidió que lo esperase en la tienda.

Los dependientes me entretuvieron enseñándome los artículos que vendían. Me quedé fascinada con la variedad y el lujo de los quimonos y los obis. A pesar de mi corta edad, aprecié con claridad que los quimonos de mi padre eran los más bonitos de la tienda.

Me moría de ganas de contarle a mi madre todo lo ocurrido y, cuando llegamos a casa, no dejé de hablar de los quimonos que había visto. Los describí con todo lujo de detalles. Mis padres, que nunca me habían oído hablar tanto, no podían creer que hubiera sido capaz de retener tanta información, sobre todo acerca de unos quimonos. Le recalqué a mi madre lo orgullosa que estaba porque los quimonos de papá eran los mejores de la tienda.

—Masako, me alegra mucho que te gustasen tanto. Tengo que tratar un asunto con madame Oima. ¿Quieres acompañarme? Si, una vez allí, no te sientes a gusto, volveremos de inmediato. Te lo prometo —propuso mi padre.

La idea de ir todavía me preocupaba, aunque menos, pero tengo una inclinación casi morbosa a afrontar cualquier situación que me asuste y supongo que ese rasgo ya formaba parte de mi personalidad a los tres años. De manera que accedí a acompañarlo.

Nos marchamos poco después. Permanecí callada, aunque no me disgusté como la primera vez. No recordaba casi nada de la casa, pero en mi segunda visita estuve lo bastante tranquila para prestar atención a lo que me rodeaba.

Entramos por un anticuado genkan, el vestíbulo, cuyo suelo en lugar de ser de madera era de tierra apisonada, que comunicaba con una sala de tatamis o recepción. Al fondo de ésta, un precioso biombo ocultaba de la vista el resto de las habitaciones. A la derecha de la entrada había un armario zapatero que llegaba hasta el techo y, más allá, una vitrina repleta de platos, braseros, palillos y otros artículos de mesa. También había una obsoleta nevera de madera, de las que enfriaban con bloques de hielo.

El genkan comunicaba con un angosto pasillo sin pavimentar que atravesaba toda la casa. A la derecha estaba la cocina, que incluía varios hornos. El resto de las habitaciones se repartían a la izquierda del pasillo.

Las estancias se sucedían una a la otra, como si juntas formasen un convoy de vagones de tren. La primera era la recepción o sala. Luego estaba el comedor, donde la familia de las geiko también se reunía a conversar. Tenía un brasero rectangular en una esquina y una escalera que conducía a la segunda planta. Las puertas de corredera del comedor estaban abiertas y dejaban entrever una sala formal con un gran altar, que se abría a un jardín de invierno.

La señora Oima nos invitó a pasar al comedor. Vi a una joven maiko vestida con ropa corriente y sin maquillar, aunque aún tenía restos de polvos blancos en el cuello. Nos sentamos junto al brasero, frente a madame Oima, que se había situado de espaldas al jardín para que pudiésemos disfrutar de la vista. Mi padre hizo una reverencia y le presentó sus respetos.

La anciana no dejó de sonreírme mientras departía con mi padre.

—Me complace informarle de que a Tomiko le va muy bien con sus clases. Parece dotada de un excelente oído musical y está aprendiendo a tocar el *shamisen* de maravilla. Sus maestros y yo estamos encantados con sus progresos.

Un leve sonido que provenía del pasillo de tierra llamó mi atención. Asomé la cabeza por el vano de la puerta y vi a un perro tendido en el suelo.

—¿Cómo te llamas? —le pregunté, y obtuve un ladrido por respuesta.

—Ah —intervino la señora—. Ése es *John*.

—Sería más apropiado llamarlo *Gran John* —repuse.

—En tal caso, creo que deberíamos cambiar su nombre por el de *Gran John* —concluyó la señora Oima.

En ese instante apareció una mujer. Era preciosa, aunque su rostro traslucía acritud. Madame Oima nos hizo saber que también ella se llamaba Masako. Pero yo, para mis adentros, la apodé «Vieja Arpía». Madame Oima le explicó a mi padre que aquella geiko cumpliría las funciones de hermana mayor de Tomiko.

—Opino que el nombre de *John* es adecuado —afirmó circunspecta la recién llegada.

—Pero la señorita Masako piensa que *Gran John* lo es más —replicó la señora Oima—y, por tanto, lo llamaremos así. Escuchad todas: de ahora en adelante, el nombre del perro es *Gran John*.

Recuerdo vívidamente esta conversación, porque me impresionó mucho la autoridad de madame Oima. Tenía suficiente poder para cambiarle el nombre al perro sin más. Y todo el mundo debía escucharla y obedecer. Incluso Vieja Arpía.

De inmediato hice buenas migas con *Gran John*. La señora Oima permitió que Tomiko y yo lo llevásemos de paseo. Tomiko me contó de dónde había salido *Gran John*. Refirió que cierto perro había tenido una aventura clandestina con una hembra de raza *collie*, que pertenecía a un célebre fabricante de encurtidos del barrio, y que *Gran John* era el resultado de aquel encuentro.

Mientras caminábamos, una mujer nos detuvo en la calle.

—¿Quién es esta niña tan bonita? ¿Es una Iwasaki? —quiso saber.

—No, es mi hermana pequeña —arguyó Tomiko.

Al cabo de unos minutos, otra persona afirmó:

—¡Qué adorable Iwasaki!

Y mi hermana replicó de nuevo:

—No, es mi hermana pequeña.

Ocurrió lo mismo una y otra vez. Mi hermana empezaba a irritarse, y yo me sentía incómoda, de manera que le pedí que volviéramos. Sin darle ocasión de atender mi demanda, *Gran John* se dio la vuelta y enfiló hacia la casa.

Gran John, que era un perro maravilloso y más listo de lo común, vivió hasta la venerable edad de dieciocho años. Siempre tuve la sensación de que me entendía.

Cuando regresamos a la okiya Iwasaki, le indiqué a mi padre:

—Es hora de volver a casa, papá. Me marcho. —Dirigí un cortés «adiós» a todo el mundo, acaricié a *Gran John* y me planté en la puerta. Mi padre se despidió como es debido y me siguió.

Me dio la mano y echamos a andar hacia la parada del tranvía. Desconocía de qué había conversado mi padre con la anciana Oima mientras Tomiko y yo estábamos fuera, pero noté que se encontraba nervioso y contrariado. Comencé a sospechar que ocurría algo malo.

En cuanto llegamos a casa, me metí en el armario, desde donde pude oír hablar a mis padres.

—¿Sabes, Chie? —comentó él—. Me parece que seré incapaz de hacerlo. No soporto la idea de que se marche.

—A mí me sucede lo mismo —aseguró ella.

Empecé a pasar aún más tiempo en el armario, el plácido refugio que me permitía huir del trajín de la vida familiar.

Durante ese mes de abril Seiichiro, mi hermano mayor, consiguió un empleo en los ferrocarriles nacionales. El día que volvió a casa con su primer sueldo, la familia al completo se sentó a la mesa para celebrarlo tomando *sukiyaki*, incluida yo, pues mi padre me había ordenado que saliera del armario para cenar.

Papá tenía la costumbre de pronunciar un pequeño discurso todas las noches, antes de la cena. Repasaba los acontecimientos importantes del día y nos felicitaba cuando había algún motivo, como una buena nota en la escuela, o con ocasión de un cumpleaños.

Yo estaba sentada en su regazo cuando le dio la enhorabuena a mi hermano por su emancipación.

—Hoy vuestro hermano Seiichiro ha comenzado a contribuir a la manutención de la casa: ya es un adulto. Espero que los demás sigáis su ejemplo, y que, cuando seáis autosuficientes, penséis en las necesidades y en el bienestar de los demás. ¿Entendéis lo que digo?

Respondimos al unísono:

—Sí, lo entendemos. Felicidades, Seiichiro.

—Muy bien —mi padre asintió y empezó a comer.

Desde su regazo, yo no alcanzaba el sukiyaki, y exclamé:

—¿Y yo, papá?

—Ay, me olvidaba de Masako —repuso, y él mismo me dio de comer de la fuente.

Mis padres estaban de buen humor. Pensé en ello mientras daba cuenta de la carne. Pero, cuanto más pensaba, más taciturna me ponía y menos me apetecía comer.

Empecé a reflexionar sobre mi propia felicidad. ¿Aumentaría si me mudaba a la okiya Iwasaki? ¿De qué modo lo conseguiría? ¿Cómo llegar allí? Se hacía preciso trazar un plan.

Una de mis salidas favoritas era la excursión anual que hacíamos para ver los cerezos en flor, así que les pregunté a mis padres:

—Después de ir a verlos, ¿podemos ir a la okiya Iwasaki? —A pesar de que lo cierto era que no existía ninguna conexión lógica entre las dos cosas.

Siempre comíamos bajo los árboles que flanqueaban el canal, muy cerca de casa. Pero yo sabía que los cerezos no tendrían el mismo aspecto desde el otro lado del puente.

Mi padre respondió de inmediato:

—Chie, hagamos planes para contemplar los cerezos en flor.

—Excelente idea —apuntó mi madre—. Prepararé una merienda para llevar.

—Y, después, iremos a la okiya Iwasaki, ¿de acuerdo?

Sabían lo terca que podía llegar a ser cuando se me metía una idea en la cabeza. Así que mi padre trató de distraerme.

—Creo que después de admirar los cerezos deberíamos asistir a los Miyako Odori. ¿No te parece mejor, Chie? —le preguntó a mi madre.

—Yo iré a la okiya Iwasaki. ¡No a los Mikayo Odori!

—¿Qué dices, Masako? —quiso saber él—. Explícame por qué deseas ir a la okiya Iwasaki.

—Porque sí —repliqué—. Así esa señora dejará de ser mala contigo y con mamá. Quiero ir enseguida.

—Un momento, Masako. Lo que sucede entre esa señora, madame Oima y nosotros nada tiene que ver contigo. Eres demasiado pequeña para entender lo que pasa, pero tenemos una inmensa deuda de gratitud con la anciana. Además, tu hermana Tomiko ha ido a la okiya Iwasaki para lavar nuestro honor. Tú no debes preocuparte por nada, pues es un asunto que tenemos que resolver los mayores.

Por fin, mi padre accedió a dejarme pasar una noche en la okiya Iwasaki. Yo quise llevar mi manta y mi almohada favoritas, así que mi madre las incluyó en mi equipaje. Mientras esperaba me senté en el umbral de la puerta y clavé mi mirada en el puente.

Llegó la hora de partir y mamá salió para despedirnos. Una vez en el puente, cuando mi padre se inclinó para cogerme en brazos como de costumbre, rechacé su ofrecimiento.

—No, lo haré sola.

Era la primera vez que lo atravesaba por mí misma y sentía miedo.

Debajo de ese puente hay un canal, por el que discurre agua fresca y cristalina procedente del lago Biwa, que está en el norte. El caudal avanza impetuoso hacia el acueducto de Nanzenji y, una vez en él, corre por su cauce, flanqueado por cerezos, a lo largo de kilómetros y kilómetros, para descender luego en dirección a la principal vía fluvial de Kioto. Continúa más allá del zoo y del santuario de Heian, discurre junto a la avenida de la Fuente Fresca y, por fin, desemboca en el río Kamogawa, desde donde fluye hacia Osaka y el mar. Nunca olvidaré la primera vez que crucé el puente sola. El contraste entre el cemento blanco y el vestido y los calzones rojos que me había tejido mi madre está grabado para siempre en mi memoria.

4

Llegamos a la okiya Iwasaki a primera hora de la tarde. Mi padre se marchó poco después y yo me quedé sentada en silencio en el salón, observando cuanto allí había. Estaba fascinada por los detalles. Miré alrededor hasta que localicé el armario, para tener un sitio donde refugiarme en caso de necesidad. Por lo demás, me mantuve tranquila, repasando de arriba abajo la estancia. Respondía con cortesía a las preguntas que me formulaban, pero insistí en no moverme de donde estaba.

Al atardecer, la señora Oima me cogió de la mano y me llevó a otra casa. Tras abrir la puerta y entrar, ella saludó con una gran reverencia a una mujer a quien yo no conocía. Me la presentó como madame Sakaguchi y me rogó que la llamase madre. La anciana Oima rió y me explicó que madre Sakaguchi era su jefa.

Era una mujer afable y enseguida congeniamos.

Cuando regresamos de la okiya Sakaguchi, ya era la hora de cenar. La cena no se servía como en mi casa, pues en lugar de sentarse a la mesa, todos comían en bandejas individuales dispuestas en forma de «U» alrededor del brasero rectangular. Supuse que, como invitada, mi sitio estaría junto a madame Oima y hacia allí me dirigía justo cuando Vieja Arpía entró en la habitación e hizo ademán de ocupar el mismo lugar.

—Ése es mi sitio —la desafié.

Vieja Arpía iba a protestar, pero la señora Oima intervino, dibujando en su rostro una gran sonrisa:

—Sí, pequeña. Acomódate.

Me senté junto al brasero.

Enfurruñada, Vieja Arpía se situó a mi lado, cogió los palillos y empezó a comer sin decir el tradicional *itadakimasu*, que significa «recibo estos alimentos con humilde gratitud». Es una forma de reconocer los esfuerzos que han hecho los granjeros y otros proveedores para que la comida llegue a la mesa. Madame Oima era la jefa de la familia, de manera que nadie debía comer nada antes de que ella pronunciase esas palabras y levantara sus palillos. Regañé a Vieja Arpía por esa imperdonable transgresión del protocolo.

—Es una grosería empezar a comer antes de que madame Oima haya dicho «itadakimasu» y tomado el primer bocado. Tus modales son pésimos.

—Atiende a sus palabras —aseveró la anciana—. Tiene mucho que enseñarte. —Luego se volvió hacia el resto de las mujeres sentadas alrededor del largo brascro y añadió—: Por favor, no os dirijáis a la señorita Masako a menos que ella os hable primero.

Yo no podía creer que me pusiera por encima de aquellas elegantes señoras.

Pero Vieja Arpía no estaba dispuesta a dejar las cosas como estaban y, sabiendo que la oiría, rezongó con tono efectista:

—Vaya, así que tenemos una princesita en casa, ¿no?

Aquello me disgustó y me apresuré a intervenir de nuevo:

—No puedo comer esto.

—¿Por qué? ¿Qué tiene de malo? —inquirió madame Oima.

—No puedo comer sentada al lado de esta vieja arpía.

Me levanté con calma, busqué a *Gran John* y lo saqué a dar un paseo.

Cuando regresé, mi hermana Kuniko quiso saber si deseaba comer una apetitosa bola de arroz o quizá darme un baño.

—No comeré ninguna bola de arroz que no haya hecho mamá y no me bañaré con nadie, salvo con papá —le notifiqué. Luego, cerré la boca y no volví a abrirla durante el resto de la noche.

Kuniko me preparó para acostarme. Me arropó con mi manta favorita, que era de color turquesa con un estampado de tulipanes blancos, y luego se tendió a mi lado en el futón. Puesto que yo aún era incapaz de conciliar el sueño sin mamar antes, permitió que le chupase un pecho hasta que me quedé dormida.

Mi padre fue a recogerme a la mañana siguiente. En las okiya rige una norma no escrita según la cual no se permiten visitantes antes de las diez de la mañana. Pero mi padre se presentó a las seis y media.

Me alegré mucho de verlo.

—Adiós, hasta pronto —me despedí y me dirigí a la puerta.

La anciana Oima me siguió.

—No tardes en volver, por favor.

—Regresaré —respondí mientras partíamos.

Después me enfadé conmigo misma por haber pronunciado aquella palabra, pues expresaba lo contrario de lo que en realidad pensaba, pero ya no podía retirarla.

Una vez en casa, mi madre se puso tan contenta que creí que iba a llorar. Pero no permanecí a su lado el tiempo suficiente para que me abrazara, ya que corrí al armario buscando protección.

Mi madre logró sacarme de la oscuridad al tentarme con mi comida favorita, un delicioso *onigri* de atún, una especie de bocadillo de arroz con algas por fuera y un sabroso relleno que, por lo general, suele ser de ciruelas o de salmón, aunque yo prefería aquél de migas de bonito seco. (El bonito seco es uno de los pilares de la cocina japonesa. Las migas también se usan para hacer caldo y dar sabor a otros platos.)

La noche que pasé en la okiya Iwasaki fue, en cierto modo, el comienzo de mi traslado. Un tiempo después, permanecí por espacio de dos noches seguidas. Luego, mis visitas se alargaron varios días. Al poco, los días se convirtieron en un mes. Y, al final, próxima a cumplir los cuatro años, me mudé allí de manera definitiva.

5

Resulta difícil explicar con un lenguaje moderno la relevancia, casi la santidad, de la dueña de la okiya y de su sucesora dentro de la jerarquía de Gion Kobu. La propietaria sería la reina, la atotori, a quien también se dispensa un trato deferente, su heredera y los demás miembros de la casa, obligados a aceptar las órdenes de su soberana sin discutir ni hacer preguntas, su corte real.

Aunque todavía no era oficial, madame Oima se comportó como si yo fuera su atotori desde el momento de mi traslado y ordenó a todo el mundo que me atendiese como tal. Las demás habitantes de la okiya debían servirme y satisfacer mis necesidades. Se dirigían a mí con un lenguaje honorífico, no estaban autorizadas a hablarme a menos que yo lo hiciese antes y, en esencia, debían cumplir mis órdenes.

Supongo que algunas se sentirían celosas, pero todas estaban tan interesadas en complacer a la señora Oima que no percibí ninguna reacción negativa ante mi llegada y sentí que la vida a mi alrededor se desarrollaba de la manera más natural.

Madame Oima me pidió que la llamase tía, cosa que hice de buen grado. Seguí sentándome a su lado, en el sitio de honor, durante todas las comidas, en las que siempre me servían en primer lugar y me ofrecían la parte más exquisita.

Al poco de mi llegada aparecieron los modistos para tomarme las medidas y enseguida dispuse de vestuario nuevo: abrigos y vestidos de estilo occidental, y quimonos y obis japoneses. Lo cierto es que, hasta que fui adulta, no llevé ninguna prenda que no estuviera hecha a medida. Iba en quimono por el barrio, pero a menudo me ponía vestidos para ir a las representaciones de teatro *kabuki*, a los combates de sumo o al parque de atracciones.

Tía Oima pasaba horas enteras jugando conmigo y discurría innumerables maneras de entretenerme. Me dejaba ver los quimonos de las geiko siempre que me apetecía, y si tenía las manos muy limpias, me permitía tocar los exquisitos bordados, calcar los dibujos de las escenas otoñales y formar olas en la tela con los dedos.

Dispuso en el genkan un pupitre para que hiciese mis tareas, y yo dibujaba y practicaba en él caligrafía, igual que cuando vivía con mis padres.

Convertimos una fuente de piedra del jardín en un acuario para peces de colores. Fue una empresa laboriosa, de la que nos ocupamos juntas hasta en el último de los detalles. Pusimos bonitas piedras y lentejas de agua para que los peces tuvieran donde esconderse, y compramos piedrecillas de colores, un puente decorado y una figura de una garza, todo con el fin de crear un mundo de ensueño para mis nuevas mascotas.

Un día, tía Oima y yo estábamos en el jardín limpiando el acuario. Era mi tarea favorita, ya que no me obligaba a hablar con nadie, y la habría realizado a diario, pero ella no me dejaba pues, en su opinión, los peces no podían sobrevivir si el agua estaba demasiado limpia, así que debíamos dejarla reposar para que brotasen algas.

En aquella ocasión, le planteé un asunto que me preocupaba:

—Tía, tú no permites que me hable casi nadie. Sólo tú y Vieja Arpía lo hacéis. Pero ¿qué hay de esa tal Yaeko? ¿Por qué sí puede? ¿Y por qué sus hijos viven en mi casa?

—Oh, Mine-chan, creí que lo sabías. Yaeko es la primera hija de tu padre. Es tu hermana mayor. Tus padres son los abuelos de los niños.

Creí que iba a desmayarme o a vomitar, y grité:

—¡No es cierto! ¡Eres una embustera! —Estaba furiosa—. Una vieja como tú no debería mentir, porque pronto te reunirás con el Enma, con el rey de los infiernos, ¡y te arrancará la lengua por no decir la verdad!

Tía Oima respondió con toda la calma y la cortesía de que fue capaz:

—Lo lamento, pequeña, pero me temo que así es. Ignoraba que no te lo habían dicho.

Suponía que existía alguna razón que justificaba la constante interrupción de Yaeko en mi mundo, pero ésta era peor de lo que había imaginado.

—No debes preocuparte por ella —me consoló tía Oima—. Yo te protegeré.

Deseaba creerla, pero seguía experimentando una sensación extraña en el estómago cada vez que Yaeko estaba cerca de mí.

Al principio no me separaba de tía Oima, pero al cabo de unas semanas empecé a sentirme más cómoda y me aventuré a explorar mi nuevo entorno. Elegí como escondite el armario del comedor, que estaba debajo de la escalera, pues era el lugar donde Kuniko guardaba su ropa de cama y podía sentir su aroma cada vez que me acurrucaba entre las mantas. Olía igual que mi madre.

Luego me dirigí a la planta superior. Hallé un armario que también me gustó y decidí usarlo como alternativa.

En aquella planta había cuatro habitaciones espaciosas y muchos tocadores con cajas de afeites para las maiko y las geiko, nada que despertase en mí especial interés.

A continuación, me encaminé a la casa de huéspedes, que resultó todo un hallazgo. La habitación principal, la mejor de la okiya Iwasaki y reservada para las visitas importantes, era una estancia amplia, luminosa e inmaculada.

Yo era la única persona de la casa que tenía permiso para estar allí, pues en cierto sentido, era el único «huésped».

En la parte trasera había un jardín, idéntico en dimensiones al principal, situado junto a la sala del altar y yo pasaba buena parte del tiempo sentada en su galería, embelesada con la serena belleza de las piedras y el musgo.

El cuarto de baño estaba en el extremo opuesto del jardín. En él había una bañera moderna, hecha con fragante madera de cedro blanco, *hinoki*, en la que tía Oima y Kuniko me bañaban todas las noches. Recuerdo que los aromas del jardín penetraban en el humeante baño por una ventana situada en lo alto de la pared.

La mayoría de las noches descansaba en la sala del altar con tía Oima, quien también me dejaba chupar su pecho hasta que me vencía el sueño. Otras veces, cuando hacía mucho calor o la luna se mostraba más brillante, dormíamos en la casa de huéspedes.

Y, en ocasiones, lo hacía con Kuniko en el salón. En las casas japonesas tradicionales, las habitaciones, austeramente amuebladas con tatamis, cumplen varias funciones y, así, el salón a menudo hace las veces de dormitorio. Kuniko era aprendiz de gobernanta y, como tal, tenía la importante obligación de vigilar la cocina y la chimenea, el corazón de la casa. Por lo tanto, cada noche debía correr las pequeñas mesas y desplegar su futón sobre el tatami. Cuando me fui a vivir a la okiya, Kuniko tenía veintiún años. Me sentía segura acurrucada junto a su cuerpo cálido y rollizo. Y, puesto que a ella le encantaban los niños, me cuidaba como si fuese su hija.

Yo seguía despertándome a las seis de la mañana, igual que en casa de mis padres. Casi siempre permanecía tendida en el futón y leía un libro ilustrado de los que me llevaba mi padre, aunque, a veces, me ponía las zapatillas y deambulaba por la casa. Todos los miembros de la okiya se acostaban muy tarde, de manera que a esa hora no había nadie levantado, ni siquiera las criadas. Así es como descubrí dónde dormía todo el mundo.

Las dos criadas apartaban el biombo del genkan y dormían allí mismo, sobre el tatami. Todas las demás lo hacían arriba. Vieja Arpía tenía una habitación para ella sola. Kuniko me explicó que eso se debía a que era una Iwasaki. Las demás geiko y maiko, incluida mi hermana, dormían juntas en la amplia habitación delantera. Y recuerdo que más adelante tambien Ichifumi, Fumimaru y Yaemaru llegaron a compartir aquel dormitorio. Había otra estancia grande, pero nadie la usaba para descansar. Era el sitio donde todas se vestían.

Había una mujer que no dormía en la okiya, a pesar de que estaba casi siempre en la casa. Su nombre era Taji, aunque todo el mundo la llamaba *Aba*, o pequeña madre. Estaba casada con un hermano de tía Oima y vivía en otra casa, pero supervisaba las comidas, la ropa y la limpieza de la okiya.

Yo trataba de entender la jerarquía de los miembros de aquella peculiar familia, muy distinta de la que regía en la mía propia. Mi padre cocinaba, mi madre descansaba, y ambos nos trataban de modo idéntico a los demás. Yo pensaba que todos los miembros de la familia eran iguales. Pero aquí las cosas eran diferentes.

Había dos grupos. Tía Oima, Vieja Arpía, las geiko, las maiko y yo formábamos uno de ellos y Aba, Kuniko, las aprendizas y las criadas, el otro. El primero tenía más poder y privilegios que el segundo, lo cual me preocupaba, porque Kuniko, a quien yo adoraba, no pertenecía a mi grupo, a diferencia de ciertas personas a quienes detestaba, como Yaeko.

Las integrantes del segundo grupo llevaban ropa distinta, usaban otros lavabos y no comían hasta que nosotras habíamos terminado. Les servían comida diferente y estaban obligadas a sentarse en un extremo del comedor, junto a la cocina. Además, no paraban de trabajar.

Un día vi un pescado asado en el plato de Kuniko. Estaba entero, con cabeza y cola, y su aspecto era delicioso. Nunca había visto nada igual, pues siempre había comido el pescado cortado en filetes, incluso en casa de mis padres (un vestigio de la educación aristocrática de mi padre).

—¿Qué es eso, Aba?

—Se llama sardina seca.

—¿Puedo probarla?

—No, cariño, no es un alimento adecuado para ti. No te gustaría.

Se consideraba propio de campesinos y a mí sólo me servían los mejores pescados: lenguado, rodaballo, congrio. Pero ¡un pescado con cabeza y cola! ¡Eso sí que parecía especial!

—¡Me apetece comer lo mismo que Kuniko! —No sabía quejarme, pero esa vez hice una excepción.

—Ese plato no es digno de una atotori —repuso Aba.

—No me importa. Quiero comer lo mismo que las demás y que estemos todas juntas.

A raíz de aquello, pusieron una mesa en el salón y empezamos a comer todas al mismo tiempo, igual que en la casa de mi familia.

Un día tía Oima anunció que me cambiaría el nombre por el de Mineko. Me escandalicé. Sabía que tenía el poder de hacer algo semejante con un perro, pero jamás habría imaginado que pudiera hacérmelo a mí. Mi padre me había puesto el nombre de Masako y, en mi opinión, nadie tenía derecho a cambiármelo. Así pues, le indiqué que no podía.

Sin alterarse, me explicó que Vieja Arpía también se llamaba Masako y que el hecho de que las dos tuviéramos el mismo nombre daría lugar a confusiones. Pese a todo, yo seguí negándome, pero ella no me hizo caso.

Tía Oima empezó a llamarme Mineko e insistió en que todos hicieran lo mismo.

Pero yo no respondía a aquel nombre: me hacía la sorda o daba media vuelta y corría a esconderme en el armario. No estaba dispuesta a claudicar.

Al final, tía Oima decidió recurrir a la ayuda de mi padre y lo mandó llamar. Él se esforzó por hacerme entrar en razón:

—Si quieres, te llevaré a casa, Masako, pues no hay motivo para que toleres esto. Y si deseas quedarte, podrías imaginar que están diciendo Masako cuando te llaman Mineko. Aunque supongo que no sería divertido. Así que puedes volver a casa conmigo.

Mientras intentaba tranquilizarme, Vieja Arpía metió baza:

—Lo cierto es que yo no tengo el menor interés en adoptarte, te lo aseguro. Pero si tía Oima te nombra sucesora, no tendré más remedio que hacerlo.

—¿Qué quiere decir, papá? ¿Cuándo me han adoptado? No les pertenezco, ¿verdad? Soy tuya, ¿a que sí? —No había entendido que ser atotori significaba que acabarían adoptándome.

—Por supuesto, Masako. Sigues siendo mi pequeña y tu apellido todavía es Tanaka, no Iwasaki. —Trató de consolarme y luego se volvió hacia tía Oima—. ¿Sabe?, creo que sería mejor que me la llevase a casa.

Tía Oima se desesperó.

—Un momento, señor Tanaka. Por favor, no se vaya. ¡Se lo suplico! Ya sabe cuánto la quiero. No se la lleve, por lo que más quiera. Esta niña significa mucho para mí. Piense en lo que va a hacer. Y trate de explicarle la situación a Masako. Estoy segura de que lo escuchará. Se lo ruego, señor Tanaka. ¡Por favor!

Mi padre permaneció firme.

—Lo lamento, tía Oima. Es una niña que toma sus propias decisiones. No pienso obligarla a hacer nada que no quiera hacer. Sé que ésta es una gran oportunidad, pero estoy obligado a velar por su felicidad. Tal vez no deberíamos precipitarnos. Deje que reconsidere la cuestión.

En ese momento mi determinación flaqueó y, en cuanto oí las palabras de mi padre, me embargó un profundo sentimiento de culpa. «Lo estoy haciendo de nuevo —pensé—: me comporto como una niña egoísta. Los problemas volverán a empezar y la culpa será mía.»

Mi padre se levantó para marcharse.

—No te preocupes, papá, no hablaba en serio. Está bien, pueden llamarme Mineko; de veras. Me quedaré aquí.

— No tienes por qué decir eso, Masako. Volvamos a casa.

—No, me quedo.

Cuando me fui a vivir a la okiya Iwasaki aún no tenía claro si tía Oima iba a convertirme en una geiko, como las demás mujeres de la casa. Sabía que quería que fuese su atotori, pero ella no era geiko, de manera que ése no parecía un requisito imprescindible para el puesto.

A menudo me hablaba de la danza. Por entonces, yo pensaba que todas las geiko que eran bailarinas comenzaban su carrera como maiko. Y tía Oima no dejaba de contarme historias sobre las legendarias maiko del pasado. No es que yo estuviese demasiado interesada en ser una de ellas, pero quería bailar, aunque no para exhibirme ante otros, sino porque me parecía divertido. Deseaba bailar para mí misma.

Tía Oima me prometió que empezaría a recibir clases el 6-6-6: el seis de junio después de mi quinto cumpleaños (que en el antiguo sistema equivalía al sexto, pues el año del nacimiento se contaba como el primero). Seis-Seis-Seis: en mi imaginación, esa combinación de números se convirtió en un día mágico.

Poco antes del primer día de clase, tía Oima me comentó que debíamos decidir quién sería mi «hermana mayor».

La sociedad femenina de Gion Kobu está organizada según unas normas de parentesco simbólico que, además, determinan las jerarquías en función de la posición social. De este modo, las propietarias de las okiya y los ochaya reciben el nombre de madres o tías con independencia de la edad que tengan, mientras que cada maiko o geiko es la hermana mayor de cualquiera que se haya iniciado en el servicio activo después que ellas. Por otra parte, cada maiko y geiko tiene asignada una madrina que es a su vez su *onesan* particular o hermana mayor.

La geiko con mayor antigüedad adopta el papel de modelo y mentora de la recién iniciada. De este modo, supervisa sus progresos artísticos, hace de mediadora en los conflictos que surgen entre aquélla y sus maestras o el resto de mujeres, la ayuda a prepararse para su debut y la acompaña en sus primeras salidas profesionales. La onesan instruye a la mujer más joven en el complejo protocolo de los banquetes y le presenta clientes importantes y otras personas capaces de ayudarla a prosperar.

Un día, escuché que tía Oima, madre Sakaguchi y Vieja Arpía estaban conversando acerca de mi onesan. Madre Sakaguchi propuso a Satoharu.

¡Ah, si hubiera podido ser como ella!

Satoharu era una geiko famosa de la okiya Tamaki, una de las hermanas de la familia Sakaguchi. Aquella mujer hermosa, esbelta y elegante, se mostraba dulce y atenta conmigo. Aún recuerdo su exquisita interpretación en los bailes de Chikubushima y Ogurik-yokubamonogatari. Yo quería parecerme a ella.

A continuación, Vieja Arpía mencionó a Yaeko, a la horrible Yaeko.

—¿No sería la elección más lógica? Es la verdadera hermana mayor de Mineko y pertenece a nuestra okiya. Aunque nos ha dado algunos problemas en el pasado, creo que lo haría bien.

Me dio un vuelco el corazón.

—A mí me parece que Yaeko tiene más puntos en contra que a favor —respondió madre Sakaguchi—. ¿Por qué cargar a Mineko con la deshonra de la deserción y el divorcio de ella? Nuestra niña merece algo mejor. Además, las geiko no aprecian a Yaeko. Podría acabar siendo perjudicial para Mineko. ¿Qué tiene de malo Satoharu? A mi juicio, supondría una excelente elección.

Como en el resto de la sociedad japonesa, las relaciones personales eran la clave del éxito, por eso madre Sakaguchi prefería verme vinculada a una geiko que me otorgara prestigio dentro de la comunidad.

«Por favor, escuchadla», recé desde la seguridad del armario.

Pero Vieja Arpía no daba el brazo a torcer.

—Me temo que eso no será posible —afirmó—. Yo no podría trabajar con Satoharu: es una mujer pedante y problemática. Yaeko nos conviene más.

Madame Sakaguchi trató de razonar con ella, pero no consiguió convencerla.

En infinidad de ocasiones, he reflexionado sobre los motivos que empujaron a Masako a abogar por la desprestigiada Yaeko en lugar de por la maravillosa Satoharu. Con toda probabilidad, fue una simple cuestión de poder, pues imagino que pensaba que Yaeko le haría caso y Satoharu no.

En consecuencia, mal que me pesara, se decidió que Yaeko sería mi hermana mayor y nada pude hacer para librarme de ella.

Mis padres me visitaban con frecuencia. Papá me llevaba libros ilustrados y mis comidas favoritas; mamá, un jersey o un vestido tejido a mano. Pero empecé a temer sus visitas, porque hacían que Yaeko montase en cólera. Les gritaba que eran vendedores de niños y arrojaba cosas en la cocina, mientras todos mis esfuerzos por defenderlos parecían inútiles.

Tenía cinco años y todavía seguía los dictados del pensamiento mágico: estaba convencida de que yo era la única que podía proteger a mis padres de aquella loca y, por eso, opté por tratarlos con frialdad cada vez que me visitaban, para que no volvieran. Ahora, después de haber sido madre, puedo imaginar la angustia que debió de causarles mi indiferencia.

Me fui haciendo un sitio en la okiya Iwasaki y en las calles de Gion Kobu. En la posguerra, aquel barrio estaba lleno de niños y allí hice mis primeras amistades. Por su parte, los adultos, que sabían quién era y en qué me convertiría, me colmaban de regalos y atenciones. Empecé a sentirme segura y confiada bajo la protección del apellido Iwasaki: estaba convirtiéndome en un miembro de la familia.

6

Tía Oima era una excelente narradora. Pasé muchas noches de invierno escuchándola mientras, arrimadas al brasero, tostábamos frutos secos y bebíamos té. Y, en las tardes estivales, compartí con ella y sus relatos largas horas, abanicándonos en un banco del jardín.

Así fue como conocí la historia de Gion Kobu.

—En los viejos tiempos había un distrito de entretenimiento cerca del Palacio Imperial y del río, en la calle Imadegawa, al que llamaban «el mundo de los sauces». Y allí permaneció hasta que, en el siglo XVI, el poderoso general que unificó el país, Hideyoshi Toyotomi, decidió trasladarlo fuera de la ciudad, lejos del palacio, pues era un hombre muy estricto y deseaba que la gente trabajase a conciencia.

—¿Dónde lo puso?

—En el sur, en el pueblo de Fushimi. Pero todos querían divertirse, como es natural, de manera que una nueva zona de la ciudad ocupó su lugar. Adivina cuál.

—¿Ésta?

—¡Eso es! Los peregrinos llevaban miles de años viniendo al santuario Yasaka para contemplar los legendarios cerezos en flor en primavera y las hojas de los arces en otoño. Durante el siglo XVII, cerca del santuario se abrieron algunas tabernas para que los visitantes pudieran tomar un refrigerio, conocidas con el nombre de *mizukakejaya*, que, con el tiempo, se convirtieron en los modernos *ochaya*, alrededor de los cuales fue creciendo Gion Kobu.

El santuario Yasaka se encuentra situado al pie de las estribaciones del Higashiyama, la cordillera que discurre a lo largo de la frontera este de Kioto. Y Gion Kobu, que ocupa una extensión aproximada de tres kilómetros cuadrados, se halla al oeste del santuario. El distrito lo forma una cuadrícula de cuidadas calles, de las cuales las más importantes son: Hanamikoji, es decir, «el camino de los cerezos en flor», que atraviesa el barrio por su núcleo de norte a sur, y Shinmonzen, que lo cruza de este a oeste. Un antiguo canal, cuyas cristalinas aguas proceden de las montañas del este, recorre la zona en diagonal, trazando un sinuoso sendero. La calle Shinbashi, donde se ubicaba la okiya, sube hacia el santuario.

Tía Oima también nos contó de sí misma.

—Nací aquí, poco después de que el almirante Perry llegase a Japón. Si el capitán Morgan me hubiera conocido antes que a Oyuki, seguro que se habría casado conmigo y no con ella.

Reímos a carcajadas. Oyuki era la geiko más célebre de todos los tiempos. Tenía un protector llamado George Morgan, un estadounidense millonario que acabó casándose con ella. Se trasladaron a París y ella se convirtió en leyenda.

—¡No es posible que fueras tan hermosa como Oyuki! —protestamos todas a coro.

—Lo era más que ella —replicó tía Oima con picardía—. Oyuki tenía un aspecto extraño: su nariz era demasiado grande, aunque ya sabéis que a los extranjeros les gustan esas cosas.

No estábamos dispuestas a dar crédito a sus palabras.

—Me convertí en *naikai* y trabajé duro hasta ascender al puesto de jefa de comedor de Chimoto, el célebre restaurante que está al sur de Pontocho. Pero soñaba con tener mi propio establecimiento algún día.

Las naikai son las mujeres que supervisan y sirven los banquetes en los ochaya y en los restaurantes exclusivos. Es una profesión que requiere mucha habilidad.

—Yo también viví aquí antes de casarme con el tío —intervino Aba—. Éste era uno de las locales más concurridos de Gion Kobu y, después de entonces, nunca ha vuelto a verse tanto trajín. Fue una época maravillosa.

—Teníamos cuatro geiko y dos maiko —añadió tía Oima—. Una de las geiko, Yoneyu, fue la gran estrella de Gion Kobu y una de las mayores de todos los tiempos. Espero que tú llegues a ser como ella.

—En aquella época, la familia de madre Sakaguchi era propietaria de una okiya muy grande. Mi madre, Yuki Iwasaki, estaba asociada con ellos, de manera que la okiya Iwasaki es una rama de la okiya Sakaguchi. Por eso siempre consulto mis decisiones con ella y la llamo «madre», ¡a pesar de que soy diez años mayor!

Con el tiempo, estos pequeños retazos fueron conformando una historia coherente.

Yoneyu, que había hecho una carrera brillante y había llegado a ser la geiko más solicitada de Japón antes de la guerra, consiguió que la okiya Iwasaki se convirtiese en una de las casas de geishas más prósperas.

La propia Yoneyu había mantenido una larga relación con un hombre acaudalado y poderoso llamado Seisuke Nagano, heredero de una importante fábrica de quimonos. En el Japón de antes de la guerra era usual que los hombres prósperos tuvieran amantes, pues los matrimonios no se concertaban por placer, sino para continuar el linaje.

Yoneyu se quedó embarazada y dio a luz a una hija de Seisuke el 24 de enero de 1923 en la okiya. Las habitantes de la casa recibieron la noticia con júbilo, dado que una niña era un tesoro: podían criarla en la okiya, educarla como geiko si demostraba tener talento e, incluso, nombrarla atotori. Los niños, por el contrario y al ser la okiya sólo para mujeres, eran fuente de problemas. Así, la madre de un varón tenía que mudarse a otro sitio o buscar una familia adoptiva para su bebé.

—¿Cómo se llamaba la hija de Yoneyu? —quise saber.

—Masako. —Tía Oima hizo un guiño.

—¿Te refieres a Vieja Arpía? —Me quedé helada al conocer esta parte de la historia.

A pesar de que tía Oima no tenía hijas, yo había dado por sentado que Vieja Arpía era su nieta.

—Sí, Mineko, ella es la hija de Yoneyu y, como ves, no estamos emparentadas por vínculos de sangre.

En la época en que nació Masako, tía Oima, como hija natural de Yuki, era la legítima heredera del negocio. Puesto que no había tenido hijos, y a fin de asegurarse una sucesora, adoptó a Yoneyu, a quien consideró la candidata idónea. Versada en todas las disciplinas propias de una geiko consumada, estaba en condiciones de formar a las aprendizas que ingresaran en la casa. Además, tenía una amplia clientela para presentar a sus pupilas, lo que le permitiría mantener y expandir el negocio.

Garantizar que la línea de sucesión no se rompa es una de las principales responsabilidades de la propietaria de una okiya, por eso tía Oima y Yoneyu, que estaban buscando a alguien que pudiera sucederlas, se alegraron mucho con la llegada de Masako y rezaron para que tuviera las aptitudes necesarias y así formarla como atotori.

A los tres años de edad, Masako empezó a estudiar *jiuta* (un estilo clásico de música y canto) y lo cierto es que prometía. A los seis, comenzó a recibir clases de la ceremonia del té, de caligrafía y de koto (el laúd japonés). Pero, conforme iba creciendo, quedó claro que tenía un carácter difícil: su franqueza rayaba en la mordacidad y era arisca.

Con el tiempo, tía Oima me confió que Masako había sufrido mucho a causa de su condición de hija ilegítima, pues Seisuke, a pesar de que la visitaba a menudo, debido a su posición no podía hacer pública su paternidad, algo que había llenado de vergüenza a la niña y había acentuado su temperamento melancólico.

A su pesar, tía Oima y Yoneyu llegaron a la conclusión de que Masako no sólo no era la atotori ideal, sino que ni siquiera estaba capacitada para ser una buena geiko. En consecuencia la instaron a que se casara y llevara la vida de un ama de casa corriente. A fin de que se instruyese en el arte de ser una buena esposa, la enviaron a un colegio de señoritas una vez que terminó sus estudios en la escuela secundaria, pero regresó de allí a los tres días, ya que no le gustaba, y decidió vivir en la casa hasta que sus mayores le encontrasen un marido.

No quiero dar a entender que una geiko no pueda contraer matrimonio. He conocido geiko famosas que estaban casadas y vivían fuera de la okiya, como Ren, una mujer alta y esbelta que en particular, me deslumbró por el modo en que compaginaba las exigencias de una profesional activa con las de la vida conyugal. Aunque sí es cierto que a la mayoría esa idea nos intimidaba y aguardábamos a retirarnos para casarnos. Otras disfrutaban tanto de su independencia que nunca renunciaron a ella.

En 1943, cuando Masako tenía veinte años, se prometió con un hombre llamado Chojiro Kanai. Cuando él se fue a la guerra, ella se quedó en casa preparando su ajuar, pero por desgracia, la boda no llegó a celebrarse: Chojiro murió en combate.

Una vez descartada Masako, la familia tuvo que buscar otra sucesora para Yoneyu. Fue entonces cuando tía Oima, que conoció a mi padre a través de una amistad común, aceptó llevar a Yaeko a la okiya Iwasaki. Era 1935 y mi hermana tenía diez años. Era una niña adorable, extrovertida y graciosa, equiparable en belleza a la Mona Lisa. Así que tía Oima y Yoneyu decidieron prepararla como sucesora. Y, gracias al enorme éxito de Yoneyu, pudieron hacer una importante inversión en su carrera. La presentaron como maiko con el nombre de Yaechiyo en 1938, cuando tenía trece años, pues antes de la guerra no era obligatorio que las niñas acabasen la escuela secundaria para convertirse en maiko y algunas debutaban con apenas ocho o nueve años. Dedicaron tres a planificar su espectacular debut en el karyukai.

Décadas después, la gente todavía seguía hablando del magnífico vestuario de Yaeko. Habían encargado su espléndida colección de quimonos en las mejores tiendas de Kioto, como Eriman, y con lo que costaba uno sólo de ellos se hubiera podido construir una casa. Tampoco habían reparado en gastos a la hora de comprar adornos para el cabello y otros complementos de su atuendo de maiko. Tía Oima no se cansaba de hablar de lo extraordinario que era y aseguraba que el vestuario de Yaeko constituía una prueba evidente de la riqueza y el poder de los clientes de la casa Iwasaki.

Con motivo de su debut, el barón amigo de Yoneyu le regaló a mi hermana un rubí del tamaño de un hueso de melocotón. Aunque aquello no fue algo excepcional, ya que en Gion Kobu, donde los clientes destacan por su generosidad, los regalos extravagantes siempre han sido habituales.

Pero Yaeko no era feliz, es más, se sentía muy desgraciada, pues pensaba que mis padres la habían traicionado, y detestaba tener que trabajar. Con el tiempo me contó que tenía la sensación de haber descendido del cielo al infierno.

Según ella, la vida con la abuela Tomiko había sido un paraíso. Mi abuela la adoraba y estaban siempre juntas. Yaeko solía sentarse en su regazo mientras ella se comportaba de forma despótica con sus cincuenta criados y con ciertos miembros de la familia. De vez en cuando, se levantaba y gritaba:

—¡Mira esto, Yaeko! —y perseguía a nuestra madre con su lanza. Por lo visto, a Yaeko le hacía mucha gracia.

Mi hermana me explicó que cuando era pequeña ni siquiera sabía que mamá y papá eran sus padres. Creía que eran miembros de la servidumbre de mis abuelos y, cuando quería algo se dirigía a ellos, con un «eh, tú».

De manera que sufrió mucho con su repentino traslado a la okiya Iwasaki, donde estaba obligada a seguir un estricto programa de clases y etiqueta. No le conmovía pensar que lo que para ella había sido el cielo era un infierno para mi madre y era demasiado joven para entender la situación económica de nuestros padres. Su furia se transformó en un vehemente resentimiento que la ha acompañado siempre.

Estoy segura de que sufrió mucho, pero debo aclarar que Yaeko no era ni mucho menos la única descendiente de aristócratas que se encontraba en esa situación. Muchas familias nobles, que se habían empobrecido tras la Restauración Meiji, hallaron en el karyukai un medio de vida para sus hijas, las cuales podían poner en práctica allí la ceremonia del té y la danza que habían aprendido en casa, usar los costosos quimonos a los que estaban acostumbradas, obtener la independencia económica y conseguir un buen marido.

Pero Yaeko, que se sentía defraudada, se construyó poco a poco y con esmero una máscara de displicente coquetería para ocultar su intenso resentimiento, trabajaba lo menos posible y sacaba el máximo provecho de la situación.

A los dieciséis años se enamoró de un cliente, un joven llamado Seizo Uehara que con frecuencia acompañaba a su padre a Gion Kobu. Los Uehara procedían de Nara, donde poseían una importante empresa. La relación pareció mejorar el carácter de Yaeko y no planteó problemas, puesto que Seizo era soltero.

Vida de una geisha

Al principio tía Oima y Yoneyu estaban satisfechas con los progresos de Yaeko, y si Yoneyu era la geiko de mayor renombre de Gion Kobu (y en consecuencia de Japón), mi hermana se convirtió pronto en la número dos. Eran famosas en todo el país y el futuro de la okiya Iwasaki parecía prometedor.

Pero había un problema: era evidente que Yaeko no se tomaba en serio su carrera. Puede ocurrir que una maiko, sobre todo si es tan deslumbrante como Yaeko, logre mantenerse un tiempo gracias tan sólo a lucir sus magníficos trajes y su carisma infantil, pero no prosperará a menos que desarrolle su talento. Y mi hermana era holgazana e indisciplinada, se aburría con facilidad, jamás terminaba lo que empezaba, detestaba las clases, no prestaba atención en los ensayos y tampoco progresaba en la danza. Tía Oima me refirió que la irritaba en extremo.

Habían invertido mucho en ella y empezaban a dudar de que fuese la sucesora idónea. Pero no había otra elección, ya que Masako había quedado descartada. En consecuencia, a falta de una alternativa mejor, tía Oima adoptó a Yaeko. Y las cosas fueron de mal en peor.

En 1939, un año después de que Yaeko debutase como maiko, tras la muerte de su madre, Yuki, tía Oima se convirtió en la jefa de la familia Iwasaki. Yoneyu seguía en activo y sin planes de retirarse, de manera que tía Oima tuvo que renunciar a su sueño de poner un restaurante y asumió la dirección de la okiya.

Fue por entonces cuando otra de mis hermanas ingresó en la casa: Kuniko, la tercera hija de mis padres, que aún estudiaba en la escuela primaria. Era amable y afectuosa, pero tenía dos defectos que le impidieron llegar a ser maiko. En primer lugar, su vista era pésima y no podía desenvolverse sin gafas. El segundo problema era que había heredado la figura de mi madre, y era de baja estatura y rolliza. Por lo tanto, se decidió que sería mejor formarla como asistente. La enviaron a una escuela pública y comenzó su aprendizaje como ayudante de Aba.

El 8 de diciembre de 1941 Japón entró en la Segunda Guerra Mundial y, a lo largo de los cuatro largos años que duró el conflicto, Gion Kobu pasó tantas penalidades como el resto del país. En un

59

esfuerzo por concentrar todos los recursos y la atención de la patria en la campaña de apoyo a los combatientes, el gobierno clausuró el distrito y muchas geiko regresaron con su familia. A las que se quedaron se las reclutó para trabajar en una fábrica de municiones.

En la okiya Iwasaki no había quimonos teñidos con índigo como los que usaban las obreras, de manera que confeccionaron ropa de trabajo con sus antiguos trajes de geiko y debieron de llamar la atención de las personas que vivían fuera del karyukai, cuyas prendas eran de algodón y no de fina seda. Años después tía Oima me contó:

—Aunque estábamos en guerra, las habitantes de Gion Kobu competíamos para ver quién tenía la ropa de trabajo de seda más bonita. Cosíamos cuellos en los escotes, nos recogíamos con primor el pelo en dos largas trenzas y llevábamos inmaculadas diademas de color blanco, pues todavía queríamos sentirnos femeninas. Nos hicimos famosas por la manera en que formábamos en fila, con la cabeza muy erguida, para ir a trabajar a la fábrica.

Tía Oima dividió las posesiones de la okiya en tres lotes y los envió a sitios distintos. Y sólo permitió que permaneciese en la casa el núcleo de la familia: Yoneyu, Masako, Yaeko y Kuniko. Las demás tuvieron que regresar a casa de sus padres. La ciudad se había quedado sin alimentos y, por lo que me explicaron tía Oima y Kuniko, temieron morir de hambre. Subsistieron gracias a una dieta frugal compuesta de tubérculos y una insípida papilla hecha con agua, sal y un poco de cereales.

El novio de Yaeko, Seizo, se alistó en el ejército y permaneció en Japón durante la guerra, de manera que continuaron su relación. En 1944, mi hermana anunció que se marchaba para casarse con él y, a pesar de que aún no había devuelto el dinero que la okiya Iwasaki había invertido en su carrera, tía Oima prefirió no discutir con ella, decidió encajar la pérdida y con gentileza anuló el contrato. Esta clase de revocación no es insólita, pero se considera de muy mala educación. Yaeko le dio la espalda y se marchó sin más.

Puesto que a efectos legales Yaeko era un miembro de la familia, tía Oima la trató como a una hija y le dio una buena dote, que se componía de joyas, incluido el rubí que le había regalado el barón, y dos baúles grandes llenos de valiosos quimonos y obis. Yaeko se trasladó a Osaka e inició una nueva vida.

En diciembre de ese mismo año la okiya Iwasaki sufrió otro revés cuando Yoneyu murió de forma inesperada de una enfermedad renal a la edad de cincuenta y dos años. Tía Oima se quedó sin sucesora. Y Masako, que a la sazón contaba veintidós, perdió a su madre.

Las dos estrellas de la okiya Iwasaki se habían apagado.

La guerra terminó el 15 de agosto de 1945 y la okiya Iwasaki se hallaba entonces en su peor momento. Sólo había tres mujeres viviendo en la amplia casa: la vieja tía Oima, la deprimida Masako y la rolliza Kuniko. Eso era todo. Tía Oima me confesó que había estado tan desesperada que llegó a considerar la posibilidad de cerrar la okiya para siempre.

Pero entonces la situación comenzó a mejorar, pues las fuerzas de ocupación estadounidenses ordenaron la reapertura de Gion Kobu y el karyukai poco a poco fue recuperando la actividad. Los americanos requisaron una parte del teatro Kaburenjo para convertirlo en sala de baile y algunas de las geiko y de las maiko que se habían marchado durante la guerra preguntaron si podían regresar. Entre ellas estaba Koyuki, la más popular de todas. También Aba se incorporó de nuevo a su puesto. De este modo la okiya Iwasaki volvió a abrir sus puertas.

Cuando en una ocasión le pregunté a tía Oima si les había resultado difícil acoger a los estadounidenses en el ochaya tras perder la guerra, me respondió que no demasiado pues, si bien era verdad que albergaban hacia ellos cierto resentimiento, la mayoría de los militares se mostraban agradables. Además, ellas ese alegraban de poder reincorporarse al trabajo. Por otra parte, la habilidad para atender a todos los huéspedes por igual, sin discriminaciones, está arraigada con fuerza en la mentalidad colectiva del karyukai. No obstante, me refirió una anécdota que entendí reflejaba sus verdaderos sentimientos.

Una noche invitaron a Koyuki a un banquete en el Ichirikitei en honor al general MacArthur. Y éste se quedó tan prendado del quimono que ella llevaba que quiso saber si se lo darían para llevárselo a Estados Unidos. Cuando la propietaria del Ichirikitei transmitió la solicitud a tía Oima, ésta respondió:

—Los quimonos son nuestra vida. Lléveselo si lo desea, pero tendrá que llevarme también a mí. ¡Puede ocupar mi país, pero jamás ocupará mi alma! —El general no volvió a pedir el quimono.

Cada vez que tía Oima me detallaba el incidente, levantaba la barbilla y sonreía de satisfacción, y para mí ese orgullo del que hacía gala era uno de sus rasgos que más me fascinaba.

Todavía conservo aquel quimono. Está guardado a buen recaudo en un baúl de mi casa.

Durante los años siguientes la okiya Iwasaki fue prosperando, a idéntico ritmo que lo hacía el país.

Masako, por su parte, seguía esperando que su novio volviera de la guerra, pues el gobierno no comunicó la muerte de Chojiro a su familia hasta 1947. Al conocer la noticia, Masako quedó destrozada y lloró durante días, abrazada a su colcha nupcial. Ahora estaba realmente sola, sin perspectivas de futuro ni un sitio donde ir.

7

Tía Oima no esperaba volver a ver a Yaeko, de manera que se llevó una enorme sorpresa cuando ésta apareció sin anunciarse en la okiya Iwasaki, poco después de que Tomiko se mudase allí.

Mi hermana mayor deseaba reincorporarse al trabajo, pues su matrimonio había sido un auténtico desastre y acababa de solicitar el divorcio. Su esposo, Seizo, había resultado ser un mujeriego incorregible, y además, se había metido en negocios poco transparentes que los habían llevado a la ruina. Al final, la abandonó con dos niños pequeños y una montaña de deudas de las que ella era la responsable legal. En tales circunstancias, Yaeko había llegado a la conclusión de que reclamar su puesto en la okiya Iwasaki sería la solución a sus problemas: pretendía que tía Oima pagase sus deudas, y devolverle luego ella el dinero trabajando como geiko.

Tía Oima pensó que se había vuelto loca. Por razones demasiado numerosas para detallar ahora, lo que mi hermana le proponía resultaba inaceptable. En primer lugar, su apellido ya no era Iwasaki, sino Uehara. Y, dado que ya no era miembro de la familia, no podía ser la atotori. Aunque obtuviera el divorcio, tía Oima no esta-ba dispuesta a restituirle su puesto, pues había demostrado con sus actos que no lo merecía, que era demasiado egoísta e irresponsable.

En segundo lugar, cuando una geiko se retira, su carrera queda truncada. Por tanto, hubieran tenido que relanzar a Yaeko y, dado que ya no tenía trajes, invertir una pequeña fortuna en su vestuario. Pero era ella quien debía dinero a la okiya y no a la inversa. Además, tía Oima, que había destinado todo el efectivo que le quedaba en la preparación de Tomiko, no disponía de capital para saldar las deudas de Yaeko. Por último, mi hermana mayor había dado la espalda a la okiya cuando más la necesitaban y tía Oima no la había perdonado.

La lista de recriminaciones continuó. Yaeko no había sido una buena geiko y nada indicaba que fuese a mejorar. Hacía siete años que no asistía a clases de baile. La gente no la apreciaba. ¿Y qué haría con sus hijos? Era evidente que no podrían vivir con ella en la okiya Iwasaki.

La sola idea repugnaba a tía Oima, ya que constituía una flagrante transgresión del protocolo, y para ella ésa era la razón más preocupante de todas.

Le contestó a Yaeko que no, enumerando el sinfín de cuestiones con rigor y minuciosidad, y a continuación le sugirió que o bien pidiese ayuda a su familia política, que ahora estaba obligada a responsabilizarse de ella y de los niños, o bien buscase un empleo en un ochaya o en un restaurante, puesto que su formación la cualificaba para esa clase de trabajo.

Durante aquel acalorado intercambio de palabras tía Oima dejó caer que estaba preparando el debut de Tomiko y que deseaba que yo fuese a vivir con ella para convertirme en su sucesora.

A Yaeko, quien hacía años que no mantenía contacto con mis padres y ni siquiera sabía de mi existencia, aquellas palabras la llenaron de indignación dado que no sólo había perdido su opción al trono, sino que, además, la usurpadora era otro retoño de sus odiosos progenitores. Salió de la okiya Iwasaki hecha una furia y cogió el siguiente tranvía.

Pero, como era una mujer muy astuta, durante el corto trayecto hasta Yamashina estudió sus posibilidades. Ahora sabía que le resultaría imposible heredar la okiya Iwasaki. Aunque también sabía que sólo por medio de sus ingresos podría saldar las deudas y que trabajar como geiko era la forma más rápida de ganar dinero. Sin lugar a dudas, tenía que conseguir que tía Oima le devolviera su empleo.

«¿Qué había dicho la vieja? Que estaba deseando que Masako ingresara en la okiya Iwasaki.»

Yaeko, capaz de leer los pensamientos de tía Oima y conocedora del funcionamiento del sistema, era consciente de cuánto me necesitaba la anciana.

«Tal vez pueda usar a esa mocosa como moneda de cambio para negociar mi reincorporación —debió de pensar—. ¿Y qué más? Ah, sí, los niños. No hay problema: mis padres se harán cargo de ellos. Me lo deben.»

Llevaba un quimono oscuro, ceñido con un obi decorado con dibujos geométricos de color beis, marrón y negro... La observé mientras cruzaba el puente en dirección a casa.

La vehemencia de Yaeko y sus propios remordimientos desarmaron a mis padres. Ella los acusó de tener hijos sólo para venderlos y ellos se sintieron obligados a quedarse con los niños.

Yaeko regresó a casa de tía Oima y le indicó que estaba libre para volver y ponerse a trabajar. Además, le prometió que me entregaría en bandeja de plata.

Tía Oima no sabía qué hacer. Estaba dispuesta a aceptar a Yaeko si ésta era capaz de ayudarla a ganarme para la okiya. Por otra parte, y aunque mi hermana mayor era holgazana, había sido una estrella, y quizás una estrella sin brillo fuese mejor que nada. Decidió consultar a madre Sakaguchi.

—Me gustaría conocer a la niña de la que te has enamorado —afirmo ésta—. Confío en tu intuición y creo que debemos hacer cuanto esté en nuestras manos para que ingrese en la okiya Iwasaki. Cedamos, por el momento, y tratemos de volver las tornas para que Yaeko nos resulte útil. Además, teniendo en cuenta que en sus tiempos fue muy popular, generará ingresos y dará prestigio a la casa.

—¿Y qué hay de sus deudas? Ahora mismo no tengo dinero para liquidarlas.

—Yo las pagaré. Pero que quede entre nosotras, pues no quiero que Yaeko se entere. Nos conviene que se sienta sometida y no me gustaría darle alas. Me resarcirás del dinero cuando ella te lo haya devuelto, ¿de acuerdo?

—Acepto con humildad su generosa oferta. —Tía Oima hizo una reverencia hasta tocar el tatami—. Haré todo lo posible para presentarle a Masako cuanto antes.

Yaeko se puso muy contenta al ver que su plan había funcionado. Se trasladó a la okiya Iwasaki y se preparó para volver al trabajo. Pero, como no tenía qué ponerse y los quimonos de la casa estaban reservados para Tomiko, tuvo la osadía de forzar la puerta del armario donde los guardaban y, después de sacar algunos de los mejores, anunció:

—Éstos servirán. Los usaré.

Tía Oima me contó que se había quedado petrificada. Resulta difícil explicar la importancia de los quimonos en la vida de una geiko y la magnitud de la transgresión de Yaeko. Los quimonos, las vestiduras de nuestra profesión, son sagrados para nosotras y constituyen un símbolo de nuestra vocación. Confeccionados con las telas más refinadas y caras del mundo, encarnan nuestro concepto de la belleza. Cada quimono es una obra de arte exclusiva, en la creación de la cual ha participado su propietaria.

Por lo general, son muchas las cosas que podemos deducir de un hombre o una mujer basándonos en la calidad del quimono que viste: su posición social, su sentido del estilo, sus orígenes familiares y su personalidad. Aunque haya pocas variaciones en el corte de un quimono, la diversidad de colores, dibujos y telas es infinita.

La capacidad para escoger un quimono apropiado a cada situación es un arte y la correspondencia entre esta prenda y la época del año es fundamental. Los cánones del gusto tradicional japonés dividen el año en veintiocho estaciones, cada una de las cuales tiene sus propios símbolos. De este modo, en circunstancias ideales, los colores y dibujos del quimono y del obi, el fajín, reflejan la estación: por ejemplo, los ruiseñores en mayo, o los crisantemos a principios de noviembre.

Al apoderarse con absoluta ligereza de los quimonos de Tomiko, Yaeko había cometido una flagrante violación de las normas, tan grave como si hubiese atacado a Tomiko o como si hubiera vulnerado su intimidad. Pero tía Oima no pudo detenerla: yo todavía no había llegado.

Yaeko fue a ver a mis padres y les anunció que había prometido llevarme a la okiya Iwasaki. Le repitieron una y otra vez que no tenía ningún derecho a tomar esa decisión. Pero ella se negó a escucharlos. Parecía tonta. O retrasada.

En medio de este drama, yo decidí ir a vivir a la okiya Iwasaki con tía Oima. Y lo hice por propia voluntad. Lo cierto es que, al mirar atrás, me sorprenden tanto mi determinación como mi firmeza a una edad tan temprana.

8

El 6 de junio de 1954 me desperté al amanecer, como solía hacer cuando vivía con mis padres. Los gallos cantaban y, en el jardín, el arce había empezado a echar retoños.

No había nadie levantado, ni siquiera las criadas. Cogí un libro que me había regalado mi padre y que hubiera podido recitar de memoria, de tantas veces como lo había leído.

Según una antigua tradición japonesa, los niños destinados a desempeñar profesiones artísticas, como los hijos varones de los actores de kabuki y nō, se inician de forma oficial el día 6 de junio de su sexto año de vida (6-6-6). Sin embargo, muchos niños que desean dedicarse a una actividad artística tradicional comienzan a prepararse a los tres años de edad.

Este aprendizaje temprano es característico sobre todo de las dos grandes escuelas dramáticas tradicionales de Japón: el nō y el kabuki. El teatro nō, que nació en el siglo XIX, se basa en antiguas danzas cortesanas interpretadas en honor de los dioses. Es aristocrático, majestuoso y lírico. El kabuki, que surgió dos siglos después como entretenimiento para el pueblo llano, es más animado y puede equipararse a la ópera occidental.

Tanto en el nō como en el kabuki, los protagonistas son exclusivamente hombres. Los hijos de los grandes actores comienzan a prepararse desde niños y son muchos los que acaban sucediéndoles. La tradición familiar en la profesión de varios actores contemporáneos célebres se remonta a diez generaciones o incluso más.

En mi primer día, amanecí con el sol y aguardé paciente a que llegase la hora de avisar a tía Oima. Por fin sonó el despertador del barrio: en la calle Shinbashi, enfrente de la okiya Iwasaki, había una tienda de comestibles, cuya anciana dueña todas las mañanas estornudaba tres veces seguidas y de forma escandalosa a las siete y media en punto. Me sirvió durante años.

Tía Oima abrió los ojos.

—¿Ya es la hora?

—Sí —respondí.

—Aguarda un momento. Tengo una cosa para ti.

Sacó un pequeño cubo metálico. Dentro había cepillos, una escobilla, un plumero, bayetas y una cajita de polvos limpiadores. Había pensado en todo.

Primero fuimos a rezar a la sala del altar. Luego, me ató las mangas del quimono con un *tasuki* o cordón, para que pudiera trabajar, y metió el plumero debajo de mi obi, en la espalda. Después me llevó al aseo y me enseñó a limpiarlo. Puesto que ésta es la primera responsabilidad que la propietaria de una okiya delega en su sucesora, el hecho de entregarme la escobilla para el inodoro significaba lo mismo que pasarme el testigo. El trabajo de tía Oima había terminado y el mío acababa de empezar.

La okiya Iwasaki tenía tres lavabos, cosa insólita en aquella época. En la planta baja había dos: uno para las geiko y los invitados, y otro para el servicio. El de arriba estaba destinado a las residentes. Los tres tenían pilas y yo era la responsable de mantenerlas impecables.

Era una tarea perfecta para mí, pues podía realizarla totalmente sola y no necesitaba hablar con nadie mientras tanto. Además, hacía que me sintiese mayor y útil. Cuando terminé, estaba muy orgullosa. Kuniko me preparó un desayuno especial para el gran día, del que dimos cuenta hasta cerca de las nueve.

Para el primer encuentro con mi maestra, tía Oima me puso el nuevo quimono de aprendiza. Era de seda, con rayas rojas y verdes sobre fondo blanco y un obi rojo de verano. También me dio una colorida bolsa de seda estampada, en cuyo interior había un abanico, un *tenugui* o pañuelo de baile, unos *tabi* (calcetines) envueltos en fundas de seda que había confeccionado ella misma, un juguete y algo para comer.

La profesora de danza de la familia Sakaguchi se llamaba señora Kazama. Yo la había visto varias veces en la casa de madre Sakaguchi y sabía que le había dado clases a Yaeko y a Satoharu, así que di por sentado que también sería mi maestra. Pero tía Oima me explicó que nos estábamos preparando para ir a la casa de Yachiyo Inoue IV, la *iemoto* o gran maestra del Kyomai Inoueryu, pues ella me instruiría.

Todo el mundo terminó de vestirse de gala y nos marchamos. Tía Oima encabezaba el séquito y la seguía Vieja Arpía; Yaeko y yo íbamos detrás, y Kuniko, que llevaba mi reducido equipaje, cerraba la comitiva. Nos dirigimos primero a casa de madre Sakaguchi, y ésta y la señora Kazama se unieron a nuestra ordenada procesión. El estudio de la gran maestra, cuyo verdadero nombre era Aiko, estaba situado en su casa de la calle Shinmonzen, a pocos minutos de allí.

Cuando llegamos, nos condujeron a una sala de espera contigua a uno de los salones de ensayos, desde la que pude comprobar que la atmósfera en el salón de ensayo era silenciosa y tensa. De repente me sobresaltó un ruido fuerte. Era el sonido inconfundible de un abanico al chocar contra una superficie dura.

Me encontraba observando la clase cuando la maestra riñó a una alumna y le pegó en el brazo con el abanico. Al oír el ruido di un respingo y, de forma instintiva, busqué un lugar donde esconderme. Pero me perdí y acabé enfrente de un cuarto de baño. Tras unos minutos de pánico, Kuniko me localizó y me llevó con las demás.

Entramos en el estudio y madre Sakaguchi hizo que me sentase junto a ella, frente a la gran maestra, en la tradicional postura de respeto, e hizo una ampulosa reverencia.

—Señora Aiko, permítame que le presente a esta querida niña. Es uno de nuestros tesoros y le rogamos que la instruya con el máximo celo. Se llama Mineko Iwasaki.

La iemoto respondió al saludo inclinándose a su vez.

—Lo haré tan bien como pueda. ¿Empezamos ya?

Mi corazón latía muy deprisa y no sabía qué debía hacer, de manera que me quedé paralizada. La iemoto se acercó a mí y, con absoluta amabilidad me rogó:

—Por favor, Mine-chan, siéntate sobre los talones. Yergue la espalda y pon las manos sobre el regazo. Muy bien. Ahora, lo primero que vamos a hacer es enseñarte a sujetar el *maiohgi*, el abanico de baile. Aquí tienes. Deja que te enseñe.

El abanico de una bailarina es un poco más grande que los demás, con varillas de bambú de unos veinticuatro centímetros. Se coloca debajo del obi, del lado izquierdo, de modo que se mantenga firme y con la parte superior hacia arriba.

—Saca el maiohgi del obi con la mano derecha y colócalo sobre la palma de la mano izquierda, como si estuvieras aguantando un cuenco de arroz. Luego, desliza la mano por el cuerpo del abanico hasta el extremo y sujeta el mango con la mano derecha. A continuación, inclínate y déjalo en el suelo, delante de tus rodillas. En esta posición, y manteniendo la espalda recta por completo, haz una reverencia mientras dices: «*Onegaishimasu*», que significa «Por favor, acepte mi humilde solicitud de ser su alumna». ¿Está claro?

—Sí.

—Así no. Dí «sí». —Usó la pronunciación de Gion: *hei*, en lugar de *hae*, que era la que me habían enseñado—. Ahora inténtalo.

—Sí.

—*Sí.*

—Sí.

Estaba tan concentrada en colocar el maiohgi de la forma adecuada que había olvidado atender a sus enseñanzas.

—¿Y no dices «Onegaishimasu»?

—Sí.

Sonrió con indulgencia.

—Muy bien. Ahora ponte de pie y te mostraré algunos pasos.

—Sí.

—No es preciso que respondas que sí cada vez que te indico algo.

—Ajá. —Esta vez, asentí con la cabeza.

—Tampoco hace falta que asientas con la cabeza. Y ahora imítame: pon los brazos y las manos de esta manera, y mira en esa dirección.

Así empezó todo. Ya estaba bailando.

Las danzas tradicionales japonesas son muy distintas de las occidentales. No se practican con calzado especial, sino con unos calcetines llamados tabi. Los movimientos, a diferencia de los del ballet, por ejemplo, tienen una cadencia lenta y se centran en la relación del bailarín con el suelo, más que con el cielo. Sin embargo, al igual que en el ballet, requieren un buen entrenamiento muscular y se enseñan mediante el aprendizaje de una serie de figuras, las *kata*, que son fijas y que, una vez unidas, forman una pieza.

La escuela Inoue tiene fama de ser la mejor de Japón. En consecuencia, la iemoto de esta escuela es la persona más poderosa en el mundo de las danzas tradicionales y el patrón que sirve de referencia para valorar a todos los bailarines.

Pasado un tiempo prudencial, madre Sakaguchi intervino:

—Creo que la niña ya ha aprendido bastante por hoy, señora Aiko. Muchas gracias por su amabilidad y su consideración.

Yo tenía la impresión de que había pasado mucho tiempo.

La iemoto se volvió hacia mí.

—Bien, Mine-chan. El baile que hemos estado practicando se llama *kadomatsu*. No haremos nada más por hoy.

El kadomatsu es el primer baile que se enseña en la escuela Inoue a las niñas que se inician en esta disciplina.

En realidad, es un adorno hecho con ramas de pino que usamos para decorar la casa durante los festejos del Año Nuevo. Debido a su carácter festivo y a la fragancia que exhala, yo lo asociaba con momentos felices.

—Sí —respondí.

—Después de decir «sí», deberías sentarte y añadir «gracias».

—Sí —repetí.

—Y antes de salir del estudio, debes dar las gracias otra vez y despedirte con una última reverencia. ¿Entendido?

—Sí. Adiós —concluí y regresé aliviada a los protectores brazos de madre Sakaguchi, que sonreía complacida.

Tardé un tiempo en relacionar lo que entendía con lo que debía hacer y más aún en sentirme cómoda con el dialecto de las geiko. La modalidad dialectal de Kioto que había aprendido en casa era propia de la aristocracia, incluso más lenta y suave que la que se hablaba en Gion Kobu.

Madre Sakaguchi me dio una palmadita en la cabeza.

—Ha sido estupendo, Mineko. Lo has hecho muy bien. ¡Qué lista eres!

Tía Oima no consiguió ocultar su sonrisa, a pesar de que se cubrió la boca con la mano. Y yo, aún sin saber qué había hecho para merecer semejante elogio, me alegré de verlas tan contentas a las dos.

9

La okiya Iwasaki estaba a una manzana hacia el sur de Shinmonzen, en la calle Shinbashi, y a tres casas hacia el este de Hanamikoji. Madre Sakaguchi vivía al otro lado de Hanamikoji, a seis casas de la nuestra en dirección oeste. El estudio de la iemoto se encontraba a una manzana al oeste y otra al norte de Shinmonzen. Y el teatro Kaburenjo, seis manzanas más al sur. Así que, cuando era pequeña, iba andando a todas partes.

Las calles de Gion están flanqueadas por elegantes establecimientos que proporcionan todos los servicios necesarios para nuestra actividad. Además de centenares de okiya y ochaya, hay floristerías, galerías de arte y tiendas que venden exquisiteces para si- baritas, adornos para el cabello o abanicos. Es un barrio populoso y concurrido.

A partir del 6-6-6 mi vida devino mucho más ajetreada. Empecé a tomar lecciones de caligrafía con un hombre maravilloso llamado tío Hori, que vivía dos casas más abajo, mientras que su hija, que era maestra de una importante modalidad de jiuta en la escuela Inoue, me enseñaba canto, koto y shamisen, dos instrumentos de cuerda que llegaron a Japón procedentes de China. El koto es un laúd grande, de trece cuerdas, que se apoya en el suelo cuando se toca. El shamisen, más pequeño y con tres cuerdas, se toca como una viola y acompaña la mayoría de nuestros bailes.

Además, me ocupaba de limpiar los lavabos por la mañana y tomaba clases de baile por las tardes.

Ya era una niña mayor y debía comportarme como una atotori. No me permitían gritar, ni decir palabras malsonantes, ni hacer nada indigno de una sucesora. Tía Oima empezó a obligarme a usar el dialecto de Gion Kobu, a lo que hasta entonces me había resistido con todas mis fuerzas. Sin embargo, en esa época me corregía a todas horas. Tampoco me dejaba armar jaleo ni correr e insistía una y otra vez en que no debía lastimarme, ya que una fractura en un brazo o en una pierna desluciría mi belleza y mermaría mis aptitudes para el baile.

Tía Oima se entregó de lleno a prepararme como su sucesora. Hasta entonces yo me había limitado a jugar a su lado mientras ella trabajaba, pero ahora empezó a explicarme cuanto hacía y yo, consciente ya de lo que sucedía, comencé a participar en la rutina diaria de la okiya Iwasaki.

Mi jornada empezaba temprano. Todavía me despertaba antes que las demás, pero ahora tenía algo que hacer. Mientras limpiaba los lavabos, Kuniko se levantaba y empezaba a preparar el desayuno, y las criadas emprendían sus tareas matutinas.

Limpiaban la okiya empezando por el exterior. Primero barrían el tramo de calle que estaba delante de la casa y luego el camino que iba de la cancela a la puerta. Lo mojaban con agua y ponían un cono de sal cerca de la entrada principal, para purificar la okiya. A continuación, limpiaban el genkan y giraban las sandalias de todo el mundo para que quedasen en dirección a la puerta, listas para salir al exterior. En el interior de la casa, ordenaban las habitaciones y guardaban los objetos que habíamos usado durante la noche. De este modo, todo estaba en su sitio antes de que tía Oima despertase.

Para terminar, preparaban el altar budista en el que tía Oima rezaba sus oraciones matutinas. Quitaban el polvo a las imágenes, limpiaban el quemador de incienso, tiraban a la basura las ofrendas del día anterior y ponían velas nuevas en los candelabros. Hacían lo mismo con el altar sintoísta que se encontraba en un estante elevado, en un rincón de la habitación.

La gente que vive en Gion Kobu suele ser muy devota. Nuestra existencia está impregnada de los valores espirituales y religiosos que son la base de la cultura japonesa. En la práctica, nuestra vida cotidiana está estrechamente vinculada a las ceremonias y festivales que jalonan el año japonés y que representamos con la máxima fidelidad posible.

Todas las mañanas, después de levantarse y lavarse la cara, tía Oima hacía sus plegarias matutinas en la sala del altar y yo procuraba terminar de limpiar a tiempo para rezar con ella. Aún es lo primero que hago por las mañanas.

Luego, en los minutos que faltaban para el desayuno, tía Oima y yo mimábamos a *Gran John*. Las aprendizas, que ya estaban en pie, ayudaban a las criadas a concluir las primeras tareas del día. La limpieza constituye una parte esencial del proceso de aprendizaje en todas las disciplinas tradicionales japonesas y es una práctica imprescindible para cualquier aprendiz. Se le atribuye un significado espiritual, pues, en teoría, al purificar un lugar de máculas acrisolamos también nuestra mente.

Las maiko y las geiko se despertaban cuando la casa ya estaba en orden. Eran las últimas en levantarse, ya que trabajaban hasta bien entrada la noche y, puesto que sus ingresos nos mantenían a todas, no tenían que ocuparse de las tareas domésticas.

Desayunábamos cuando llegaba Aba y, después, cada una atendía sus asuntos. Las maiko y las geiko se iban a sus clases en la academia Nyokoba o a la sala de ensayos si estaban preparándose para una función. Las criadas se enfrascaban en las faenas que quedaban pendientes: airear la ropa de cama, hacer la colada, cocinar y comprar. Yo no empezaría a ir a la escuela hasta un año después, de manera que procuraba ayudar a tía Oima con sus obligaciones matutinas.

Tía Oima y Aba pasaban la mañana organizando el horario de las maiko y las geiko que estaban bajo su tutela. Revisaban las cuentas de la noche anterior, tomaban nota de las deudas y los ingresos, estudiaban las solicitudes y aceptaban tantas citas como permitía la agenda de las geiko. Tía Oima decidía qué atuendo llevarían esa noche, y Aba se ocupaba de preparar y coordinar los conjuntos.

El escritorio de tía Oima estaba en el comedor, enfrente de su sitio junto al brasero. Tenía un libro de contabilidad para cada geiko y apuntaba las actividades de todas, incluyendo los trajes que usaban para entretener a cada cliente. Tía Oima también llevaba la cuenta de lo que gastaban en cada mujer; por ejemplo, para comprar un quimono o un obi. Los gastos de comida y clases se calculaban y deducían mes a mes.

La entrada de hombres en la okiya estaba autorizada a partir de las diez, después de que la mayoría de las habitantes de la casa se hubiera marchado. Así que, casi todos los proveedores se presentaban por la mañana. Nos traían hielo para la nevera. A los vendedores de quimonos, comida u otros artículos se los recibía en el genkan, igual que a los acreedores. Había un banco donde se sentaban mientras cerraban sus tratos. Los parientes varones, como mi padre, tenían permiso para entrar en el comedor y sólo los sacerdotes y los niños podían ir más allá. Ni siquiera el marido de Aba, que era el hermano menor de tía Oima, tenía libre acceso a la okiya.

Por eso la sola idea de que las casas de geishas son antros de perdición es ridícula, ya que los hombres apenas sí pueden entrar en estos bastiones de la sociedad femenina y, mucho menos, alternar con las mujeres.

Una vez organizados los compromisos de la noche, tía Oima se vestía para salir. Todos los días iba a visitar a alguien con quien la okiya tenía una deuda de gratitud: los propietarios de los ochaya o de los restaurantes donde habían actuado las geiko la noche anterior, los maestros de música o baile que les daban clase, las madres de establecimientos afines o los artesanos locales que nos vestían. La presentación de una sola maiko o geiko requería el esfuerzo de muchas personas.

Las visitas informales son cruciales en la estructura social de Gion Kobu, pues con ellas se cultivan y mantienen las relaciones interpersonales en las que se basa el sistema. Tía Oima me incluyó en su ronda de visitas diaria en cuanto me mudé a la okiya, porque sabía que los vínculos que estableciera en esos encuentros me servirían durante el resto de mi carrera profesional o de mi vida, si decidía pasarla en Gion al igual que ella.

Casi todas las mujeres se reunían en la okiya para el almuerzo. Comíamos los tradicionales alimentos japoneses, es decir arroz, pescado y verduras, y sólo probábamos los platos occidentales, como carne y helado, cuando, en ocasiones especiales, íbamos a un restaurante elegante. El almuerzo constituía el sustento principal de la dieta, ya que las geiko no pueden comer en exceso antes de sus funciones nocturnas.

Ni éstas ni las maiko están autorizadas a probar bocado en un *ozashiki*, por muy suntuoso que sea el banquete que se sirva, ya que están allí para entretener a los invitados; para dar y no para recibir. La única excepción a la regla es cuando un cliente invita a la geiko a comer a un restaurante.

Tras el almuerzo, tía Oima o Kuniko les comunicaban los compromisos previstos para la noche. Entonces, las geiko iniciaban su trabajo y recopilaban información acerca de las personas a quienes tendrían que entretener. Si uno de los clientes era un político, la geiko en cuestión estudiaba la legislatura que aquél defendía; si se trataba de una actriz, leía algún artículo sobre ella en una revista; si era un cantante, escuchaba sus discos. O leía su novela. O estudiaba el país de donde procedía. Para ello nos servíamos de todos los recursos a nuestro alcance. Pasé muchas tardes, sobre todo cuando era maiko, en librerías, bibliotecas y museos. Las chicas más jóvenes pedían consejo e información a sus hermanas mayores.

Además de a investigar, las geiko dedicaban las tardes a hacer visitas de cortesía, para mantener las buenas relaciones con los propietarios de los ochaya y con las geiko de mayor antigüedad. Si cualquier miembro de la comunidad enfermaba o sufría un accidente, el protocolo requería que fuesen a verlo de inmediato para expresarle su pesar.

Kuniko me llevaba a la clase de danza a media tarde.

Al atardecer, las maiko y las geiko regresaban a la okiya para cambiarse y, a partir de ese momento, se vetaba el acceso a cualquier persona ajena a la casa. Las mujeres se bañaban, se arreglaban el pelo y se aplicaban el maquillaje que tanto les favorecía. Entonces llegaban los encargados de vestuario, que procedían todos del Suehiroya, para ponerles el traje.

La mayoría de los responsables de vestuario, u *otokoshi*, son hombres y constituyen la única excepción a la norma que prohíbe el acceso de las visitas masculinas a los aposentos interiores de la okiya, pues a ellos sí se les permite subir a la guardarropía de la segunda planta. El suyo es un oficio altamente especializado y tardan muchos años en dominarlo. Tener un buen encargado de vestuario es decisivo para el éxito de la geiko, debido a que en nuestro oficio el equilibrio es esencial. Cuando yo debuté como maiko pesaba cuarenta kilos y mi quimono, veintidós. Tenía que sostenerme con todo el atuendo y de manera impecable sobre unas sandalias de madera de doce centímetros de altura. Un solo elemento fuera de lugar hubiera podido ocasionar una desgracia.

Los quimonos se llevan siempre con sandalias de madera o de piel. Los *okobo*, una especie de zuecos de madera que deben su gran altura a la longitud del obi, son un componente distintivo del atuendo de la maiko.

Resulta difícil caminar con los okobo, pero obligan a andar con un paso menudo y afectado que, se supone, añade atractivo a la maiko.

Las geiko y las maiko siempre llevan calcetines blancos o tabi que tienen una separación para el dedo gordo, al estilo de una manopla, con el fin de que las sandalias puedan calzarse con facilidad. Los usamos de una talla menos que éstas, lo que confiere al pie un aspecto delicado y primoroso.

El otokoshi que me asignaron cuando tenía quince años era el heredero del Suehiroya, un establecimiento que servía a la okiya Iwasaki desde hacía mucho tiempo. Me vistió día tras día durante mis quince años de profesión, excepto un par de veces que estuvo enfermo, llegó a conocer todas mis peculiaridades físicas, como el desplazamiento de vértebra que sufro a consecuencia de una caída y que me impide andar si no me ponen el quimono y los múltiples accesorios del traje de forma adecuada.

Si la principal aspiración de una geiko es la perfección, la obligación del encargado de vestuario es asegurarse de que la consiga. Y sobre él recaerán las culpas si falta algún detalle, si un accesorio está mal puesto o si el quimono no se corresponde con la estación del año.

La vinculación entre los otokoshi y la okiya va mucho más allá de estas cuestiones, pues, dado su íntimo contacto con los mecanismos del sistema, los encargados de vestuario desempeñan un papel decisivo en diversas relaciones dentro del karyukai, como el emparejamiento de hermanas mayores y menores. Además, cuando la ocasión lo requiere, actúan como escoltas. Por último, son nuestros amigos, y a menudo, confidentes, y las geiko solemos recurrir a ellos cuando necesitamos consejo o apoyo fraternal.

Mientras las mujeres ultimaban los preparativos y los mensajeros llegaban con encargos de última hora, las criadas limpiaban la entrada de la casa para la salida de las geiko. Volvían a barrerla a conciencia, la mojaban con agua y cambiaban la pila de sal por otra. A primera hora de la noche las maiko y las geiko, resplandecientes con sus magníficos atuendos, salían de la okiya para cumplir con sus compromisos.

Tras su partida, se hacía el silencio en la casa. Las aprendizas y el personal de servicio cenaban. Yo practicaba caligrafía, los pasos de baile que había aprendido aquel día y la pieza de koto en la que estaba trabajando. Además, una vez que empecé a ir a la escuela, también debía ocuparme de los deberes. Por su parte, Tomiko repasaba sus ejercicios de shamisen y canto, y procuraba encontrar tiempo para visitar los ochaya, con el fin de presentar sus respetos a las geiko y las maiko mayores que ella, que la guiarían en el futuro, y congraciarse con los propietarios de los salones de té donde trabajaría.

En aquel entonces había más de ciento cincuenta ochaya en Gion Kobu. Aquellos establecimientos elegantes y decorados de forma exquisita estaban llenos todos los días de la semana, pues, sin interrupción, celebraban fiestas privadas y banquetes que encargaban sus selectos clientes. Una geiko podía asistir a tres o cuatro reuniones sociales en locales diferentes en una sola noche, lo que suponía muchas idas y venidas.

En septiembre de 1965 se instaló una línea telefónica directa entre todos los ochaya y las okiya de Gion. Tenían sus propios teléfonos, que eran de color beis, y gratuitos. A menudo sonaba el de la casa mientras las aprendizas hacían sus deberes. Era una maiko o una geiko que llamaba para pedirnos que le llevásemos algo que necesitaba para su próxima cita, como un par de tabi limpios o un maiohgi, para reemplazar el que había regalado. Por mucho sueño que tuvieran las aprendizas, sabían que ésta era una parte importante de su jornada, pues se trataba de una oportunidad única para conocer el funcionamiento de los ochaya. Y además, posibilitaba que los clientes del local y la gente de Gion Kobu se familiarizase con sus caras.

Yo me acostaba a una hora razonable, pero las geiko y las maiko no volvían hasta pasada la medianoche. Después de quitarse la ropa de trabajo, solían darse un baño, tomar un tentempié y holgazanear un rato antes de acostarse. Las dos criadas que dormían en el genkan se levantaban por turnos para atenderlas a medida que iban llegando y no podían descansar sin ser interrumpidas hasta pasadas las dos de la madrugada.

10

La clase de danza era el momento más emocionante de mi jornada. No veía la hora de llegar al estudio y siempre tiraba de la manga de Kuniko para que se diese prisa.

Entrar allí era como entrar en otro mundo. Yo estaba enamorada del crujir de la seda de las mangas del quimono, de las cadenciosas melodías de las cuerdas, de la formalidad, la gracia y la perfección del ambiente.

En una pared del genkan del estudio había un casillero de madera. A mí me gustaba una casilla en particular, la segunda de la izquierda de la fila superior, y esperaba que estuviese libre para guardar en ella mis *geta* (las tradicionales sandalias de madera japonesas). Decidí que era mía, así que me molestaba encontrarla ocupada.

De allí me dirigía a la planta superior, que albergaba las salas de ensayo, y me preparaba para la clase. En primer lugar sacaba el maiohgi de su estuche con la mano derecha y lo introducía bajo el obi, del lado izquierdo. Luego ponía las manos sobre los muslos, con los dedos hacia dentro, y avanzaba en silencio hacia la puerta de corredera, la *fusuma*. La forma tubular del quimono obliga a andar de un modo inconfundible que las mujeres nobles cultivan y las bailarinas exageran. Con el torso por completo erguido y las rodillas algo flexionadas, los dedos de los pies se separan del suelo y se giran un poco hacia dentro, a fin de evitar que el quimono se abra y permita la indecorosa visión de un tobillo o una pierna.

Así es cómo nos enseñan a abrir la fusuma y a entrar en una habitación:

Sentada ante la puerta, con las nalgas apoyadas sobre los tobillos, lleva la mano derecha al pecho y coloca las yemas de los dedos en el extremo de la puerta o en el resquicio, si lo hubiera. Abre la fusuma unos centímetros, con cuidado de que la mano no sobrepase la línea media del cuerpo. Levanta la mano izquierda del muslo y colócala delante de la derecha. Apoyando con delicadeza la mano derecha sobre el dorso de la izquierda, desliza la puerta y ábrela lo suficiente para poder pasar. Incorpórate y entra en la habitación. Da media vuelta y siéntate mirando hacia la puerta abierta. Usa las yemas de los dedos de la mano derecha para cerrarla hasta la línea central del cuerpo y, luego, con la mano izquierda sostenida por la izquierda, ciérrala por completo. Una vez en pie, da media vuelta y siéntate enfrente de la maestra. Saca el maiohgi del obi con la mano derecha, déjalo en el suelo en posición horizontal y saluda con una reverencia.

Colocar el abanico entre una y la maestra es un acto ritual, y significa que la alumna está dispuesta a dejar atrás el mundo cotidiano y a entrar en el ámbito de los conocimientos de la profesora. Al hacer una reverencia, declaramos que estamos preparadas para recibir lo que la maestra está a punto de inculcarnos.

El conocimiento pasa de la maestra a la estudiante mediante un proceso denominado *mane*. Aunque este término se traduce a menudo por «imitación», el aprendizaje de la danza va más allá de la simple copia y exige una profunda identificación. Repetimos los movimientos de la profesora hasta que somos capaces de reproducirlos con exactitud o hasta que, en cierto modo, nos hemos impregnado de su maestría. Si deseamos expresar lo que hay en nuestros corazones, la técnica artística debe incorporarse por completo a las células de nuestro cuerpo, algo que requiere muchos años de práctica.

La escuela Inoue tiene centenares de bailes en su repertorio, desde los más sencillos a los más complejos, pero todos están compuestos por una serie preestablecida de kata, o figuras. A diferencia del ballet, por ejemplo, aprendemos las danzas antes que las figuras. Y lo hacemos mediante la observación. Sin embargo, una vez que hemos estudiado las figuras, la maestra introducirá un baile nuevo como una serie de kata.

El kabuki, disciplina quizá más conocida en Occidente, utiliza un amplísimo repertorio de movimientos, posturas, ademanes, gestos y muecas para representar la calidoscópica gama de las emociones humanas. El estilo Inoue, por el contrario, condensa las emociones complejas en movimientos simples y delicados, alternándolos con pausas dramáticas.

Yo tuve el inmenso privilegio de estudiar a diario con la iemoto. Después de darme instrucciones verbales, ella tocaba el shamisen y yo bailaba. Tras las oportunas correcciones, yo practicaba sola. Y cuando mi interpretación de una danza le satisfacía, me enseñaba otra. En consecuencia, todas aprendíamos a nuestro propio ritmo.

En el estudio había otras tres profesoras, todas alumnas aventajadas de la iemoto: Kazuko, nieta de Inoue Yachiyo III —la iemoto anterior—, Masae y Kazue. Y si la iemoto era la gran maestra, ellas eran para nosotras las «pequeñas maestras».

A veces asistía a clases de grupo y, de vez en cuando, recibía lecciones de otra profesora. Permanecía muchas horas en el estudio y observaba con atención las evoluciones de otras bailarinas. Cuando llegaba la hora de volver a casa, podría decirse que Kuniko tenía que sacarme a rastras de allí. Y luego practicaba durante horas en el salón.

Puesto que la escuela Inoue es, sin lugar a dudas, la institución más importante de Gion Kobu, la iemoto es la persona más poderosa del barrio. Sin embargo, Inoue Yachiyo IV ejercía su autoridad con delicadeza y, aunque era una mujer estricta, nunca le tuve miedo. La única vez que me intimidó fue cuando tuve que bailar con ella en un escenario.

La iemoto era menuda y rolliza, y tenía cara de orangután. Lo cierto es que no era nada atractiva, pero, sin embargo, se tornaba preciosa cuando bailaba. Recuerdo haber pensado que esa transformación, de la que fui testigo en centenares de ocasiones, era una prueba elocuente de la capacidad del estilo para evocar y expresar la belleza.

Su nombre auténtico era Aiko Okamoto y había nacido en Gion Kobu. Empezó a estudiar danza a los cuatro años y su primera maestra, quien de inmediato detectó su potencial, la llevó a la escuela Inoue. La iemoto anterior, Inoue Yachiyo III, quedó impresionada por el talento de Aiko y la invitó a ingresar en la escuela.

En esta institución hay dos programas de estudio. Uno está dedicado a la instrucción de bailarinas profesionales (maiko y geiko), y el otro a la preparación de profesoras de danza. También se dictan cursillos para aficionadas. A Aiko la reclutaron para el programa de profesoras.

Estuvo a la altura de las esperanzas que habían depositado en ella y se convirtió en una gran bailarina. A los veinticinco años se casó con Kuroemon Katayama, el nieto de Inoue Yachiyo III. Kuroemon es el iemoto de la rama Kansai de la escuela Kanze de teatro nō. La pareja tuvo tres hijos, con los que vivían en la casa de la calle Shinmonzen donde estudié yo.

A mediados de la década de los años cuarenta, un consejo de regentes, entre los cuales estaba madre Sakaguchi, eligió a Aiko sucesora de Inoue Yachiyo III y pasó a llamarse Inoue Yachiyo IV. Dirigió la escuela hasta mayo del año 2000, cuando se retiró y cedió su puesto a la actual iemoto, Inoue Yachiyo V, su nieta.

La Escuela de Danza Inoue la fundó una mujer llamada Sato Inoue hacia el año 1800. Sato era preceptora de la noble casa de Konoe y vivía en el palacio imperial, donde enseñaba las diversas danzas que se practicaban en el ritual cortesano.

En 1869, cuando la capital imperial se trasladó a Tokio, Kioto dejó de ser el centro político de Japón. Sin embargo, continuó siendo el corazón de la vida cultural y religiosa del país.

Dentro de una campaña para promocionar la ciudad, el entonces gobernador, Nobuatsu Hase, y el consejero Masanao Makimura reclutaron a Jiroemon Sugiura, el propietario de novena generación del Ichirikitei, el ochaya más célebre de Gion Kobu. Juntos decidieron convertir los bailes del Gion en el eje de las festividades, y pidieron consejo y asesoramiento a la directora de la escuela Inoue. Haruko Katayama, la tercera iemoto de la escuela, organizó un programa de danza en el que actuarían las brillantes geiko y maiko que estudiaban con ella.

Las funciones tuvieron tanto éxito que el gobernador, Sugiura e Inoue decidieron repetirlas cada año, dentro de un festival llamado Miyako Odori. En japonés, este término significa «Bailes de la Capital», pero fuera de Japón se lo conoce como «Bailes de los Cerezos», ya que tienen lugar en primavera.

En otros karyukai hay más de una escuela de danza, pero en Gion Kobu no existe sino la escuela Inoue. Así, su iemoto no es sólo una autoridad en la danza, sino también el árbitro del buen gusto dentro de la comunidad. Y, aunque las maiko sean nuestro símbolo más relevante, es ella quien lo dota de significado. Los demás profesionales de Gion Kobu, desde los acompañantes musicales a los fabricantes de abanicos y los tramoyistas del teatro Kaburenjo, se someten a la dirección artística de la directora de la escuela Inoue, y ella es la única persona autorizada para modificar el repertorio de la institución o coreografiar nuevos bailes.

Poco después de mi incorporación a las clases, todo el barrio se enteró de que yo estaba estudiando con la iemoto. Desperté una expectación que continuó creciendo y que alcanzó su punto culminante diez años después, en el momento de mi debut.

Gion Kobu es como un pueblo pequeño, en el que todo el mundo sabe lo que hacen los demás y donde se habla demasiado. Y para mí, que soy discreta por naturaleza, aquél era uno de los molestos inconvenientes de vivir en él. Pero la cuestión es que yo era tema de conversación y, aunque sólo tenía cinco años, ya estaba labrándome una reputación.

Progresaba de forma rápida en mis clases de danza, y si una alumna suele tardar entre siete y diez días en memorizar un baile, yo sólo necesitaba una media de tres. Aprendía el repertorio a un ritmo vertiginoso. Si bien es cierto que estaba muy interesada y que practicaba más que otras, parecía haber sido bendecida con un talento natural.

Fuera como fuese, el baile era un vehículo adecuado para expresar mi determinación y mi orgullo. Además, puesto que todavía echaba mucho de menos a mis padres, la danza se convirtió en una válvula de escape para mi energía emocional reprimida.

Actué por primera vez en público ese mismo verano. Las alumnas no profesionales de la iemoto participan en una función anual denominada el Bentekai. A una niña no se la considera profesional hasta que termina la educación primaria e ingresa en la academia Nyokoba, la escuela especial donde nos preparan para ser geiko.

La pieza que bailé se llamaba *Shinobu Uri*, «Al Ventar los Helechos». Éramos seis y yo estaba en el centro. En determinado momento de la función, las demás niñas extendieron los brazos al frente y yo los alcé por encima de la cabeza, formando un triángulo. Desde detrás de los bastidores, la gran maestra murmuró:

—Sigue adelante, Mineko.

Pensé que me estaba indicando que continuara, así que coloqué los brazos en la siguiente posición. Entretanto, las demás los levantaron y simularon un triángulo sobre la cabeza.

En cuanto salimos del escenario, me volví indignada hacia mis compañeras.

—¿No sabéis que somos alumnas de la iemoto? ¡Se supone que no debemos cometer errores!

—¿Qué dices, Mineko? ¡Fuiste tú quien se confundió!

—¡No intentéis culparme de vuestros errores! —repliqué. Ni siquiera se me pasó por la cabeza la posibilidad de que pudiera haberme equivocado.

Cuando llegamos detrás de los bastidores, oí a la gran maestra hablando con madre Sakaguchi en tono tranquilizador.

—Por favor, no se altere. No hay necesidad de castigar a nadie.

Miré alrededor. Todas se habían marchado.

—¿Adónde han ido las demás? —le pregunté a Kuniko.

—A casa.

—¿Por qué?

—Porque cometiste un error y luego les gritaste.

—Yo no cometí ningún error. Fueron ellas.

—No, Mineko, te equivocas. Atiéndeme. ¿No has oído a la gran maestra hablando con madre Sakaguchi? ¿No oíste que le pedía que no te riñera?

—No, LA EQUIVOCADA ERES TÚ. Hablaba de las otras, no se refería a mí.

—¡Mineko! Deja de comportarte como una niña testaruda.

—Kuniko nunca alzaba la voz, de modo que cuando lo hacía, yo le prestaba atención—. Has cometido un error y debes ir a pedirle disculpas a la gran maestra. Es muy importante.

Yo seguía convencida de que no me había equivocado, pero no pasé por alto el tono de advertencia de la voz de Kuniko. Fui al despacho de la gran maestra sólo para presentarle mis respetos y darle las gracias por la representación.

Antes de que pudiera abrir la boca, se dirigió a mí:

—No me gustaría que te preocupases por lo ocurrido, Mineko. No pasa nada.

—Quiere decir que...

—No tiene importancia, de veras. Por favor, olvídalo.

Entonces lo entendí: yo había cometido el error. La benevolencia de la iemoto me avergonzó aún más. Hice una reverencia y abandoné la habitación.

Kuniko salió a mi encuentro.

—Está bien, Mine-chan. Lo importante es que lo entiendas y lo hagas mejor la próxima vez. Olvidemos este asunto y vayamos a comer las natillas.

Kuniko había prometido llevarnos a todas a comer natillas a Pruniet después del recital.

—No. Ya no me apetece.

La gran maestra se acercó a nosotras.

—¿Todavía estáis aquí?

—No puedo volver a casa, gran maestra.

—Deja de preocuparte. Vamos, márchate.

—No puedo.

—Sí, sí. ¿No me has oído? No hay razón para angustiarse.

—Sí.

Las palabras de la gran maestra eran tajantes.

—Venga —intervino Kuniko—, tenemos que ir a alguna parte. Podríamos hacerle una visita a madre Sakaguchi.

Quizá fuese buena idea, pues madre Sakaguchi ya sabía que yo había cometido un error.

Asentí con la cabeza.

Una vez allí, abrimos la puerta y dijimos «buenas tardes». Al momento, madre Sakaguchi salió a recibirnos.

—Cuánto me alegro de veros. ¡Hoy has estado muy bien, Mineko!

—No —balbuceé—. No es verdad. Estuve muy mal.

—¿Tú crees? ¿Por qué?

—Tuve un fallo.

—¿Ah, sí? ¿Cuándo? Yo no vi ninguno. Me pareció que habías bailado de forma maravillosa.

—¿Puedo quedarme aquí con usted, madre?

—Desde luego. Pero primero debes ir a casa y decirle a tía Oima dónde estás para que no se preocupe.

Fui arrastrando los pies durante todo el trayecto. Y, cuando llegué, a tía Oima, que aguardaba delante del brasero, se le iluminó el rostro.

—¡Habéis tardado mucho! ¿Os detuvisteis en Pruniet para tomar un tentempié? ¿Estaba bueno?

Kuniko respondió por mí:

—Pasamos a saludar a madre Sakaguchi.

—¡Qué detalle! Estoy segura de que se habrá alegrado mucho.

Cuanto más amables eran conmigo, peor me sentía. Estaba indignada, llena de odio hacia mí misma.

Me encerré en el armario.

Al día siguiente Kuniko me llevó al pequeño santuario que estaba debajo del puente Tatsumi, donde siempre nos encontrábamos con las demás niñas para ir al estudio. Todas estaban allí. Me acerqué a ellas y les hice una reverencia.

—Lamento mi equivocación de ayer. Por favor, perdonadme.

Se mostraron muy comprensivas.

Justo el día después de una función pública debíamos hacer una visita formal a nuestra profesora para darle las gracias. Por lo tanto, al llegar al estudio fuimos directamente al despacho de la gran maestra. Aunque yo me escondí detrás de mis compañeras.

Después de que hiciéramos una reverencia y expresáramos nuestra gratitud al unísono, la iemoto nos felicitó por la representación del día anterior.

—Habéis hecho un gran trabajo. Espero que sigáis así. ¡Practicad mucho!

—Gracias, maestra. Lo haremos —coreó todo el mundo.

Todo el mundo salvo yo, que trataba de pasar desapercibida.

La gran maestra nos dio permiso para retirarnos y, justo cuando me disponía a dejar escapar un suspiro de alivio, me miró y observó:

—Mineko, no quiero que te preocupes por lo que pasó ayer.

Volví a sentir la mayor de las vergüenzas y corrí hacia Kuniko, quien me aguardaba con los brazos abiertos.

Quizá parezca que la gran maestra intentaba consolarme, pero no era así, pues la iemoto no era de esa clase de profesoras. Lo que acababa de hacer era transmitirme un mensaje muy claro: los errores son inadmisibles, sobre todo si de lo que se trata es de llegar a ser una gran bailarina.

11

Empecé mi educación primaria a los seis años, justo uno después de comenzar con las clases de danza. Dado que la escuela estaba en Gion Kobu, muchos alumnos procedían de familias relacionadas de manera muy estrecha con las actividades del karyukai.

Por las mañanas Kuniko estaba ocupada ayudando a Aba, de manera que me acompañaba una de las dos criadas, o bien Kacchan o bien Suzu-chan. («Chan» es el diminutivo más común en japonés.) La escuela estaba a dos manzanas al norte de la okiya Iwasaki, pasando Hanamikoji.

Aquélla era la hora del día en que realizaba mis pequeñas compras, si es que pueden llamarse así. De hecho, resultaba sencillo, ya que me limitaba a entrar en una tienda y a coger lo que quería o necesitaba.

«Es para la okiya Iwasaki, de la calle Shinbashi», explicaba la criada y el tendero me entregaba el artículo. Un lápiz. Una goma. Un lazo para el pelo.

No sabía lo que era el dinero. Durante años pensé que el único requisito para conseguir algo era pedirlo. Y que bastaba con decir «es para la okiya Iwasaki, de la calle Shinbashi» para obtener cualquier cosa.

Creo que empezaba a hacerme a la idea de que era una Iwasaki, pero entonces, durante mi primer año en la escuela, en el Día de los Padres no se presentaron papá y mamá, sino Vieja Arpía. Llevaba un quimono lila de tela asargada y un bonito *haori* negro (una especie de chaqueta que se usa sobre el quimono). Estaba muy maquillada y se había puesto un perfume muy intenso, de modo que, cada vez que agitaba el abanico, aquel olor inundaba la estancia y resultaba muy desagradable.

Al día siguiente mis compañeras de clase empezaron a llamarme «Señorita Geiko» y a afirmar que era adoptada. Me enfadé, porque no era verdad.

En la siguiente función escolar para padres, Vieja Arpía estaba ocupada y Kuniko acudió en su lugar, lo cual me alegró sobremanera.

Me gustaba ir a la escuela y tenía un gran interés por aprender. Pero era tímida en exceso y casi siempre estaba sola. Las profesoras se desvivían por jugar conmigo e incluso la directora trató de sacarme de mi caparazón.

Había una niña que me caía bien. Se llamaba Hikari, «Rayo de Sol», y era muy hermosa. Tenía el cabello rubio como el oro. A mí me parecía preciosa y hubiera dado cualquier cosa por tener un pelo como el suyo.

Hikari tampoco tenía amigas, así que la abordé y empezamos a jugar juntas. Pasábamos horas cuchicheando y riendo debajo del ginko del patio.

La mayoría de los días salía corriendo de la escuela en cuanto sonaba el timbre, impaciente por llegar a mi clase de danza. Le pedía a la criada que ordenase mi pupitre y volvía a casa sin esperarla. Pero de vez en cuando las profesoras de danza estaban ocupadas con otros asuntos y teníamos la tarde libre.

En una de esas ocasiones Hikari me invitó a su casa después de clase y, aunque se me había ordenado regresar sin demora a la okiya, decidí aceptar su ofrecimiento.

Ese día fue a recogerme Kaachan, que era una chismosa y tenía el mal hábito de robar cosas. «Caray —pensé—, supongo que habré de confiar en ella.»

—Kaachan, tengo algo que hacer. Por favor, ve a tomar una taza de té y espérame aquí dentro de una hora. Y prométeme que no le dirás nada a tía Oima. ¿De acuerdo?

Hikari-chan vivía sola con su madre en una de esas diminutas casas que forman hilera con las de infinidad de vecinos. «Qué práctico tener tantas cosas y a todo el mundo al alcance de la mano», recuerdo haberme dicho a mí misma.

La madre de Hikari era dulce y afectuosa. Nos sirvió una merienda. Y yo en aquella ocasión hice una excepción, pues no estaba acostumbrada a merendar ya que mis hermanos mayores siempre se peleaban por lo que fuera que hubiese, y yo me quedaba sin nada.

El tiempo pasó volando y pronto se hizo la hora de irme.

Me encontré con Kaachan, que me condujo a casa. Pero en cuanto llegué, supe que la noticia de mi escapada me había precedido.

Tía Oima se enfadó mucho.

—Te prohíbo que vuelvas a esa casa —gritó—. ¿Me has oído, jovencita? ¡Nunca más!

Yo no solía replicarle, pero su furia me desconcertó y traté de explicarle lo ocurrido. Le describí a Hikari-chan y le conté que su madre era encantadora, que vivían rodeadas de gente simpática y que había pasado un rato estupendo. Y, sin embargo, ella se negó a escucharme. Era la primera vez que me topaba con prejuicios y, para ser sincera, no los entendía.

En Japón hay un grupo de personas llamadas *burakumin*, a las que se considera impuras e inferiores, como sucede con los intocables en la India. En el pasado, estos individuos se ocupaban de los muertos o trabajaban con materiales «contaminados», como la carne y el cuero; es decir, eran enterradores, carniceros o zapateros. Los burakumin ya no sufren la discriminación de antaño, pero cuando yo era pequeña aún vivían prácticamente confinados en guetos.

Aunque sin pretenderlo, yo había rebasado los límites. Además de una marginada, Hikari-chan era mestiza: hija ilegítima de un soldado americano. Aquello fue demasiado para tía Oima, que tenía miedo de que mi amistad con Hikari me perjudicase de manera indirecta. Una de sus mayores preocupaciones era mantener sin mácula mi reputación. De ahí la histeria generada por mi inocente falta.

Yo me enfadé mucho y convertí en blanco de mis iras a la pobre Kaachan, mi delatora. Me temo que durante un tiempo le hice la vida imposible, pero luego me dio lástima, pues procedía de una familia humilde y tenía muchos hermanos, y la pillé hurtando pequeños objetos para enviárselos a ellos. En lugar de descubrirla, comencé a hacerle pequeños regalos para que no tuviese necesidad de robar.

Hikari-chan y su madre se trasladaron poco después de aquel incidente. A menudo me preguntaba qué habría sido de ella.

Pero llevaba una vida demasiado ajetreada para entretenerme elucubrando y, a los siete años, ya tomé conciencia de que era una persona muy ocupada. Siempre debía ir a alguna parte, hacer algo, ver a alguien. Acuciada por la necesidad de terminar lo antes posible con lo que tenía entre manos, me esforzaba por ser expeditiva y eficiente. Vivía con prisas.

El intervalo de la salida de la escuela a la clase de baile era el momento de mayor trajín de la jornada. Salía de la escuela a las dos y media, y la clase de danza empezaba a las tres, pero yo quería llegar antes que nadie; a las tres menos cuarto, si era posible. De manera que volvía a la okiya corriendo. Una vez allí, Kuniko, que tenía mi ropa preparada, me cambiaba el traje occidental por el quimono y salíamos las dos a toda prisa, ella detrás de mí llevando mi bolsa.

A estas alturas me había encariñado mucho con Kuniko y la protegía tanto como ella a mí. Detestaba que la gente la tratase como si fuera inferior; sobre todo Yaeko, que era quien más la ofendía. Le ponía motes hirientes, como «cara de calabaza» o «gorila». Lo cual me enfurecía, si bien es cierto que no sabía cómo combatirlo.

Kuniko era la responsable de llevarme a la clase de danza y luego a casa. Jamás me fallaba, por muy ocupada que estuviese en la okiya. Yo había ideado una serie de ritos que, de forma invariable, ponía en práctica cuando iba y volvía del colegio, mientras Kuniko soportaba estoica mi rutina. En el trayecto hacia la escuela me había impuesto tres tareas.

En primer lugar, le llevaba un trozo de caramelo de melaza a madre Sakaguchi, algo que se me había ocurrido a mí sola y que enseguida puse en práctica. A cambio, ella me daba una golosina, que yo guardaba en mi bolsa.

Luego me detenía en el santuario y rezaba una oración.

Por último, debía correr y acariciar a *Dragón*, el enorme perro blanco que vivía en la floristería.

Sólo entonces podía ir a clase.

Cuando salía, Kuniko siempre estaba allí para acompañarme de regreso a la okiya. Entonces, proseguía el ritual. Primero pasábamos por la floristería, donde le daba a *Dragón* la golosina de madre Sakaguchi. A continuación, echaba un vistazo por la tienda. Adoraba las flores, porque me recordaban a mi madre. La dependienta me dejaba coger una como premio por darle de comer a *Dragón*. Yo le daba las gracias y le llevaba la flor a la propietaria de la charcutería de la esquina, quien me recompensaba con dos rodajas de *dashimaki*, una tortilla dulce enrollada.

El dashimaki era el tentempié favorito de tía Oima, así que cuando le entregaba el paquete, ella sonreía encantada y se hacía la sorprendida, día tras día. Y de inmediato, se ponía a cantar. Siempre que estaba contenta entonaba la misma canción, una célebre tonadilla que dice así: su-isu-isu-dara<u>d</u>attasurasurasuisuisui. Para tomarme el pelo, cantaba «su-isu-isu-dara<u>R</u>attasurasurasuisuisui» y yo tenía que corregirla antes de que se comiera el dashimaki. Por fin, me sentaba y le explicaba cuanto había hecho durante el día.

La primera vez que fui al Juzgado de Familia estaba en segundo curso, tenía ocho años. Me acompañó Vieja Arpía y también se encontraban allí mis padres. La cuestión era que, antes de autorizar mi adopción, el juez debía cerciorarse de que quería convertirme en una Iwasaki por voluntad propia.

Yo me veía en un dilema y fui incapaz de tomar una decisión. La situación me afectó tanto que vomité delante de todo el mundo: aún no estaba preparada para dejar a mis padres.

—Es evidente que esta niña es demasiado pequeña para saber lo que desea —sentenció el juez—. Tendremos que esperar a que tenga edad suficiente para tomar una decisión.

Y Vieja Arpía me llevó de nuevo a la okiya.

12

El estudio de Shinmonzen se convirtió en el centro de mi vida y yo trataba de pasar el mayor tiempo posible en él. Mi pasión por la danza no dejaba de crecer y cada día estaba más convencida de que quería llegar a ser una gran bailarina.

Un día llegué a Shinmonzen y oí a la gran maestra hablando con alguien en el estudio. Me llevé una decepción, porque me gustaba recibir la primera clase. Cuando entré en la habitación, observé que la mujer con la que conversaba la iemoto, a pesar de ser bastante mayor, era deslumbrante y me pareció que su porte tenía algo especial. Me fascinó de inmediato.

La gran maestra me pidió que me uniese a ellas para iniciar la clase y la mujer mayor hizo una reverencia y me dio la bienvenida. La iemoto nos enseñó un baile titulado *Cabello Azabache*, que practicamos varias veces. La desconocida era una bailarina extraordinaria. Al principio me sentí cohibida bailando con ella, pero enseguida me dejé llevar por los movimientos.

Como de costumbre, la gran maestra criticó mi trabajo:

—Demasiado lento, Mine-chan. Acelera el ritmo. Mueves los brazos con torpeza. Acércalos más al cuerpo.

Pero a la otra mujer no le hizo ninguna corrección.

Cuando terminamos, me presentó a su invitada. Se llamaba Han Takehara.

A la señora Takehara se la consideraba una de las grandes bailarinas de su generación. Era experta en una amplia variedad de tendencias e indagaba en la esencia de su arte, experimentando con un estilo innovador propio. Fue un privilegio para mí bailar con ella.

Desde mi más tierna infancia he disfrutado observando a las bailarinas consumadas y he aprovechado cualquier oportunidad que se me presentase para estudiar con ellas. Era uno de los motivos por los que pasaba tanto tiempo en Shinmonzen, donde acudían bailarinas de todas las regiones de Japón para aprender con la iemoto. Algunas de las que conocí entonces ahora dirigen su propia escuela. Por descartado, también pasé innumerables horas observando a las profesoras y las alumnas de la escuela Inoue.

Pocos meses después de mi primera —y deficiente— actuación, me ofrecieron un papel infantil en los Bailes de Onshukai, que se celebraban en otoño. Fue la primera vez que bailé en un escenario público. La primavera siguiente participé en los Miyako Odori y continué interpretando papeles infantiles hasta que cumplí los once años. Salir a escena era un excelente ejercicio de aprendizaje, porque me permitía mantener una relación más estrecha con otras bailarinas.

Sin que yo lo supiera, tía Oima invitaba a mis padres a todas mis actuaciones y, al parecer, ellos siempre acudían. Mi vista era tan mala que no alcanzaba a distinguir las caras de los espectadores, pero por alguna razón intuía que ellos estaban allí. Como ocurre con todos los niños del mundo, mi corazón les gritaba: «¡Miradme, mamá y papá! ¡Mirad cómo bailo! ¿No lo hago cada vez mejor?»

Como en Japón hay clases los sábados, el domingo era mi único día libre. Pero en lugar de dormir hasta tarde, me levantaba temprano y corría a la calle Shinmonzen, porque me divertía ver lo que la iemoto y las pequeñas maestras hacían por la mañana. ¡A veces estaba allí a las seis! (Rezaba mis oraciones y limpiaba los lavabos a la vuelta.) Los domingos, las clases infantiles empezaban a las ocho, de manera que tenía tiempo de sobra para seguir y observar a las profesoras.

Al igual que tía Oima, lo primero que hacía la iemoto era rezar y, mientras ella estaba en la sala del altar, las pequeñas maestras limpiaban la escuela. Fregaban con trapos el suelo de madera del escenario y los largos pasillos, y luego limpiaban los lavabos. Aquello me maravillaba, pues, a pesar de ser profesoras, hacían lo mismo que yo, ya que todavía eran discípulas de la gran maestra.

La iemoto y las pequeñas maestras desayunaban juntas y, luego, la primera impartía una clase a las segundas mientras yo las miraba. Para mí era el mejor momento de la semana.

También me gustaba el verano, que en Kioto es caluroso y húmedo. Como parte de mi aprendizaje, todos los días estivales tenía que sentarme detrás de la gran maestra y refrescarla con un enorme abanico de papel, tarea que me encantaba, pues me daba la oportunidad de observar sus clases sin interrupción durante largo tiempo. Las demás niñas se cansaban, pero yo era capaz de permanecer horas y horas sentada a su lado. Al final, la gran maestra me concedía un descanso. Las demás niñas jugaban entonces a «piedra, papel, tijera» para decidir a quién le tocaba el turno siguiente. Pero yo estaba lista para volver a abanicarla al cabo de diez minutos.

Además de bailar, me esforzaba mucho por progresar en mis clases de música. A los diez años dejé el koto y empecé a estudiar shamisen, un instrumento de cuerda de caja cuadrangular y largo mástil, que se toca con púa. La música de shamisen es el acompañamiento tradicional para las danzas típicas de Kioto, incluyendo las de la escuela Inoue. Los estudios de música me ayudaron a comprender los sutiles ritmos del movimiento.

En japonés hay dos términos que significan «baile». Uno es *mai* y el otro, *odori*.

El mai es el movimiento santificado y proviene de las danzas sagradas que las doncellas de los santuarios interpretaban desde tiempos inmemoriales como ofrenda a los dioses. Sólo pueden bailarlo personas especialmente formadas y autorizadas para hacerlo. El odori, por el contrario, es la danza que celebra las vicisitudes de la vida humana; que conmemora las ocasiones felices y solemniza las tristes. Es la clase de baile que suele verse en los festivales japoneses y puede interpretarlo cualquiera.

Sólo hay tres modalidades de danza dentro del mai: los *miko-mai* o bailes de las doncellas del santuario de Shinto, los *bugako* o bailes de la corte imperial y los *noh mai* o bailes del teatro nō. Las danzas típicas de Kioto no son odori, sino mai. La escuela Inoue está vinculada en especial con los noh mai, pues tiene un estilo parecido al de éstos.

A los diez años, yo conocía ya estas distinciones, y estaba orgullosa de ser bailarina de mai y miembro de la escuela Inoue. Quizá demasiado orgullosa, pues llegué a obsesionarme por los detalles.

Un frío día de invierno llegué congelada al estudio y me dirigí a la habitación del *hibachi* para calentarme. Allí había una adolescente a quien no había visto antes. A juzgar por su peinado y su ropa, era una *shikomisan*.

Éste es el término que empleamos para designar a alguien que se encuentra en la primera etapa del aprendizaje para convertirse en geiko y que aún está bajo contrato. Yo, por ejemplo, nunca fui una shikomisan, porque era una atotori.

La chica estaba sentada en la parte más fría de la habitación, cerca de la puerta.

—Ven a sentarte cerca del fuego —le invité—. ¿Cómo te llamas?

—Tazuko Mekuta.

—Te llamaré Meku-chan.

Calculé que me llevaba cinco o seis años. Pero en la escuela Inoue las jerarquías están determinadas por la fecha de matriculación, no por la edad biológica. De manera que estaba «por debajo» de mí.

Me quité los tabi.

—Me pica el dedo meñique, Meku-chan.

Estiré la pierna y ella me frotó el pie con absoluta consideración.

Meku-chan era dulce y delicada, y tenía unos ojos preciosos. Me recordaba a mi hermana mayor, Yukiko. Me enamoré de ella de inmediato.

Por desgracia, no asistió a la escuela durante mucho tiempo. Yo la añoraba y esperaba encontrar otra amiga como ella. Por eso, al final de ese mismo invierno, me alegré mucho cuando un día descubrí a una niña de su edad sentada en la habitación del hibachi. Pero ya estaba acurrucada junto al fuego y no sólo no me hizo el menor caso cuando me vio entrar, sino que ni siquiera saludó. Aquello se consideraba una grosería imperdonable en una recién llegada.

—No puedes sentarte junto al hibachi —le espeté por fin.

—¿Por qué no? —replicó con indiferencia.

—¿Cómo te llamas? —inquirí.

—Toshimi Suganuma.

Pero no añadió: «Mucho gusto.»

Me molestó, pero como era su «superior», me sentí obligada a obsequiarla con mi sabiduría y explicarle cuáles eran las normas en la escuela Inoue.

Traté de dejar las cosas claras:

—¿Cuándo empezaste las clases?

Quería que comprendiera que llevaba más tiempo que ella en la escuela y que, en consecuencia, debía tratarme con respeto.

Pero no se dio por aludida.

—Mm... No sé. Hace un tiempo.

Mientras me preguntaba qué apostillar para que tomara conciencia de sus deficiencias, la llamaron a clase.

Aquello era un auténtico problema y tenía que discutirlo con tía Oima.

Aquel día, me marché de la escuela en cuanto terminó la clase y, tras cumplir lo más rápido que fui capaz con la rutina del perro, la flor y el dashimaki, me dirigí a la okiya corriendo.

Le entregué el dulce a tía Oima, pero cuando ésta se disponía a cantar, la atajé:

—Hoy no cantes el *suisui*. Tengo un problema y necesito hablar contigo.

Le expliqué con todo detalle la situación.

—Mineko, Toshimi debutará antes que tú, así que en el futuro será una de tus hermanas mayores. Eso significa que tienes que respetarla y ser amable con ella. No hay motivo para que le digas lo que tiene que hacer, pues estoy segura de que la gran maestra le enseñará todo lo que necesita saber. No es responsabilidad tuya.

Olvidé este incidente hasta pasados varios años, cuando poco después de mi debut como maiko, me requirieron para trabajar en un banquete. También estaban presentes Yuriko (Meku-chan) y Toshimi, que se habían convertido en geiko de primera categoría. Bromearon sin malicia sobre lo engreída que había sido yo de pequeña y llegué a ponerme roja de vergüenza. Pero no me guardaban rencor. Es más, las dos serían mis mentoras durante los años siguientes y Yuriko se convertiría, además, en una de las pocas amigas íntimas que he tenido.

Las relaciones que se establecen en Gion Kobu son perdurables y la armonía se aprecia más que cualquier otro valor social. El afán por mantener una convivencia pacífica, rasgo tan característico de la sociedad japonesa, se encuentra aún más acentuado en el karyukai. A mi entender, ello obedece a dos razones. La primera es que, dado que nuestras vidas están ligadas de modo inevitable, no nos queda otro remedio que llevarnos bien.

La segunda se refiere a la naturaleza de nuestra actividad. Las maiko y las geiko entretienen a personas poderosas de todos los círculos sociales y del mundo entero. Somos diplomáticas de facto, debemos ser capaces de alternar con cualquiera, y se espera de nosotras que seamos inteligentes y perspicaces. Con el tiempo, aprendí a expresar mis ideas y opiniones sin ofender a otros.

13

Cuando cumplí los diez años, en noviembre de 1959, tuve que volver a presentarme en el Juzgado de Familia. También en aquella ocasion me llevó Vieja Arpía y nos reunimos allí con mis padres. El abogado que me representaba, que se llamaba Kikkawa, era el mejor de Kioto; pero a mí su aspecto me resultaba desagradable, pues tenía el pelo grasiento.

Se suponía que yo debía expresar al juez dónde quería vivir. Pero la necesidad de tomar una decisión me causaba una ansiedad insoportable y cada vez que pensaba en mis padres, me dolía el corazón. Mi padre se inclinó hacia mí y afirmó:

—No estás obligada a hacerlo, Masako. No tienes que quedarte con ellas si no quieres.

Asentí con la cabeza. Y entonces volvió a ocurrir: vomité en la sala, delante de todo el mundo. Pero esta vez el juez no interrumpió el procedimiento, sino que, por el contrario, me miró a los ojos y me preguntó sin más miramientos:

—¿A qué familia quieres pertenecer? ¿A los Tanaka o a los Iwasaki?

Me levanté, respiré hondo y respondí con voz clara:

—Quiero pertenecer a los Iwasaki.

—¿Estás segura por completo?

—Sí, lo estoy.

Aunque no albergaba dudas, me sentí fatal al pronunciar aquellas palabras, puesto que la posibilidad de herir a mis padres me llenaba de congoja. Pero me encantaba bailar y eso fue lo que inclinó la balanza en favor de los Iwasaki. La danza había pasado a ser el centro de mi vida y yo no estaba dispuesta a abandonarla por nada ni por nadie. Ello hizo que me decidiese a convertirme en una Iwasaki: deseaba seguir aprendiendo a bailar.

Salí del juzgado flanqueada por mis padres, cogida con fuerza de sus manos. Lloraba y me sentía tan culpable por haberlos traicionado que no me atreví a mirarlos a la cara, aunque, de soslayo, descubrí en las mejillas de ambos el rastro de sus lágrimas.

Vieja Arpía detuvo un taxi y los cuatro volvimos juntos a la okiya.

Mi padre trató de consolarme:

—Tal vez sea mejor así, Ma-chan. Estoy seguro de que en la okiya Iwasaki te divertirás más que en casa. ¡Aquí hay tantas cosas interesantes que hacer! Pero si alguna vez quieres volver a casa, avísame y vendré a buscarte. En cualquier momento. De día o de noche. Sólo tienes que llamarme.

Lo miré y aseveré:

—He muerto.

Mis padres dieron media vuelta y se alejaron. Cuando los obis de sus quimonos comenzaron a desvanecerse a lo lejos, grité en lo más profundo de mi corazón: «¡Mamá! ¡Papá!» Pero esas palabras no llegaron a mis labios.

Cuando mi padre se volvió para mirarme, contuve el impulso de correr tras él y, ahogando las lágrimas, agité triste la mano. Mi decisión era irrevocable.

Esa noche tía Oima estaba loca de alegría, ya que la resolución ya era oficial y acababa de convertirme en la sucesora de la casa Iwasaki. Una vez que hubieran concluido los trámites, me convertiría en su heredera legal.

Lo celebramos con un grandioso festín, compuesto de platos festivos, como dorada y arroz con judías rojas, y de alimentos caros, como la carne. Fueron muchas las personas que acudieron a darme la enhorabuena y me colmaron de regalos.

La fiesta se prolongó durante horas, pero llegó un momento en que no pude soportar la situación por más tiempo y me escondí en el armario. Tía Oima no dejaba de cantar su-isu-isu-dararattasura-surasuisuisui. Incluso Vieja Arpía reía a carcajadas. Todas estaban eufóricas: Aba, madre Sakaguchi, las *okasan* de las delegaciones y también Kuniko.

Yo, que acababa de despedirme de mis padres para siempre, no podía creer que todas pensaran que aquello merecía celebrarse. Estaba agotada y confundida, y, sin pensar, cogí una cinta de terciopelo negro que llevaba en el pelo, me la puse alrededor del cuello y tiré con todas mis fuerzas, decidida a matarme. Pero no dio resultado y, al final, dándome por vencida y llena de frustración, rompí a llorar de forma desconsolada.

A la mañana siguiente me tapé el moretón del cuello y fui a regañadientes a la escuela. Me sentía completamente vacía, pero, de alguna manera, conseguí sobrevivir hasta el final de la mañana y me obligué a ir a la clase de danza.

Cuando llegué al estudio, la gran maestra me preguntó qué baile estábamos practicando.

—*Yozakura*, «Las flores de cerezo por la noche» —respondí.

—Muy bien, enséñame lo que recuerdas.

Empecé a bailar. Y ella comenzó a criticarme con severidad.

—No, eso está mal, Mineko. ¡Y eso también! ¡Y eso! Es suficiente, Mineko, ¿qué te pasa hoy? ¡Para! Detente ahora mismo, ¿me oyes? Y no se te ocurra llorar. No soporto a las niñas que lloran. Puedes retirarte.

Yo no podía creerlo. No sabía en qué me había equivocado. No estaba llorando, pero me sentía totalmente confundida. Me disculpé una y otra vez, pero ella no me respondió, así que al final me marché.

Acababa de recibir mi primer y temido *OTOME*, y no entendía por qué.

Otome, que significa «¡para!», es un castigo exclusivo de la escuela Inoue. Cuando la profesora pronuncia el otome, una debe detenerse de inmediato y marcharse del estudio. Es una suspensión indefinida, ya que no se te indica cuándo puedes volver. La sola idea de que me prohibieran seguir bailando me causó una tensión insoportable.

No esperé a Kuniko, sino que regresé a casa sola y me dirigí derecha al armario, sin decirle nada a nadie. Estaba desolada. Primero lo del juzgado y ahora eso. ¿Por qué se había enfadado tanto la gran maestra?

Tía Oima se acercó a la puerta de mi refugio.

—¿Qué ha pasado, Mine-chan? ¿Por qué has vuelto sola? ¿Quieres cenar? ¿Te gustaría darte un baño?

Me negué a responder.

Oí que una de las doncellas de la casa Sakaguchi entraba en la habitación. Anunció que madre Sakaguchi quería ver a tía Oima de inmediato y ésta se marchó al instante.

Madre Sakaguchi habló sin rodeos:

—Tenemos una pequeña crisis. La señora Aiko acaba de venir a verme. Por lo visto, su ayudante confundió los nombres de dos piezas, la que Mineko acababa de terminar y la que estaba practicando. La señorita Kawabata indicó a Mineko que *Sakurmiyotote*, «La contemplación de las flores de cerezo», era *Yozakura*, «Las flores de cerezo por la noche», y viceversa. Por lo tanto, Mineko se equivocó de baile y Aiko le dio el otome. ¿Se encuentra bien la niña?

—¿Conque eso es lo que ocurrió? No, no se encuentra bien. Se ha encerrado en el armario y se niega a hablar conmigo. Creo que está muy angustiada.

—¿Qué haremos si decide dejar la danza?

—Tendremos que convencerla de que no lo haga.

—Vuelve a casa y haz todo lo posible para que salga del armario.

Yo había llegado a la conclusión de que la iemoto me había dado el otome por no esforzarme lo suficiente y que en consecuencia, debía hacerlo mejor. De manera que allí mismo, en el interior del armario, empecé a ensayar el baile que estaba aprendiendo y también el que le precedía. Practiqué durante horas. Me dije una y otra vez que debía concentrarme. «Si mañana bailo a la perfección, la gran maestra se sorprenderá tanto que tal vez se olvide del otome», me repetí a mí misma.

Pero, al igual que tantas cosas en Gion Kobu, no era tan sencillo. No podía volver a clase como si nada hubiera ocurrido. Había recibido el otome, daba igual de quién fuera la culpa. Y mis mayores debían presentar una solicitud para que volvieran a admitirme en la escuela. Fuimos a Shinmonzen todas juntas: Madre Sakaguchi, tía Oima, la señora Kasama, Vieja Arpía, Yaeko, Kun-chan y yo.

Madre Sakaguchi hizo una reverencia y se dirigió a la gran maestra:

—Lamento mucho el desafortunado incidente de ayer. Le rogamos que permita que Mineko siga estudiando en su prestigiosa escuela.

Nadie hizo alusión a lo que había ocurrido en realidad, pues la razón carecía de importancia. Lo primordial era guardar las apariencias y que yo continuara con mis clases.

—Muy bien, madre Sakaguchi, haré lo que me pide. Mineko, por favor, enséñanos el baile que estás aprendiendo.

Bailé *La contemplación de las flores de cerezo*. Y luego, sin que nadie me lo pidiera, interpreté *Las flores de cerezo por la noche*. Lo hice bien. Cuando terminé, un silencio sepulcral invadió la sala y pude observar la mezcla de emociones que se reflejaba en la cara de las mujeres.

Me sorprendió comprobar lo complicado que era el mundo de los adultos.

Ahora comprendo que la gran maestra utilizaba el otome como un poderoso instrumento de enseñanza. Volvió a dármelo cada vez que deseaba obligarme a alcanzar un nuevo grado de maestría; usaba de manera consciente el terror del otome para estimularme. Era una prueba. ¿Saldría de ella convertida en una persona más fuerte? ¿O acabaría cediendo y abandonando la danza? No me parece un recurso pedagógico acertado, pero, al menos en mi caso, siempre resultó eficaz.

La iemoto nunca daba el otome a las bailarinas mediocres, sólo a aquellas que preparaba para papeles importantes. La única persona que sufrió las consecuencias de mi primer otome fue la maestra que me había informado mal, pues le prohibieron volver a darme clase.

Mi adopción se formalizó el 15 de abril de 1960. Dado que llevaba más de cinco años viviendo en la okiya Iwasaki, este cambio de condición jurídica no tuvo mayor influencia en mi vida cotidiana.

La única diferencia consistió en que empecé a dormir en la planta superior, compartiendo habitación con Vieja Arpía.

Había terminado de cruzar el puente: el hogar de mi infancia ya formaba parte del pasado y, en el futuro, me aguardaba el mundo de la danza.

14

La única ventaja de que Yaeko viviera en la okiya Iwasaki era que su hijo Masayuki iba a visitarla de vez en cuando. Vieja Arpía le preguntó en una ocasión qué quería que le regalase cuando cumpliera los trece años y él, que era buen estudiante, le respondió que lo que más deseaba era una enciclopedia.

El día de su cumpleaños, el 9 de enero, Masayuki se presentó muy contento en la okiya a buscar el regalo de Vieja Arpía. Y juntos pasamos muchas horas en la casa de huéspedes, leyendo aquellas páginas llenas de información.

Los salones japoneses formales tienen una hornacina llamada tokonoma que se usa para exhibir los objetos más preciados de la casa. Entre ellos, casi siempre se encuentra un lienzo con un paisaje que refleja una estación del año y un jarrón con flores dispuestas de forma artística. Todavía recuerdo el lienzo que había aquel día en el tokonoma. Era una estampa de Año Nuevo, una pintura en la que el sol salía detrás de las montañas. Una grulla en vuelo cruzaba el sol. Los cojines donde nos sentamos estaban forrados de seda de una cálida tonalidad de marrones. Si hubiera sido verano, las coberturas habrían sido de lino azul.

Seis días después, a eso de las once de la mañana, sonó el teléfono. En cuanto lo oí tuve una horrible premonición, pues intuía que había sucedido algo malo. El que llamaba era mi padre, para comunicarnos que Masayuki había desaparecido. Había salido por la mañana a comprar tofu para el desayuno y no había regresado. No lo encontraban por ninguna parte.

Yaeko había ido a un almuerzo en honor de unos embajadores extranjeros en el Hyotei, un restaurante exclusivo con cuatrocientos años de historia, situado cerca de Nanzenji. Después de explicar a papá dónde se encontraba, mi hermana mayor, Kuniko, Tomiko y yo fuimos a toda prisa a casa de mis padres.

Al llegar al barrio vimos una multitud de policías y bomberos junto al canal. Los agentes habían encontrado marcas de uñas en el empinado terraplén. Y puesto que, además, las piedras de la orilla estaban revueltas, habían llegado a la conclusión de que Masayuki había tropezado y caído, y aunque no habían encontrado el cuerpo, dedujeron que se había ahogado, pues nadie podía ser capaz de sobrevivir más de unos minutos en aquellas aguas heladas.

Mi corazón y mi mente se detuvieron. No podía creerlo. El canal. El mismo canal que nos ofrecía diminutas almejas para la sopa de *miso*. El que estaba rodeado por hermosos cerezos. El que preservaba nuestra casa del resto del mundo. Ese canal había engullido a mi amigo. A alguien que era más que un amigo: a mi sobrino. Me quedé paralizada por la impresión.

Mis padres estaban desolados. Mi padre adoraba a su nieto y yo, sin atreverme a mirar su dolorido semblante, deseé poder consolarlo, pero ya no era su hija. No veía a mis padres desde hacía dos años, desde el día que había declarado en el juzgado que era una Iwasaki y no una Tanaka. Me sentía incómoda y no sabía cómo debía comportarme. Hubiera preferido morir yo en lugar de Masayuki.

Yaeko esperó a que terminara la comida antes de ir a la casa. Aún hoy soy incapaz de entender por qué siguió sentada en el restaurante, comiendo y manteniendo una conversación ingeniosa, cuando sabía que su hijo había desaparecido. Conozco el comedor en el que se encontraba. Da a un jardín, y en él hay un estanque que está alimentado por una pequeña fuente. El agua de esa fuente procede del mismo canal que se cobró la vida de su hijo.

Yaeko llegó hacia las tres de la tarde. Me señaló con el dedo y se puso a gritar como una posesa.

—¡Deberías haber sido tú! ¡Deberías haber muerto tú, mocosa insignificante, no mi Masayuki!

En ese momento estaba completamente de acuerdo con ella y habría dado cualquier cosa por cambiar mi vida por la de su hijo.

Ella culpaba a mis padres y éstos se culpaban a sí mismos. Se trataba de una horrible desgracia.

Traté de permanecer serena, ya que pensé que era lo que mi padre esperaba de mí. Él no hubiera querido que yo me humillase llorando, y también tía Oima habría deseado que mantuviera la compostura. Por lo tanto, decidí que no había mejor manera de honrar a las dos familias que ocultar mis pensamientos.

Tendría que ser fuerte.

Cuando regresé a la okiya, me negué el consuelo de ocultarme en el armario. El cuerpo de Masayuki apareció al cabo de una semana. El agua lo había arrastrado a la red fluvial de la cuenca de Kioto y había flotado en dirección sur hasta Fushimi. Celebramos el tradicional velatorio nocturno y después el funeral. El ayuntamiento colocó una alambrada verde en la orilla del canal. Fue mi primer contacto con la muerte. Y una de mis últimas visitas a la casa de mis padres.

Ahora Yaeko me odiaba más que nunca y, cada vez que pasaba cerca de mí, murmuraba:

—Ojalá murieras.

Me quedé con la enciclopedia. Las huellas digitales de Masayuki estaban en todas las páginas. Me obsesioné con la muerte. ¿Qué ocurría cuando uno moría? ¿Dónde estaba ahora Masayuki? ¿Había alguna manera de que me reuniese con él? Pensaba en ello constantemente. Estaba tan ofuscada que, por primera vez, descuidé mis estudios y mis clases de danza. Por fin, decidí interrogar a todos los hombres del vecindario: ellos, que se hallaban más próximos a la muerte que yo, quizá supieran algo.

Consulté al verdulero; a tío Hori, mi profesor de caligrafía; al señor Nohmura, el dorador; al señor Sugane, el lavandero, y al calderero. Interrogué a todas las personas que me parecieron idóneas, pero nadie me dio una respuesta clara y no sabía a quién más acudir.

Entretanto, se acercaba la primavera y con ella los exámenes de ingreso a la escuela secundaria. Vieja Arpía quería que solicitase plaza en una escuela vinculada a la Universidad Femenina de Kioto. Pero yo, incapaz de concentrarme, me matriculé al final en un colegio público situado cerca de casa.

Yaeko estaba tan furiosa con mis padres que no quiso que su hijo mayor, Mamoru, siguiera viviendo con ellos. Sin embargo, era demasiado egoísta e irresponsable para buscar un piso para los dos. Por eso insistió en llevarlo a la okiya.

No era la primera vez que violaba las normas. De hecho, lo hacía a menudo. Su sola presencia ya constituía en sí una aberración, pues las únicas geiko que están autorizadas a vivir en la okiya son las jóvenes que se encuentran bajo contrato y la atotori, y Yaeko no era una cosa ni la otra. Por más que se empeñase en pensar que seguía siendo una Iwasaki, su divorcio no era aún oficial, de manera que todavía llevaba el apellido Uehara. Y, puesto que había roto el contrato con la okiya cuando se había marchado para casarse, no tenía ningún derecho a vivir en ella. Además, como si esto no bastara, nadie que haya abandonado una okiya está autorizado a regresar.

Pero Yaeko, haciendo caso omiso de las objeciones de tía Oima y Vieja Arpía, instaló a Mamoru en la casa y continuó rompiendo las reglas. Hasta colaba amantes en su habitación por la noche. Una mañana entré medio dormida en el cuarto de baño y me encontré con un hombre que ella había llevado la noche anterior. Grité y la casa entera se alborotó. Aquello era típico de Yaeko.

Estaba mal visto que un hombre —cualquier hombre— pasase la noche en la okiya, porque ponía en entredicho la castidad de sus habitantes. En Gion Kobu nada pasa inadvertido. A Tía Oima le molestaba que hubiera un hombre en la casa. Cuando alguno tenía que quedarse a dormir por un motivo justificado, incluso si se trataba de un pariente cercano, lo obligaba a esperar hasta después de la comida para marcharse, por si alguien lo veía salir por la mañana y se hacía una idea equivocada.

Yo tenía doce años y Mamoru, quince. Aunque no fuese un adulto, su energía alteraba la atmósfera de la okiya. Ya no me parecía un sitio tan seguro como antes. Además, la forma en que bromeaba conmigo hacía que me sintiese incómoda.

Cierta vez subió a su habitación con unos amigos. Cuando fui a llevarles té, me cogieron y me zarandearon de un lado a otro, y yo me asusté tanto que bajé la escalera corriendo, mientras ellos permanecían arriba riendo. En otra ocasión estaba sola en la bañera y oí a alguien en el vestuario.

—¿Quién anda ahí? —grité.

A través de la ventana, me llegó la voz de Suzu-chan, que estaba trabajando en el jardín:

—¿Se encuentra bien, señorita Mineko?

—Sí —respondí.

Al instante oí un portazo y los pasos de alguien que bajaba corriendo al segundo piso. Tenía que ser Mamoru.

Yo aún no sabía nada sobre sexo, un tema que nunca se mencionaba y por el que no sentía especial curiosidad. Mi padre era el único hombre que había visto desnudo y de eso hacía tanto tiempo que casi no lo recordaba.

De modo que me llevé un susto tremendo el día que Mamoru, tras sorprenderme en el vestuario mientras me despojaba de la ropa, se acercó con sigilo por detrás, me cogió, me arrojó con fuerza al suelo y trató de violarme.

Aunque era una calurosa noche de verano, sentí un frío terrible. Mi mente se ofuscó y mi cuerpo entero se heló de miedo. Estaba demasiado asustada para gritar y apenas si fui capaz de defenderme. Entonces entró Ku-chan, a la que siempre estaré agradecida, que venía a darme una toalla limpia y una muda de ropa.

Apartó a Mamoru de mí y lo empujó con violencia. Creí que iba a matarlo.

—¡Bastardo asqueroso! —gritó. Abandonó su característica dulzura para transformarse en una implacable deidad protectora—. ¡Cerdo inmundo! ¿Cómo te atreves a tocar a Mineko? ¡Largo de aquí! ¡Ahora mismo! Si te acercas a ella otra vez, te mataré. ¿ME HAS OÍDO?

Mamoru huyó como un ladrón. Kuniko trató de levantarme, pero yo temblaba tanto que era incapaz de mantenerme en pie, y tenía todo el cuerpo cubierto de cardenales. Me condujo a la cama como pudo.

Por su parte, tía Oima y Vieja Arpía se portaron muy bien conmigo. Pero yo estaba traumatizada, atenazada por un miedo desgarrador.

A raíz del incidente, tía Oima mandó llamar a Yaeko y a Mamoru, y los echó sin más preámbulos:

—Quiero que os vayáis de inmediato. Ahora mismo. Nada de excusas. No digáis una sola palabra.

Yaeko se negó a marcharse e insistió en que no tenía adónde ir, lo cual, visto ahora, debía de ser cierto. Nadie la aguantaba, pero Vieja Arpía se ofreció a ayudarla a buscar un lugar.

Tía Oima no quería que Mamoru permaneciese en la misma casa que yo ni un minuto más de lo imprescindible y llamó a madre Sakaguchi para solicitar su colaboración. Puesto que ésta también era contraria a que estuviésemos bajo el mismo techo, entre las dos urdieron un plan.

Al día siguiente tía Oima me mandó llamar.

—Mine-chan, tengo que pedirte un gran favor. Madre Sakaguchi necesita ayuda en su casa y le gustaría que fueses a pasar una temporada con ella. ¿Te importa? Te lo agradeceríamos mucho.

No tardé ni un segundo en responder:

—Será un placer hacer cuanto pueda por ella.

—Gracias, querida. Empacaré tu ropa, pero sería conveniente que tú misma preparases los útiles de la escuela.

Con sinceridad, sentí un profundo alivio. Y aquella misma tarde me mudé a casa de madre Sakaguchi.

Vieja Arpía tardó dos semanas en encontrar una casa para Yaeko. Estaba al sur de Shijo, en la calle Nishihanamikohi. Le hizo un préstamo de treinta y cinco mil dólares para que la comprase y Yaeko se trasladó allí con Mamoru. Yo trataba de evitarlo, pero él siempre me decía groserías cuando nos cruzábamos por la calle. Tía Oima aceptó seguir dirigiendo la carrera de Yaeko. La ventaja de esa táctica era que la okiya Iwasaki no se desacreditaría públicamente a raíz del incidente. Y, de este modo, Yaeko recibiría su merecido, pero nadie se enteraría.

Yo atravesaba malos momentos. Me hallaba siempre al borde de la histeria, tenía horribles pesadillas y no paraba de vomitar. Y, a pesar de que sabía que todos estaban muy preocupados por mí, era incapaz de fingir que me encontraba bien. Madre Sakaguchi hizo que una criada me vigilase las veinticuatro horas del día. Pero, aun contando con el apoyo de todas, mi delicada situación se prolongó durante meses.

15

Muchas veces me he preguntado por qué tía Oima toleró la conducta de Yaeko durante tanto tiempo, cuando se mostraba tan estricta en todos los demás aspectos. ¿Era sólo para mantener la armonía y evitar un escándalo? En parte sí; estoy segura de ello. Pero creo que también se sentía obligada por cuestiones morales a comportarse con decoro con ella, ya que Yaeko era mi hermana y yo, la atotori. Además, a pesar de sus defectos, Yaeko seguía siendo miembro de la familia Iwasaki.

Madre Sakaguchi, por el contrario, pensaba que el castigo que le había aplicado tía Oima no era lo bastante severo. Mandó llamar a Yaeko y le impuso una pena más dura.

—Te prohíbo que bailes en público durante los próximos tres años —dijo—. Ya he informado a la señora Aiko de mi decisión, que es irrevocable. Y, hasta nuevo aviso, quedas también expulsada de nuestro círculo. No podrás pisar esta casa ni ninguna otra de nuestro grupo. No queremos trato contigo. No me envíes regalos y no te molestes en cumplir con los saludos tradicionales ni con las visitas de rigor, ni siquiera en Año Nuevo.

»Y otra cosa más. Te prohíbo que te acerques a Mineko. ¿Has entendido? No tendrás contacto alguno con ella. Te exonero de tus obligaciones como onesan, aunque sólo de hecho, no de nombre. Podrás asistir a su debut, pero tendrás que mantenerte en segundo plano. El señor del Suehiroya te indicará dónde sentarte. Ahora vete. Y no vuelvas.

Nadie habría criticado a madre Sakaguchi si hubiera desterrado a Yaeko para siempre de Gion Kobu. Pero ella escogió un castigo menos drástico, que limitaba las actividades de Yaeko durante los años venideros pero sin mancillar la reputación de ninguna de nosotras, y mucho menos la mía.

La convivencia con madre Sakaguchi me enseñó mucho sobre el funcionamiento del negocio de las geiko. Era una gran comerciante y una mujer poderosa. Yo la veía como la «madrina» del barrio, pues la gente recurría a ella a todas horas para pedirle ayuda y consejo, y para beneficiarse de sus dotes como mediadora.

Kanoko Sakaguchi era una auténtica hija de Gion Kobu. No era adoptada, sino que la había engendrado la propietaria de la prominente okiya Sakaguchi, que debía su celebridad a sus músicos. De este modo, Kanoko se convirtió en una experta en el arte del *ohayashi*, la percusión japonesa, debutó siendo aún adolescente y llegó a ser una geiko muy popular.

Su madre la nombró atotori. La okiya Sakaguchi era grande y próspera, y Kanoko tenía en ella muchas hermanas menores. A pesar de ello, prefirió dedicarse de lleno a la música a dirigir la okiya, de manera que alentó a las jóvenes geiko que estaban bajo su tutela a que se independizasen.

Una vez libre para concentrarse en su vocación artística, Kanoko ascendió rápidamente en la jerarquía de Gion Kobu. Obtuvo un certificado que la cualificaba como única persona autorizada para enseñar ciertas composiciones de baile, lo cual, en el sistema de Gion Kobu, significaba que cualquiera que quisiese tocar ohayashi debía pedirle permiso a madre Sakaguchi.

En la organización de la escuela Inoue hay un cargo denominado *koken*, que podría equipararse al de regente o tutor. Sólo cinco familias poseen este título honorífico y la familia Sakaguchi es una de ellas.

La importancia de los koken se debe, entre otras cosas, al hecho de que se ocupan de la elección de la iemoto. La sucesión tiene lugar cada dos o tres generaciones y afecta de manera decisiva a la dirección de la escuela. En su condición de koken, madre Sakaguchi había ejercido un influjo determinante en la elección de Inoue Yachio IV, por lo que la iemoto estaba en deuda con ella.

Pero la influencia de madre Sakaguchi iba más allá y, ya fuese por su linaje o su posición, lo cierto es que era una figura de autoridad para las personas importantes de Gion Kobu, como la maestra Kazama, la profesora de baile; Kotei Yoshizumi, la intérprete de shamisen; los propietarios de los ochaya; los representantes de la Kabukai, y, por descontado, las okasan de todas las delegaciones de la okiya Sakaguchi.

Madre Sakaguchi tenía diez años menos que tía Oima; así pues, debía rondar los ochenta cuando me fui a vivir con ella. Sin embargo, seguía siendo una mujer vigorosa y se implicaba con tesón en los asuntos de Gion Kobu. No había más que ver la forma en que se desvivía por mi carrera y mi bienestar. Permanecí junto a ella durante el resto de séptimo curso y durante la totalidad del octavo.

El traslado supuso un cambio en el sitio donde dormía, pero no en mis actividades, ya que continué asistiendo a la escuela por la mañana y a las clases de danza por la tarde. Estudiaba mucho y me esmeraba todavía más en los bailes. A esas alturas, estaba tan integrada en la comunidad de Gion Kobu que casi no noté la diferencia, salvo por el hecho de que tuve que abandonar mi antiguo hábito de chupar el pecho de Kuniko o el de tía Oima antes de irme a dormir.

En la escuela, donde seguí destacando, estaba muy apegada por aquel entonces a mi maestro de octavo. Un día enfermó y tuvieron que ingresarlo en el hospital y yo, todavía traumatizada por la muerte de Masayuki, sentí auténtico pánico ante la posibilidad de que el profesor corriese la misma suerte. El director se negaba a decirme dónde estaba, pero, ante mi insistencia, por fin me escribió la dirección en un papel.

Me puse en marcha para organizar a la clase. Haciendo caso omiso de las protestas del maestro sustituto, confeccionamos novecientas noventa y nueve grullas de *origami* en sólo tres días y las pendimos de un móvil que estaba destinado a acelerar la recuperación del profesor. Luego plegamos la última grulla, la número mil, que habría de colgar el propio maestro cuando se curase. Yo tenía prohibido cruzar la calle Shijo, así que no pude acompañar a mis compañeros de clase cuando fueron a llevarle el presente.

El profesor regresó a la escuela al cabo de dos meses y, en señal de gratitud, repartió lápices y otros obsequios. Sentí un enorme alivio al comprobar que no había muerto.

Volví a mudarme a la okiya Iwasaki al principio del noveno curso.

En mi ausencia, el contrato de servicios de Tomiko había expirado. Al ingresar en la okiya, había firmado un documento comprometiéndose a trabajar durante un período de seis años, lo que significaba que era una empleada de la casa y que, cumplido el plazo, tenía libertad para seguir trabajando como geiko bajo la dirección de la casa, aunque viviendo en otra okiya, o para dedicarse a otra cosa. Decidió casarse.

Como geiko contratada, Tomiko siguió siendo una Tanaka durante toda su estancia en la okiya. Por lo tanto, a diferencia de lo que hacían conmigo, la animaban a mantenerse en contacto con nuestros padres y hermanos, y ella los visitaba a menudo. Mi hermana Yoshio se había prometido y fue su novio quien le presentó a Tomiko el hombre con quien acabaría casándose.

Aunque yo la echaba de menos, me alegraba mucho de haber vuelto a casa. Esperaba con ilusión el viaje de fin de curso del primer ciclo de la secundaria, una experiencia memorable en la vida de todos los adolescentes japoneses. Iríamos a Tokio. Una semana antes de la fecha prevista para la partida, empezó a dolerme la barriga y fui al lavabo. Algo iba mal, pues estaba sangrando. Supuse que tenía hemorroides, una dolencia que afectaba a casi toda mi familia. Pero no sabía qué hacer. Al poco apareció Fusae-chan, una aprendiza, y me preguntó si me encontraba bien. A instancias mías, fue a buscar a tía Oima, quien me habló desde el otro lado de la puerta:

—¿Qué pasa, Mine-chan?

—Ay, algo horrible. Estoy sangrando.

—No es nada, Mineko. Estás bien. Eso es bueno.

—¿Las hemorroides son buenas?

—No son hemorroides. Tienes la menstruación.

—¿La qué?

—La menstruación. La regla. Es completamente normal. ¿No te lo explicaron en la escuela?

—Nos comentaron algo, pero de eso hace mucho tiempo.

Cualquiera pensaría que, viviendo en una comunidad formada exclusivamente por mujeres, debería haber estado preparada para aquella situación. Pero no era así: allí nadie hablaba de intimidades. Y yo no sabía nada al respecto.

—Iré a buscar a Kun-chan para que te ayude. Yo ya no dispongo de las cosas que necesitas.

Las habitantes de la casa recibieron la noticia de mi «proeza» con grandes aspavientos. En Japón, este hecho suele celebrarse con una comida especial, pero como yo era la atotori de la okiya Iwasaki, tía Oima lo convirtió en todo un acontecimiento y por la noche dimos un festín al que acudió gente de todo Gion Kobu para presentarme sus respetos y darme la enhorabuena. Por nuestra parte, los obsequiamos con cajas de una golosina llamada *ochobo*, un pequeño caramelo con una protuberancia roja que evoca el pezón de un pecho joven.

Para mí fue una ocasión de lo más embarazosa y, al igual que a tantas niñas de mi edad, me indignó que todo el mundo se enterase de lo que me había ocurrido. ¿Por qué seguíamos celebrando cosas que me incomodaban?

Ese año Yaeko saldó sus deudas. Le devolvió a tía Oima el dinero que le había prestado en 1952 para que pagase a sus acreedores y a Vieja Arpía la cantidad que le había dejado en 1962 para que se comprase una casa. Tía Oima, a su vez, reintegró a madre Sakaguchi las sumas correspondientes. Pero Yaeko volvió a las andadas.

En concepto de intereses, entregó a Vieja Arpía un broche de amatista para el obi; un gesto con el que no logró sino ofenderla, pues Yaeko, que había adquirido el broche en una joyería donde éramos clientes fijas, sabía que Vieja Arpía averiguaría cuánto costaba. De este modo, en lugar de mejorar la relación, el ostentoso obsequio fue otra prueba de la ordinariez de Yaeko y de su ignorancia sobre el protocolo del karyukai.

Yo misma empezaba a rebelarme contra las restrictivas normas del karyukai, que regían todos los aspectos de nuestra vida. Algo natural, pues tenía catorce años. Sin permiso de la familia, hice algo escandaloso en extremo: me apunté para formar parte del equipo de baloncesto. Aquello no era cualquier minucia, dado que tenía terminantemente prohibido participar en cualquier actividad que pudiera causarme lesiones físicas. Comuniqué a Vieja Arpía que había ingresado en el club de arreglos florales y ella se alegró de que me interesase por una afición tan refinada.

Me encantaba el deporte y los años dedicados al estudio de la danza me habían servido para desarrollar la capacidad de concentración y el sentido del equilibrio, de modo que era una excelente jugadora. Ese año mi equipo quedó segundo en el torneo regional.

Vieja Arpía nunca lo supo.

16

En noviembre de 1964, a los noventa y dos años, tía Oima cayó enferma y quedó postrada en cama. Mi decimoquinto cumpleaños pasó casi inadvertido.

Yo permanecía junto a su lecho el mayor tiempo posible, hablándole y haciendo masajes a sus viejos y cansados músculos. No permitía que nadie, salvo Kuniko o yo, la mudase de ropa o le cambiase el orinal.

En Gion Kobu iniciamos los preparativos para la celebración del Año Nuevo a mediados de diciembre. Concretamente el día 13, al que llamamos *kotohajime*.

Lo primero que se hace en kotohajime es visitar a la iemoto, con el fin de realizar un intercambio ritual de saludos y obsequios. La iemoto nos entrega a cada una un abanico nuevo para el año siguiente, cuyo color depende del rango que hayamos alcanzado. A cambio, nosotras le regalamos dos cosas en nombre de nuestra familia: el *okagamisan*, un par de tortas de arroz superpuestas, y un sobre rojo y blanco, atado con un lazo decorativo hecho con cordones dorados y plateados, que contiene la cantidad de dinero que guarda relación con el «precio» del abanico y, en consecuencia, con nuestra posición dentro de la jerarquía de la escuela, de modo que las niñas pagan menos y las geiko más. Cuando termina kotohajime, la gran maestra dona los dulces y el dinero a una escuela para niños disminuidos psíquicos o minusválidos.

Aquel 13 de diciembre me vestí e hice la obligada visita de kotohajime. Recuerdo que sentí cierta nostalgia, ya que sería mi último año de aficionada. Tenía previsto presentarme al examen de maiko en otoño, cuando cumpliera los dieciséis, y si lo aprobaba, comenzaría mi carrera profesional.

Por eso me quedé perpleja cuando la gran maestra aseveró:

—Mine-chan, pasado mañana hay una prueba en la academia Nyokoba. Quiero que te presentes y la hagas. Empieza a las diez, así que debes estar allí temprano, a eso de las nueve y media.

No tuve más remedio que aceptar, aunque ya tenía bastante con la enfermedad de tía Oima y no me sentía en condiciones de afrontar un problema más. Me fui a casa para darle la noticia y el cambio que experimentó me dejó atónita. Fue como si volviese a ser la de antes. Me mostró su mejor sonrisa y hasta empezó a cantar el *suisui*. Por primera vez entendí lo importante que era para ella que me convirtiese en maiko y aquel descubrimiento me conmocionó. No había estado prestando atención.

Vieja Arpía, que volvía a casa de un banquete, supo por tía Oima lo de la prueba y se puso aún más contenta que ésta.

—Ay, Dios mío. No tenemos mucho tiempo. Kuniko, cancela mis citas para el resto del día. Pensándolo mejor, cancela también las de mañana y las de pasado mañana. Muy bien, Mineko, pongámonos manos a la obra. Primero llama a dos chicas y pídeles que vengan: te vendrá bien practicar en grupo. Vamos, date prisa, hay que empezar cuanto antes.

Tuve que hacer un esfuerzo para no reírme de su entusiasmo.

—Pero no me examinaré de verdad hasta el año que viene. Esto no es tan importante. Además, conozco bastante bien los bailes.

—No digas tonterías. Tenemos que ponernos a trabajar y no nos queda mucho tiempo. Ve a llamar a tus amigas. Y date prisa.

Hice lo que me ordenaba, aunque aún no entendía a qué respondía semejante revuelo.

Mis amigas se alegraron de aquella oportunidad para exhibirse.

Nos habían indicado que preparásemos siete bailes. Mientras Vieja Arpía tocaba su shamisen nosotras ensayamos cada baile centenares de veces. Trabajamos día y noche, con breves descansos para comer o dormir. Al cabo de esos dos días, había memorizado hasta el mínimo movimiento de las siete danzas. Vieja Arpía no me dio tregua. Estaba desconocida.

El 15 de diciembre, me despertó más temprano que nunca para asegurarse de que llegaba a tiempo a la prueba. En el estudio número 2 de la escuela se encontraban trece niñas sentadas, aguardando. Y todas estaban muy nerviosas. Pero yo no, pues aún no había tomado conciencia de la importancia del acontecimiento.

Para algunas, era la última oportunidad y, si no aprobaban el examen, tendrían que renunciar a su sueño de convertirse en maiko.

Nos llamaron una a una para examinarnos. Y, como la puerta estaba cerrada, de forma que no veíamos lo que ocurría al otro lado, aumentó la tensión que reinaba en la sala.

No sabríamos qué pieza tendríamos que bailar hasta que fuese nuestro turno y subiésemos al escenario. Sólo entonces la gran maestra nos indicaría lo que debíamos hacer.

Dos amigas mías entraron antes que yo.

—¿Qué danza os han pedido? —pregunté cuando salieron.

— *Torioi*, ya sabes, la que describe la historia de un intérprete de shamisen ambulante —respondieron a dúo.

«Qué fácil —pensé—. La conozco a la perfección.» Y en mi mente empecé a bailar repasando a conciencia cada movimiento. La verdad, no entendía el motivo de tanta preocupación.

Por fin llegó mi turno.

La primera parte del examen consistía en abrir la puerta. Lo hice tal como me habían enseñado. A esas alturas había asimilado los movimientos casi como un acto reflejo y los percibía fluidos y gráciles.

Deslicé la puerta, hice una reverencia y pedí permiso para entrar. Y, en ese momento, comprendí el nerviosismo de las demás: la gran maestra no estaba sola. La acompañaban las pequeñas maestras, el propietario del Ichirikitei, miembros de la Kabukai, representantes de las asociaciones de ochaya y de geiko, y otras personas a quienes no reconocí. Dos filas completas de personas aguardaban delante del escenario, preparadas para juzgarme.

Traté de conservar la compostura y subí a la tarima con toda la serenidad de que fui capaz.

La gran maestra me miró y pronunció una sola palabra:

—*Nanoha*, «La historia de una mariposa y una flor de berza».

«Ay, así que no será *Torioi* —pensé—. En fin, allá vamos. Hazlo lo mejor que puedas.»

Tras una breve pausa, saludé al jurado, di las gracias y empecé a bailar. Interpreté la primera parte de la pieza a la perfección, pero, justo al final, cometí un error insignificante. Me detuve en seco en mitad de un paso, me volví hacia mi acompañante y anuncié:

—Me he equivocado. Comience otra vez desde el principio, por favor.

—Si no hubieses dicho nada, no lo habríamos notado —me interrumpió la gran maestra—. Perdonadme todos, pero dado que Mineko casi había terminado, ¿os importa si repite únicamente la última parte?

—No, claro que no —respondió el resto de miembros del jurado.

—Por favor, la última parte nada más, Mine-chan.

—Sí —confirmé. Y continué con el baile.

Concluida mi actuación, y antes de abandonar el escenario, di de nuevo las gracias al tribunal.

Vieja Arpía, que recorría impaciente el pasillo como un gato su jaula, corrió a mi encuentro nada más verme.

—¿Qué tal te ha ido?

—Cometí un error.

—¿Un error? ¿Qué clase de error? ¿Fue importante? ¿Crees que has suspendido?

—Sí, estoy segura.

—Vaya, espero que no.

—¿Por qué? —Todavía no me tomaba aquel asunto muy en serio.

—Porque tía Oima se sentirá desolada. Está esperando los resultados con el corazón en un puño. Tenía la esperanza de llevarle una buena noticia.

Ahora sí que me sentí fatal, pues me había olvidado por completo de tía Oima. Además de una pésima bailarina, era una jovencita egoísta y desleal. Conforme esperábamos, mi angustia se intensificaba. Al final, un miembro de la Kabukai requirió nuestra presencia en el vestíbulo de la academia.

—Éstos son los resultados del examen de hoy. Me complace anunciar que la señorita Mineko Iwasaki ha quedado en primer lugar, con una puntuación de 97. Enhorabuena, Mineko. —Acto seguido, fijó una lista en la pared—. Aquí están las demás notas. Mis condolencias para aquéllas que no han superado la prueba.

Yo no podía creerlo. Pensé que había un error. Pero allí estaba el resultado, impreso en papel con toda claridad.

—Es estupendo. —Vieja Arpía estaba eufórica—. ¡Tía Oima se pondrá loca de alegría! Ay, Mineko, estoy muy orgullosa de ti. ¡Qué hazaña! Celebrémoslo antes de volver a casa, ¿de acuerdo? Invita a tus amigas. ¿Adónde quieres que vayamos? Pide lo que te plazca. Invito yo. —Más que hablar, balbuceaba.

Llevamos al grupo al Takarabune, a comer carne, y tardamos una eternidad en llegar porque cada vez que nos cruzábamos con alguien, Vieja Arpía se detenía a hacer una reverencia y a proclamar:

—¡Mineko ha quedado primera! ¡Muchas gracias!

Se sentía en deuda con todo el mundo, porque, al igual que muchos japoneses, pensaba que se necesita un pueblo entero para educar a una criatura. Yo no era el resultado de un individuo concreto, sino del esfuerzo de una comunidad: Gion Kobu.

Los propietarios del restaurante eran viejos amigos de la familia, y nos obsequiaron con comida y alabanzas. Todo el mundo se lo estaba pasando en grande, pero yo no estaba demasiado contenta. Una amiga me preguntó qué me pasaba.

—Come y calla —le espeté.

No estaba de mal humor, pero mi mente era un caos de emociones y pensamientos y aunque me alegraba de haber aprobado el examen, me sentía fatal por las que habían suspendido. También estaba muy preocupada por tía Oima. Y no hacia más que pensar en mi relación con Vieja Arpía.

Llevaba diez años viviendo en la okiya Iwasaki y hacía casi cinco que Masako me había adoptado. Pensé que nunca la había llamado «madre».

Cierta vez, concluidos ya los trámites de adopción, la mojé con una pistola de agua con la que estaba jugando, quizás en un intento infantil de llamar su atención. Ella me persiguió y exclamó:

—Si fueses mi hija verdadera, te daría una paliza.

Fue como si me abofeteara. Yo me sentía hija suya. O algo parecido. Pues, si ya no pertenecía a mis padres, ¿a quién pertenecía entonces?

Cuando Masako era más joven, tía Oima le había sugerido que intentase quedarse embarazada. En el karyukai se promueve la independencia femenina, y ser madre soltera no es ninguna deshonra. Como ya he expresado, es una comunidad donde resulta más fácil criar niñas que niños, a pesar de que también muchas mujeres han sacado adelante a sus hijos varones. Aunque lo cierto es que tía Oima tenía la esperanza de que Masako engendrase una niña, alguien que perpetuase el nombre de la familia: una atotori.

Pero Masako se negó a considerar siquiera la posibilidad, pues no había superado el trauma de ser hija ilegítima y no quería poner a nadie en esa situación. Además, una tuberculosis la había debilitado y no se sentía lo bastante fuerte para sobrellevar un embarazo.

En el momento de la adopción, yo había decidido que jamás la llamaría «madre». Pero ya no estaba tan segura. ¿Cómo debía interpretar la forma en que se había desvivido por mí en los últimos dos días y su interés en que triunfase? Una verdadera madre no se habría esforzado más.

«Puede que sea hora de cambiar de opinión», pensé.

Cuando terminamos de cenar, di el gran salto. La miré a los ojos y casi declamé:

—¿Nos vamos, mamá?

La expresión de sorpresa que cruzó su rostro duró apenas un instante, pero nunca la olvidaré.

—Sí, claro. —Sonrió—. Gracias a todas por venir. Me alegro mucho de que pudierais acompañarnos.

Regresamos caminando a la okiya.

—Éste ha sido uno de los mejores días de mi vida —aseguró Masako.

Corrimos a la habitación de tía Oima para darle la gran noticia y tuve la sensatez de agradecerle todo lo que había hecho por mí.

Tía Oima estaba encantada, pero trató de conservar la calma.

—Sabía que aprobarías. No lo dudé ni por un momento. Ahora tenemos que preparar tu vestuario. Empezaremos mañana.

De niña con su padre, su madre, su hermano
y sus hermanas.

El puente de hormigón sobre el canal, delante de mi casa.
Es el mismo canal en el que se ahogó Masayuki.

A los seis años.

En Gion, 1956, a los
siete años.

Representando a una seta venenosa, a los ocho años (derecha).

Kuniko, a los treinta años.

En el papel de mariposa, a los diez años.

Tía Oima (izquierda), Aba (centro) y el esposo de Aba (derecha).

Dirigiéndome a un
banquete.

En una visita ceremonial
a la gran maestra.

Preparativos antes de la noche.

Peinado para
el Miyako Odori.

Yaeko (izquierda) y Madre Sakaguchi (derecha).

Como *minarai*, delante del expositor de muñecas que me distrajo durante el *ozashiki*.

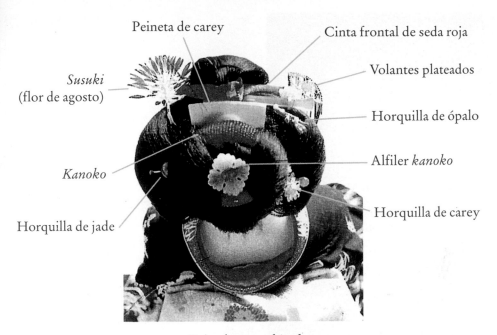

Peineta de carey

Cinta frontal de seda roja

Susuki
(flor de agosto)

Volantes plateados

Horquilla de ópalo

Alfiler *kanoko*

Kanoko

Horquilla de carey

Horquilla de jade

Peinado *wareshinobu.*

Entreteniendo al
príncipe Carlos.

Mamá Masako, a los cuarenta
y cuatro años.

Delante de la okiya Iwasaki.

Con mi modisto Suehiroya.

Con el doctor Tanigawa.

Peinado *sakko*.
La imagen corresponde
a mi último día como
maiko.

El día en que me convertí en
geiko, mis admiradores
enviaron muchos mensajes
de felicitación escritos a
mano, que colgamos en la
entrada de la okiya.

En escena durante el Miyako Odori.

Un retrato
de primavera.

Un descanso en el teatro
Kaburento, a los
veintitrés años.

Como *murasaki shikibu*
durante el Festival de las
Épocas, a los dieciocho años.

En el jardín de un ochaya.

Ceremonia del té en el Miyako Odori.

Con Toshio en Atlantic City.

Con Yuriko en Hakata.

Ensayando para el anuncio de Suntory.

Mi última representación, a los veintinueve años.

Un conjunto de verano
(agosto).

Masako, debemos llamar a Eriman, a Saito y a muchos otros. Confeccionemos una lista. ¡Tenemos tanto que hacer!

A pesar de que se estaba muriendo, tía Oima no pasó por alto ningún detalle. Había vivido para ver ese momento y juró que mi debut sería espectacular. Yo me alegraba de que estuviera contenta, pero la idea de convertirme en maiko me suscitaba sentimientos contradictorios, pues todavía no estaba segura de que fuese mi auténtica vocación y, si bien era cierto que me gustaba bailar, también quería hacer el bachillerato.

Después del examen, los acontecimientos se sucedieron a un ritmo tal que la introspección se convirtió en un lujo para el que no tenía tiempo. Ya era 15 de diciembre. Madre Sakaguchi, tía Oima y mamá Masako decidieron que me convertiría en *minarai* o aprendiza de maiko, el 15 de febrero, y que mi debut oficial, el llamado *misedashi*, tendría lugar el 26 de marzo.

Como iba a ser maiko un año antes de lo previsto, tendría que empezar las clases en la academia Nyokoba el 15 de marzo, antes de concluir el primer ciclo de la escuela secundaria. Y, si quería participar en los Miyako Odori de la primavera, en menos de un mes tendría que estar lista para aceptar entrevistas con la prensa.

La okiya Iwasaki estaba alborotada con los preparativos de mi debut y de las celebraciones de Año Nuevo. No dábamos abasto. Tía Oima, que seguía en cama, necesitaba cuidados. Había que limpiar la okiya de arriba abajo.

Los proveedores llamaban a la puerta a todas horas, para consultarnos sobre distintos aspectos de mi vestuario. Ku-chan, Aba y mamá Masako estaban siempre atareadas, y yo pasaba cada segundo libre con tía Oima. En medio de aquella locura, Tomiko acudía a menudo para echarnos una mano. Aunque estaba embarazada del primero de sus dos hijos, tuvo la gentileza de colaborar en los preparativos de mi misedashi.

Yo era consciente de que el tiempo que pasaba con tía Oima era precioso. Me comunicó que se alegraba mucho de que hubiera decidido llamar «mamá» a Masako.

—Sé que tiene un carácter difícil, Mineko, pero es muy noble. Su corazón es tan grande que a veces parece demasiado seria y severa. Pero siempre podrás contar con ella. Así que trátala bien. No hay un ápice de maldad en su persona. No es como Yaeko.

Hice cuanto pude para tranquilizarla.

—Lo entiendo, tía Oima. No te preocupes por nosotras. Todo irá bien. Ahora, deja que te dé un masaje.

Se es minarai sólo por espacio de uno o dos meses. Minarai significa «aprender mediante la observación». Es una gran oportunidad para que la futura geiko se familiarice con el funcionamiento de los ochaya, ya que asiste a banquetes todas las noches, vestida con el traje profesional, y en ellos observa los complejos matices de la conducta, la etiqueta, el porte y las dotes para la conversación que pronto ella deberá demostrar.

La minarai está patrocinada por un ochaya (su *minaraijaya*), aunque es libre para acudir a otros locales. Así, cada tarde, se viste y se va a trabajar a su ochaya, y es el propietario quien organiza sus citas. Resulta un buen método de aprendizaje, dado que el dueño del ochaya, en su calidad de mentor, está siempre allí para despejar cualquier duda que se presente. No es inusual que él, o ella, y la minarai establezcan un vínculo perdurable.

Lo primero que debieron decidir mis mayores cuando aprobé el inesperado examen fue a qué ochaya confiarle mi tutela. Tenían varias opciones. Las mujeres de la familia Sakaguchi suelen hacer sus prácticas en el Tomiyo; las de la familia Iwasaki, en el Mankiku, y Yaeko las había hecho en el Minomatsu. Por alguna razón, optaron por enviarme al Fusanoya. Estoy segura de que la decisión obedeció a la política de Gion Kobu en aquellos momentos.

El 9 de enero, la Kabukai publicó un documento con los nombres de las geiko que participarían en los Miyako Odori de ese año. Yo estaba entre ellas. Ya era oficial.

Me informaron de que la sesión fotográfica para el folleto publicitario se llevaría a cabo el 26 de enero, lo que significaba que la okiya Iwasaki tendría que disponer de un atuendo adecuado para que yo lo luciese en esa fecha. El vertiginoso ritmo de los preparativos se aceleró aún más.

El 21 de enero, cuando volví de la clase de danza, fui a contarle a tía Oima lo que había hecho durante la jornada. Pareció que hubiera estado aguardando mi llegada, pues falleció en cuanto me senté a su lado. Kun-chan, que también se encontraba presente, y yo nos sorprendimos tanto que ni siquiera lloramos. Me negaba a creer que tía Oima hubiese muerto.

Recuerdo su funeral con imágenes en blanco y negro, como si se tratase de una película antigua. Era una fría mañana. Nevaba y un manto blanco cubría el suelo. Centenares de personas, ataviadas con sombríos quimonos negros en señal de duelo, acudieron a la okiya Iwasaki. Un monje las condujo desde el vestíbulo a la sala del altar, cuyo suelo estaba cubierto por una capa de sal de tres centímetros de espesor. Y los sacerdotes budistas, sentados junto al ataúd, que estaba dispuesto delante del altar, comenzaron a recitar *sutras*.

Después del funeral, acompañamos al féretro hasta el crematorio y aguardamos dos horas, mientras incineraban el cuerpo. Luego, recogimos parte de las cenizas con unos palillos especiales y las pusimos en una urna, para llevarlas a la okiya y allí ubicarlas sobre el altar. Los sacerdotes regresaron con nosotras y celebraron un oficio íntimo, sólo para la familia.

Los acusados contrastes de aquel día parecían reflejar la pureza y la dignidad de la vida de tía Oima.

Masako se había convertido en la nueva propietaria de la okiya.

Continuamos con los preparativos para mi debut. Tenía que estar lista para la sesión fotográfica del día 26, que coincidiría con la primera ceremonia en memoria de tía Oima, ya que se cumplía justo una semana de su muerte.

Esa mañana me peinó un maestro peluquero y, después, madre Sakaguchi acudió a la okiya para maquillarme la cara y el cuello. Sentada ante ella, me sentí majestuosa y adulta con mi primer peinado formal. Me miró con una conmovedora expresión de orgullo y fue en ese preciso instante cuando por fin tomé conciencia de que tía Oima había muerto, y prorrumpí en sollozos. El proceso de cicatrización de las heridas había comenzado. Lloré durante dos horas, manteniendo en vilo a todo el mundo, antes de que madre Sakaguchi pudiera empezar a maquillarme.

A los cuarenta y nueve días de su muerte, enterramos la urna de tía Oima en el panteón familiar del cementerio de Otani.

17

La estética de los ochaya procede de la tradicional ceremonia japonesa del té, una difícil disciplina artística que sería más correcto traducir por «el camino del té».

Este ceremonial es un intrincado ritual de normas fijas que no celebra sino el simple acto de disfrutar de una taza de té en compañía de amigos, una agradable forma de descansar de las preocupaciones cotidianas. De modo que se requiere un exceso de artificio para producir el efecto de simplicidad que manifiesta. Así, todos los objetos artesanales que se utilizan en él y el propio salón de té son obras de arte creadas con el máximo esmero. El anfitrión sirve en tacitas la infusión a sus invitados con una serie de movimientos coreografiados y ensayados hasta en el mínimo de sus detalles y nada queda al azar.

Y lo mismo ocurre en el ochaya, pues también allí se hace todo lo posible para garantizar a los presentes una experiencia maravillosa. No se pasa por alto ningún pormenor. El acto que se celebra en el ochaya se denomina «ozashiki», un término que traducido libremente significa «banquete» o «cena», pero que también es el nombre de la estancia donde tiene lugar.

Durante el ozashiki, el anfitrión y sus invitados disfrutan de la mejor cocina, de unos momentos de tranquilidad, de una conversación amena y de los elegantes espectáculos que ofrecen los ochaya. Dura varias horas, se lleva a cabo en un salón privado y dispuesto de forma impecable y, al igual que la ceremonia del té, constituye un medio para evadirse de los problemas cotidianos. El ochaya proporciona el espacio, y las maiko y las geiko actúan como catalizadores, pero lo que determina la tónica de la velada es el refinamiento de los invitados.

Y es que una persona sólo puede convertirse en cliente de un ochaya mediante la recomendación personal de otra, ya que no es posible acceder al local sin más. Así, son los clientes que ya gozan de cierto prestigio en el karyukai los que presentan a los nuevos, lo cual supone en sí un proceso de selección. Por ello puede afirmarse, casi con rotundidad, que cualquiera que disponga de los medios para celebrar un banquete en un ochaya de Gion Kobu es una persona de confianza, refinada y culta. No es inusual que los padres lleven con ellos sus hijos, como si esto formase parte de su educación. Por lo tanto, a veces la relación de una familia con un ochaya determinado se remonta a varias generaciones atrás.

Cada persona que frecuenta Gion Kobu mantiene un estrecho vínculo con un ochaya concreto. En ocasiones, y aunque no es frecuente, el cliente acude a dos establecimientos, a uno para los compromisos de negocios y a otro para las reuniones informales.

Suelen crearse fuertes lazos entre el ochaya y sus parroquianos, muchos de los cuales ofrecen ozashiki al menos una vez a la semana. De la misma manera, los clientes establecen relaciones sinceras con las geiko que más admiran. Y nosotras por nuestra parte llegamos a conocer muy bien a nuestros clientes habituales. Algunas de mis amistades más queridas se iniciaron durante un ozashiki. Mis clientes favoritos eran profesionales expertos en un campo u otro del conocimiento y yo disfrutaba sobre todo de los banquetes donde aprendía algo.

Apreciaba tanto a ciertos clientes que, por muy ocupada que estuviese, siempre conseguía hacerme un hueco para asistir a sus ozashiki. A otros los evitaba a toda costa. Lo importante, sin embargo, es que a la geiko se la contrata para que entretenga al anfitrión o anfitriona del ozashiki y a sus invitados, ya que su misión es complacer a la gente. En cuanto entra, debe acercarse a la persona que esté sentada en el lugar de honor y entablar conversación con ella. Con independencia de lo que sienta en esos momentos, su expresión ha de manifestar: «Estaba impaciente por hablar con usted.» Si su rostro refleja que no soporta a ese individuo, no merece ser una geiko, ya que su trabajo consiste en descubrir algo agradable en todo el mundo.

A veces me veía obligada a ser atenta con personas que me resultaban físicamente repulsivas. Y no resultaba fácil, porque la repulsión es un sentimiento difícil de disimular. Pero los clientes habían pagado por mi compañía y lo menos que podía hacer era tratarlos con cortesía. Uno de los principales retos de esta profesión es aprender a ocultar lo que a una le agrada o le disgusta bajo una máscara de amabilidad.

En los viejos tiempos, los clientes solían ser aficionados a las artes y estudiantes de shamisen o de las danzas tradicionales japonesas. En consecuencia, estaban educados para comprender lo que veían y ansiosos por mantener animadas conversaciones sobre arte, una disciplina en la que destacan las maiko y las geiko. Por desgracia, en la actualidad la gente adinerada ya no tiene tiempo ni interés para dedicarse a esas aficiones. No obstante, la belleza y el talento de las maiko y las geiko se sostienen por sí solos, y cualquiera es capaz de apreciarlos.

Las conversaciones que tienen lugar en los banquetes abarcan una amplia variedad de temas, y se espera que las geiko estén versadas en la actualidad política y la literatura contemporánea, así como en disciplinas artísticas tradicionales como la ceremonia del té, los arreglos florales, la poesía, la caligrafía y la pintura. Los primeros cuarenta o cincuenta minutos de un banquete suelen dedicarse a placenteras charlas sobre estos temas.

Las naikai o camareras sirven el banquete con ayuda de las criadas, aunque las encargadas de servir el sake son las geiko. Huelga decir que la comida debe ser excelente. En los ochaya no se cocina, de manera que los platos se encargan a uno de los muchos restaurantes o servicios de comidas preparadas (*shidashi*) del barrio, que preparan el festín de acuerdo con los gustos y las posibilidades económicas del anfitrión.

Lo cierto es que un banquete en un ochaya no sale barato, pues un ozashiki cuesta unos quinientos cincuenta dólares por hora, una cantidad que sólo incluye el uso del local y los servicios del personal, pero no la comida ni la bebida, ni los honorarios de las geiko.

135

Los gastos que genera una fiesta de dos horas, con una cena completa para varios invitados y la presencia de tres o cuatro geiko, alcanzan con facilidad los dos mil dólares.

El ochaya ha de satisfacer los exigentes gustos de los clientes de las esferas más altas de la sociedad japonesa e internacional. Inspirados en sus orígenes en la refinada estética de la ceremonia del té, los ochaya representan lo más sublime de la decoración y la arquitectura japonesas. De este modo, cada habitación tiene un suelo de tatami, una tokonoma, un lienzo adecuado al mes en curso y un arreglo floral dispuesto en el jarrón apropiado, detalles todos ellos que siempre se cambian para hacer que se adapten a los requirimientos de cada cliente.

Llegado el momento, las geiko ofrecen una actuación. La maiko o geiko *tachikata* bailará y la geiko *jikata* tocará el shamisen o cantará. Después, la conversación suele derivar hacia temas artísticos. La geiko cuenta una historia divertida o dirige al grupo en un juego relacionado con la bebida.

Los honorarios de una geiko se calculan por unidades de tiempo, casi siempre de quince minutos cada una, conocidas con el nombre de *hanadai*, que significa «dinero de flor», que más tarde se facturan al cliente. Además de pagar los hanadai, los clientes suelen dejar una propina en metálico (*goshugi*). La introducen en pequeños sobres blancos, que luego meten debajo del obi o en la manga del quimono de la geiko. Ésta puede disponer a su antojo de ella.

Al final de la velada, el propietario del ochaya calcula los hanadai de todas las maiko y las geiko que han asistido a los banquetes de esa noche. Anotan las cantidades en un papel y guardan los recibos en una caja situada en la entrada del ochaya. A la mañana siguiente, un representante del *kenban*, la oficina de asuntos económicos, hace la ronda por todos los ochaya para recoger los recibos de la noche anterior y éstos quedan registrados en la Kabukai. El kenban, una organización independiente que realiza el servicio en nombre de la asociación de geiko, coteja las cantidades con la okiya, para asegurarse de que las cuentas coinciden y, de no existir diferencia, calcula la distribución de los ingresos. Notifica al ochaya cuánto debe pagar en concepto de impuestos y cuotas mensuales, y acto seguido determina la suma que el ochaya ha de pagar a la okiya.

A su vez, el ochaya lleva sus cuentas y envía la factura a sus clientes con regularidad. Antes lo hacían una vez al año, pero ahora lo hacen cada mes, y, cuando éstos le han pagado, el ochaya salda sus deudas con la okiya.

La okasan de la okiya, por su parte, apunta la cantidad recibida en el libro de cuentas de la geiko, deduce los gastos y su comisión, y transfiere el resto a la cuenta de la geiko.

Este transparente sistema de contabilidad nos permite saber qué geiko ganó más dinero en un día concreto y, de este modo, siempre queda claro quién es la número uno.

El 15 de febrero fue un gran día. Había empezado los ensayos para los Miyako Odori, así como las clases en la academia Nyoko-ba, pues me salté el último mes del primer ciclo de la secundaria, y las prácticas de minarai en el ochaya Fusanoya, que habían durado cerca de un mes.

Madre Sakaguchi acudió a la okiya para supervisar mi vestuario y maquillarme ella misma.

Resultó ser una completa puesta en escena.

Una maiko con todo su atavío se aproxima sobremanera al ideal de belleza femenina de los japoneses.

Se parece a una princesa del período Heian, como si hubiera escapado de una pintura del siglo XI. El rostro es un óvalo perfecto, la tez blanca e inmaculada, y el cabello negro como el plumaje de un cuervo. Las cejas tienen forma de media luna y la boca semeja un delicado pimpollo. El cuello es largo y sensual, y la figura suavemente redondeada.

Aquel día fui a la peluquería, donde me recogieron el pelo al estilo *wareshinobu*, el primero que lleva una maiko. Peinan todo el cabello hacia arriba y lo esculpen formando una especie de torre, que luego atan por delante y por detrás con cintas de seda roja y decoran con *kanzashi*, los ornamentos distintivos del karyukai. A decir de todos, no hay nada como un estilo sencillo y elegante para mostrar la curvatura del cuello de una joven y la lozanía de sus facciones.

A partir de entonces empezaron a peinarme cada cinco días. Para mantener la forma del peinado, dormía con la cabeza sobre un bloque de madera lacada, encima del cual colocábamos un diminuto cojín. Al principio, aquel artilugio me impedía conciliar el sueño, pero me acostumbré a él con bastante rapidez. A otras chicas les costó más. En la okiya utilizaban un truco para evitar que apartásemos el bloque de madera durante la noche: las criadas esparcían salvado de arroz a su alrededor, de modo que si una joven se deshacía de la peculiar almohada, aquella sustancia se adhería a su pelo como cola y, a la mañana siguiente, tenía que hacer una humillante visita a la peluquería.

Yo llevaba en la parte de atrás del recogido horquillas decoradas con flores de ciruelo de seda, porque era febrero; un par de mariposas o *bira* por delante; una gran flor de naranjo, que llamamos *tachibana*, en la parte superior, y también un largo alfiler, rematado con bolas de *akadama*, o coral rojo, y jade, insertado en la base de lado a lado.

Madre Sakaguchi me aplicó el maquillaje blanco típico de las geiko en la cara y el cuello. La historia de este afeite resulta, cuando menos, interesante. En un primer momento, lo utilizaban los aristócratas cuando tenían una audiencia con el emperador. Éste, considerado un ser sagrado en épocas premodernas, los recibía oculto tras un fino biombo en una sala apenas iluminada con velas. De modo que, para que el emperador pudiese distinguir a cada uno de los presentes, éstos maquillaban su rostro de blanco, un color que lograba reflejar la escasa luz de la estancia.

Con el tiempo, fueron los actores y los bailarines quienes adoptaron esta costumbre. Además de mejorar su aspecto en un escenario, el maquillaje blanco evidencia el valor que concede nuestra cultura a la piel clara. En los viejos tiempos este cosmético contenía cinc, una sustancia dañina para la piel, pero, por fortuna, ya no es así.

A continuación, madre Sakaguchi me aplicó polvos rosados sobre las mejillas y las cejas, y me pintó un punto en el labio inferior con una barra de carmín, pues, hasta pasado un año, no empezaría a usarla también en el labio superior. Por fin llegó la hora de vestirme.

El quimono que lleva la geiko, que se llama *hikizuri*, se diferencia de los corrientes en que tiene las mangas largas y una ancha cola, y en que se usa dejando la zona de la nuca despejada. El dobladillo de la cola lleva pequeños lastres y se abre en la parte posterior formando un bonito arco. El hikizuri se sujeta con un obi más largo de lo habitual, pues mide más de seis metros, que se ata a la espalda de manera que los cabos queden colgando. El quimono de una minarai es parecido al de una maiko, aunque con la cola y el obi más cortos: los extremos del obi miden la mitad que en el traje de una maiko.

Mi quimono era de satén turquesa con estampado multicolor. La pesada cola estaba teñida de anaranjado oscuro y sobre ella flotaban agujas de pino, hojas de arce, flores de cerezo y pétalos de crisantemo. El obi era de damasco negro, con motivos de mariposas de alas ahorquilladas, a juego con la forma del broche de plata que lo sujetaba.

Lucía un bolso denominado *kago*, formado por una base de mimbre y una bolsa de seda de varios colores, teñida por el método *shibori*, y fruncida con un cordón en la parte superior. El shibori consiste en hacer innumerables ataduras con hilo en la seda antes del tinte, para lograr, finalizado el proceso, un sorprendente efecto veteado. Kioto es famoso por esta técnica, que también utilizaba mi madre.

El shibori de mi bolso era de color melocotón claro, con un diseño de mariposas de la col. En él llevaba mi abanico de baile (decorado con los tres diamantes rojos de la familia Konoe —fieles asesores del gobernador— sobre un fondo dorado), una toalla de mano roja y blanca con motivos a juego, un peine de madera de boj y varios accesorios más. Cada objeto estaba en un estuche hecho con la misma seda que el bolso, y todos mostraban un pictograma.

Por fin terminaron de vestirme y estuve lista para salir. Me puse los okobo, y la criada me abrió la puerta principal. Cuando iba a salir por ella, me detuve en seco, sin dar crédito a lo que veía: en la calle había una auténtica multitud y pensé que jamás podría abrirme paso entre tanta gente.

Me volví, confusa.

—No sé qué ocurre, Kun-chan, pero hay un millón de personas ahí fuera. ¿No debería esperar a que se marcharan?

—No seas tonta, Mineko. Están aquí para verte.

Sabía que la gente esperaba con ilusión mi debut como maiko, pero ni por un momento imaginé causar tanta expectación. Al parecer, muchos aguardaban aquel momento desde hacía años.

Oí voces procedentes del exterior.

—¡Vamos, Mineko! ¡Déjanos ver lo guapa que estás!

—No me atrevo a exhibirme ante tantas personas. Esperaré a que la multitud se disperse.

—Esa gente no se moverá de ahí, Mineko. Si lo prefieres, haz como si no existiera. Pero es hora de irnos: no puedes llegar tarde en tu primer día.

Con todo, me negaba a salir, pues no deseaba ser el centro de tantas miradas. Kuniko se puso nerviosa y la escolta del Fusanoya, que me esperaba para acompañarme, empezaba a mostrar disgusto. Mi hermana repartía sus esfuerzos, tratando de calmarlos a ellos y de convencerme a mí.

Por fin me leyó la cartilla:

—Tienes que hacerlo por tía Oima. Es lo que siempre quiso. Y no te atrevas a decepcionarla.

Yo sabía que tenía razón. Así que me volví otra vez hacia la puerta, respiré hondo y me dije: «De acuerdo, mamá y papá. De acuerdo, tía Oima. Allá voy.» Dejé escapar un pequeño gruñido de determinación y puse un pie en el umbral.

Otro puente. Otro rito de transición.

La multitud prorrumpió en ensordecedores aplausos. Me felicitaban y elogiaban a gritos, pero yo estaba demasiado mortificada para escucharlos. Rehuí sus miradas y mantuve la cabeza gacha durante todo el trayecto entre la okiya y el Fusanoya. Estoy segura de que mis padres también estaban allí, aunque no los vi.

El amo (*otosan*, o padre) del ochaya me riñó por llegar tarde.

—Tu impuntualidad es imperdonable, jovencita, sobre todo el primer día. Demuestra una falta de entrega y sentido del deber. Ahora eres una minarai y debes comportarte como tal.

Era evidente que se había tomado su responsabilidad muy en serio.

—Sí, señor —respondí con viveza.

—Y deja de usar el japonés corriente. Habla nuestra lengua. Pronuncia «hei», en lugar de «hae».

—Hae; perdóneme, por favor.

—Querrás decir «hei, *eraisunmahen*». No dejes de practicar hasta que hables como una auténtica geiko.

—Hae.

Como tal vez recordarán, es la misma crítica que me hizo la gran maestra cuando tenía cinco años. Lo cierto es que tardé muchos años en dominar el meloso, poético y para mí difícil dialecto del distrito. Pero ahora me cuesta hablar de otra manera.

La okasan del Fusanoya se mostró más alentadora.

—No te preocupes, cariño. Quizá te lleve un tiempo, pero estoy segura de que acabarás hablándolo a la perfección. Por el momento, limítate a hacer lo que puedas.

Respondí bien a su amabilidad y ella se convirtió en una guía, en un faro que me ayudó a navegar por las traicioneras aguas que se abrían ante mí.

18

Esa noche asistí a mi primer ozashiki; el invitado de honor era un caballero occidental. El traductor le explicó que yo era una aprendiz de maiko, y que aquélla era mi primera aparición en público. Entonces, él se volvió para hacerme una pregunta y le respondí lo mejor que pude en mi inglés de colegiala.

—¿Alguna vez ves películas americanas?

—Sí.

—¿Conoces el nombre de los actores?

—Conozco a James Dean.

—¿Y el de los directores?

—Sólo el de uno. Se llama Elia Kazan.

—Vaya, gracias. Yo soy Elia Kazan.

—¡No! ¡Bromea! ¿De veras? ¡No lo sabía! —exclamé en japonés.

En aquella época se había hecho muy popular la canción principal de *Al este del Edén* y todo el mundo la cantaba. Tuve la impresión de que aquél era un prometedor comienzo para mi carrera.

Pero pronto asomó una nube en el horizonte, pues el traductor le explicó al señor Kazan que yo quería ser bailarina y él quiso saber si podía verme actuar. Aquello se apartaba de lo establecido, dado que aún no había hecho mi debut formal, pero accedí y mandé a buscar una jikata para que me acompañara.

Las dos nos reunimos en la habitación contigua para prepararnos.

—¿Qué quieres bailar? —me susurró.

Mi mente estaba en blanco.

143

—Eh, mm... —balbuceé.

—¿Qué tal *Gionkouta*, «La balada de Gion»?

—No la sé.

—Pues, ¿*Las estaciones de Kioto*?

—Tampoco la he aprendido.

—¿*Akebono*, «Amanecer»?

—No. No la sé.

—Eres la hija de Fumichiyo, ¿no? Deberías ser capaz de bailar algo.

Se suponía que debíamos hablar en voz baja, pero la de ella estaba subiendo de tono. Temí que los clientes nos oyeran.

—Éste es mi primer banquete y no sé qué bailar. Por favor, decide por mí.

—¿Quieres decir que aún no has empezado a ensayar las danzas de las maiko? —Negué con la cabeza—. Vaya, en ese caso tendremos que hacer lo que podamos. ¿Qué estás aprendiendo ahora?

Recité la lista:

—*Shakkyou*, «La historia de un león y sus crías»; *Matsuzukushi*, «La historia de un pino»; *Shisha*, que narra la historia de una contienda entre cuatro acompañantes del emperador, montados en carros de bueyes; *Nanoha*, «La historia de una mariposa y una flor de berza»...

Pero ninguno de esos bailes está en el repertorio de una maiko.

—No he traído mis partituras y no sé si recordaré esas piezas de memoria. ¿Sabes bailar *La carroza imperial*? —Atinó por fin la jikata.

—Sí. Intentémoslo con ésa.

No tenía mucha confianza en que mi acompañante recordase la canción y, en efecto, cometió varios errores. Por mi parte, yo estaba hecha un manojo de nervios, pero el público no pareció advertirlo y se mostraron todos encantados con mi actuación. Terminé agotada.

Mi segunda incursión en el mundo de las geiko no resultó tan accidentada como la primera. Fui capaz de andar con la cabeza más erguida que el día anterior y llegué al Fusanoya a tiempo.

En el ochaya habían aceptado una invitación en mi nombre para una cena en el restaurante Tsuruya, en Okazaki. Las geiko no se limitan a entretener a sus clientes en los ochaya, sino que también trabajan en reuniones privadas en restaurantes y hoteles de lujo. La okasan del Fusanoya me acompañó.

Es costumbre que la geiko con menor experiencia entre en la sala de banquetes antes que nadie. Así pues, la okasan del Fusanoya me indicó lo que debía hacer:

—Abre la puerta, lleva la jarra de sake y saluda a los invitados con una reverencia.

En cuanto abrí la puerta llamaron mi atención los magníficos muñecos que había expuestos sobre una tarima, situada cerca de la pared del fondo. Estas figuras en miniatura de la corte imperial son típicas de la celebración del Día de la Niña, que tiene lugar a principios de primavera. Sin detenerme a pensar, pasé por delante de los diez invitados y me dirigí hacia los muñecos.

—Son maravillosos —exclamé embelesada.

La okasan del Fusanoya, contrariada, me reprendió.

—¡Mineko! ¡Sirve a los invitados! —susurró con voz grave.

—Ay. Desde luego.

Pero no tenía la jarra en la mano. Miré alrededor y la localicé junto a la puerta, donde la había dejado. Por suerte, mi torpeza no sólo no molestó a los invitados, sino que les hizo gracia. He oído que algunos de los asistentes a aquella cena todavía ríen cuando recuerdan el incidente.

Todas las tardes me vestía con mi traje e iba al Fusanoya y, de no haber algún compromiso, cenaba con la okasan, el otosan y la hija de ambos, Chi-chan, en el salón del ochaya. Después, jugábamos a las cartas hasta que se hacían las diez, la hora en que debía volver a la okiya.

Una noche recibimos una llamada de la okasan del ochaya Tomiyo, que requería mi presencia. Nada más llegar, la okasan me hizo pasar a la sala de banquetes, en la que había un escenario y, sobre él, al menos quince maiko alineadas hombro con hombro. Me ordenaron que me uniese a ellas pero, en un acceso de timidez, traté de pasar desapercibida colocándome justo en la sombra de una columna.

En el centro de la estancia había diez personas sentadas. Una de ellas se dirigió a mí:

—Disculpadme todas. Tú, la que está junto a la columna: da un paso al frente. Siéntate. Ahora levántate. Ponte de perfil.

Yo no entendía qué se proponía, pero hice lo que me ordenó.

—Genial —se congratuló—. Es perfecta. La usaré como modelo del cartel de este año.

Aquel individuo era el presidente de la Asociación de Vendedores de Quimonos y tenía suficiente poder para decidir quién sería la modelo que aparecería en el cartel anual. Estas imágenes gigantescas —de un metro por casi tres— se cuelgan en todas las tiendas de quimonos y accesorios de Japón. No hay maiko que no sueñe con recibir un honor semejante.

Pero ya habían elegido a la modelo del cartel de ese año, así que no entendí de qué hablaba aquel individuo.

Regresé al Fusanoya.

—Madre, tengo que posar para una fotografía.

—¿Qué fotografía?

—No estoy segura.

—Mine-chan, creo que debemos mantener una pequeña charla. Padre me ha dicho que te han escogido para la foto central del programa de los Miyako Odori. Es un privilegio, ¿sabes? Y ahora resulta que te han elegido para otra fotografía. No pretendo restar brillo a tan buenas noticias, pero debes saber que me preocupa la posibilidad de que despiertes envidias. Quiero que vayas con cuidado, pues las jóvenes pueden ser muy malas.

—Si es tan importante, que lo haga otra. A mí me da igual.

—Me temo que las cosas no funcionan de esa manera.

—Pero no deseo que las demás chicas sean malas conmigo.

—Lo sé, Mineko. No es mucho lo que puedes hacer para evitarlo, pero me gustaría que, al menos, tomases consciencia de que te envidian. No permitas que te pillen desprevenida.

—No comprendo.

—Ojalá pudiera explicártelo mejor.

—Detesto estas complicaciones. Me gustan las situaciones claras y sencillas.

Si hubiera sabido lo que me aguardaba...

Las palabras de la okasan no fueron más que un dulce presagio del terrible tormento que estaba destinada a sufrir durante los cinco años siguientes.

Empezó a la mañana siguiente, cuando llegué a clase. Nadie me hizo el menor caso. Absolutamente nadie.

Resultó que el presidente de la Asociación de Vendedores de Quimonos había rechazado a la chica que había escogido en un principio para darme el trabajo a mí y todas mis compañeras estaban furiosas conmigo porque pensaban que había alcanzado una posición privilegiada demasiado pronto, ya que ni siquiera era maiko todavía. Hasta las chicas que consideraba amigas me retiraron la palabra. ¡Y yo no había hecho nada malo!

Pero pronto descubrí que eso no importaba. Como en muchas sociedades femeninas, en Gion Kobu abundan las intrigas, las puñaladas por la espalda y las relaciones competitivas. Así como la rigidez del sistema hizo que me sintiese frustrada durante años, la rivalidad me causó una profunda tristeza.

Aún no entendía que una persona quisiera herir de forma intencionada a otra, en especial si ésta no había hecho nada para perjudicarla. Traté de ser pragmática y discurrí un plan. Trabajé durante días, procurando dar cabida en él a todas las posibilidades.

¿Qué podían hacerme esas jóvenes resentidas? Y ¿cómo reaccionaría yo? Si una de ellas estaba a punto de hacerme una zancadilla, ¿levantaría ésta la pierna lo bastante alto para que yo no pudiese alcanzarla?

Se me ocurrieron algunas ideas. Y, por fin, decidí que, en lugar de rendirme ante la envidia y restar importancia a mis habilidades, me esforzaría por llegar a ser la mejor de las bailarinas. Trataría de trocar la envidia en admiración y, entonces todas querrían emularme y ser amigas mías. Juré que estudiaría como nunca y que practicaría durante más horas todavía. ¡No cejaría en mi empeño hasta convertirme en la número uno!

Tenía que conseguir que todo el mundo me apreciara.

Así pues, si pretendía ganarme el afecto de todos, lo primero que debía hacer era identificar mis debilidades y corregirlas.

Me tomé este objetivo muy en serio, como sólo se lo tomaría un adolescente.

Aunque mis días y mis noches estaban repletos de actividad, aprovechaba cualquier instante libre para la introspección. Me sentaba en la oscuridad del armario o en el silencio de la sala del altar y meditaba. Hablaba con tía Oima.

He aquí algunos de los defectos que descubrí en mí:

– Soy temperamental en exceso.

– Cuando he de tomar una decisión difícil, a menudo hago lo contrario de lo que deseo.

– Suelo precipitarme y me gusta terminar las cosas de inmediato.

– No tengo paciencia.

Y ésta es una lista parcial de mis soluciones:

– Debo mantener la calma.

– He de ser más perseverante.

– Mi rostro tiene que expresar dulzura y amabilidad, como el de tía Oima.

– Es necesario que sonría más.

– Es preciso que sea más profesional. Lo cual significa que he de asistir a más ozashiki que cualquier otra. Por tanto, jamás rechazaré una reserva, me tomaré mi trabajo con seriedad y lo haré bien.

– Debo ser la número uno.

Estas metas se convirtieron en mi credo.
Tenía quince años.

19

Mamá Masako demostró quién era en realidad cuando empezó a administrar la okiya. Encontraba una profunda satisfacción en las tareas cotidianas del negocio: llevar los libros de cuentas, organizar las citas, contar el dinero. Su capacidad organizativa resultaba sorprendente y conseguía que la okiya funcionara como una máquina infalible.

También era una banquera estricta, que estudiaba en qué emplear cada yen de nuestros ingresos. El único lujo que se permitía eran los electrodomésticos. Siempre teníamos la aspiradora más moderna, el frigorífico más amplio, el televisor en color más grande. Fuimos los primeros vecinos de Gion Kobu que instalamos un aparato de aire acondicionado.

Por desgracia, su sensatez se esfumaba cuando trataba con hombres. Además de elegir a los más feos, siempre se enamoraba de individuos poco recomendables que no le correspondían.

Mamá Masako era incapaz de ocultar sus sentimientos, pues cuando estaba enamorada, resplandecía, y si la relación iba mal, ni siquiera se molestaba en peinarse y lloraba mucho. Yo le daba palmaditas en la espalda:

—Estoy segura de que pronto encontrarás a don Perfecto.

Nunca perdió las esperanzas. Y nunca lo encontró.

Una de sus primeras responsabilidades como propietaria de la okiya fue preparar mi debut.

Misedashi, el término con que nos referimos al debut de una maiko, significa de hecho «abierto al público» e indica que la joven está preparada para empezar a trabajar como profesional. Mi misedashi tuvo lugar el 26 de marzo de 1965. A la sazón había sesenta y tres maiko en activo. De modo que yo pasé a ser la número sesenta y cuatro.

Me levanté a las seis de la mañana, me di un baño y fui a la peluquería para que me peinasen al estilo wareshinobu. Cuando regresé, tomamos un desayuno especial, compuesto por arroz con dorada y judías rojas. Bebí apenas unos sorbos de té y agua, porque resulta complicado ir al lavabo cuando una está vestida de maiko.

Madre Sakaguchi llegó a las nueve para maquillarme. Según la tradición, esta tarea es propia de la onesan, pero madre Sakaguchi no permitía que Yaeko se acercase a mí. Lo hizo ella. Primero me untó el cuello, el escote, la parte superior de la espalda y la cara con una pasta de aceite de binsuke, una especie de ungüento que hace las veces de base de maquillaje. A continuación, cubrió la misma zona con maquillaje blanco, dejando sin pintar tres franjas verticales en la parte posterior del cuello, para acentuar su longitud y su fragilidad. Las maiko y las geiko llevan dos líneas en el cuello cuando llevan ropa corriente, y tres cuando visten el quimono formal.

A continuación, madre Sakaguchi me maquilló la barbilla, el puente de la nariz y el escote. Tras aplicar un colorete rosa melocotón en las mejillas y alrededor de los ojos, volvió a cubrirlo todo con polvos blancos. Trazó el contorno de mis cejas con lápiz rojo y luego las repasó con negro. Por fin, me pintó un punto de carmín rosado en el labio inferior.

Después prosiguió con los adornos del cabello. Llevaría una cinta de seda roja en el moño, denominada *arimachikanoko*, y otra cinta, una *kanokodome*, en la coronilla, junto con alfileres de coral, jade y plata. En la parte delantera dispuso dos mariposas con el emblema de la familia grabado, y también los adornos de carey que denominamos *chirikan*, que tan especiales son para las maiko, pues sólo nos adornamos con ellos los tres días del debut.

Acto seguido me pusieron las características prendas interiores. En primer lugar, dos rectángulos de algodón blanco que se ciñen al cuerpo, uno alrededor de las caderas y el otro alrededor del pecho. Este último sirve para aplanar el busto y evitar, así, que el quimono forme arrugas. A continuación, una especie de enagua de algodón y un par de calzones largos para mantener el decoro si la parte delantera del quimono se abriera de forma accidental.

Después se coloca encima el *hadajuban*, una blusa holgada que sigue la línea del quimono y que, en el caso de las maiko, tiene el cuello rojo. Sobre esta prenda va el *nagajuban*, una especie de combinación larga. La mía estaba hecha de seda teñida mediante la técnica de las ataduras, con un estampado de abanicos y flores bordadas.

El traje de maiko lleva un cuello característico, el *eri*, que se cose a mano al nagajuban cada vez que una se viste esta prenda. Estos cuellos rojos tienen su propia historia. Están hechos de seda bordada con exquisitez en hilo blanco, plateado y dorado, de modo que cuanto más joven sea la maiko, menos tupido es el bordado y más visible el rojo de la seda. Conforme una va creciendo, el aplique se vuelve más abigarrado, hasta que casi no se ve el color rojo, símbolo de la infancia. El proceso continúa hasta que un día una «cambia el cuello» de maiko por el de geiko y comienza a usar uno blanco en lugar del rojo.

Me confeccionaban cinco cuellos al año, dos de muselina de seda para el verano y tres de crespón para el invierno, cada uno de los cuales costaba más de dos mil dólares. Aún conservo la colección en mi casa. Mi primer cuello, el que llevé en mi misedashi, tenía bordada «La Carroza del Príncipe Genji» con hilo de oro y plata.

Encima del nagajuban, el encargado de vestuario me puso el hikizuri, el quimono formal con emblemas, que era de seda negra con un motivo floral estilo Palacio Imperial y estaba decorado con cinco emblemas: uno en la espalda, dos en las solapas y otros dos en las mangas. Cada familia japonesa tiene un *mon* o emblema, que luce en las ocasiones especiales. El emblema de los Iwasaki es una estilizada campanilla de cinco pétalos.

Mi obi era una obra de arte que habían tardado años en crear. Confeccionado en damasco tejido a mano, medía más de seis metros y estaba decorado con hojas de arce bordadas en hilo dorado de dos tonos, mate y brillante. Iba atado de tal manera que los cabos llegaban casi al suelo y se sujetaba con una *obiage*, una cinta de crespón de seda que se lleva por fuera, pues con el quimono formal no debe usarse broche para el obi. Siguiendo la tradición, esta cinta era de seda roja y tenía bordado el escudo de la familia.

Llevé un bolso parecido al que solía usar cuando era mina-rai, en el que había un abanico, una toallita de mano, carmín, un peine y un pequeño cojín. Cada objeto tenía su propia funda de seda roja, hecha por Eriman, con el monograma de «Mineko» en blanco.

Aquel día usé algunas prendas que habían pertenecido a la okiya Iwasaki durante generaciones, pero muchas otras, al menos veinte, se encargaron ex profeso para la ocasión. Aunque ignoro las cifras exactas, estoy segura de que con el dinero que había costado mi atuendo habría podido construirse una casa, pues calculo que la suma superaba los cien mil dólares.

Cuando estuve lista, una delegación de la okiya me acompañó a hacer la ronda de visitas protocolarias. Y la primera de ellas era para presentar mis respetos a la iemoto. El encargado de vestuario, como en tantas otras celebraciones rituales, se sumó al grupo e hizo las veces de maestro de ceremonias. De modo que, al llegar a la casa de Shinmonzen, éste anunció con voz grave:

—Tengo el honor de presentar a la señorita Mineko, hermana menor de la señorita Yaechiyo, en ocasión de su misedashi. Solici-tamos su aprobación y sus buenos deseos.

—Le doy la más calurosa enhorabuena —respondió la gran maestra desde el vestíbulo.

Y el resto del personal se sumó a la felicitación.

—Deseamos que trabajes mucho y lo mejor que puedas —co-rearon.

—Sí, lo haré. Gracias —aseguré, empleando el japonés de mi familia.

La gran maestra se percató de mi error en el acto.

—Ya estamos otra vez. Una geiko debe decir *hei*, «sí» y *ookini*, «gracias».

Tras la reprimenda, continué con mi ronda de visitas. Fuimos a presentar nuestros respetos a propietarios de ochaya, geiko mayo-res y clientes importantes. Llamamos a la puerta de treinta y siete casas en un solo día.

En cierto momento nos detuvimos en una sala para celebrar el ritual *osakazuki*, mediante el cual Yaeko y yo formalizaríamos nuestro vínculo, ceremonia que había organizado el Suehiroya. Ya en la estancia, el encargado de vestuario le pidió a madre Sakaguchi que ocupase el lugar de honor, delante de la tokonoma. Yo me senté junto a ella, mamá Masako a mi lado y, después, las jefas de las demás casas de la familia. A Yaeko, que en circunstancias normales habría tenido que sentarse junto a mí, se le asignó un lugar secundario. Llevamos a cabo el intercambio de tazas. Estoy segura de que los demás asistentes se quedaron perplejos ante la ubicación de los invitados. No sabían que Yaeko debía sentirse agradecida por el simple hecho de estar allí.

Llevé el traje formal del misedashi durante tres días, pasados los cuales me lo cambiaron por otro que testimoniaba la segunda fase de mi debut. Éste no era negro ni llevaba emblemas. Era de seda azul y tenía nombre: «Viento de los Pinos.» El dobladillo de la cola era del color de una playa de arena, y estaba decorado con pinos teñidos y caracolas bordadas. El obi era de damasco anaranjado oscuro, con grullas doradas.

Aunque mi memoria suele ser muy buena, sólo conservo un vago recuerdo de los largos y vertiginosos seis días de mi misedashi, durante los cuales debí de hacer centenares de visitas y apariciones públicas. Además los Miyako Odori empezaron una semana después de mi debut y yo tenía que subir a un escenario para interpretar mi primer papel profesional de verdad. Me sentía abrumada y recuerdo que me quejé a Kuniko:

—¿En qué momento me darán un respiro, Ku-chan?

—No tengo la menor idea —contestó.

—Pero ¿cuándo aprenderé todo lo que me queda por aprender? Aún no soy lo bastante buena. Ni siquiera sé bailar *Gionkouta*, «La balada de Gion». ¿Tendré que limitarme a seguir a las demás durante toda mi vida? ¿Nunca podré interpretar un solo? Las cosas van demasiado deprisa.

Lo cierto es que no había forma de detener la marea, que seguía empujándome hacia delante. Como ya era oficialmente una maiko, dejé de ir al Fusanoya para recibir los encargos. Las solicitudes llegaban ahora a la okiya, donde mamá Masako organizaba mis citas.

La primera petición para que asistiera a un ozashiki como maiko llegó del Ichirikitei, el ochaya más famoso de Gion Kobu, en cuyos salones privados habían tenido lugar importantes incidentes y reuniones históricas. El establecimiento había adquirido un carácter legendario e, incluso, muchas novelas y obras de teatro están ambientadas en él, algo que, por otra parte, no siempre ha beneficiado a Gion Kobu, pues algunas obras de ficción han propagado la falsa idea de que las cortesanas ejercen su oficio en el barrio y de que las geiko pasan la noche con sus clientes. Por desgracia, cuando una idea semejante arraiga en la cultura, adquiere vida propia, de modo que, según tengo entendido, esta creencia, aunque errónea, está muy extendida en el extranjero, incluso entre los estudiosos de la civilización japonesa.

Pero aquella noche, cuando entré en el salón del banquete, yo nada sabía de esas cosas. El anfitrión del ozashiki era el magnate Sazo Idemistsu. Sus invitados de honor eran el director de cine Zenzo Matsuyama y su esposa, la actriz Hideko Takamine. Yaeko ya estaba allí cuando llegué.

—¿Ésta es tu hermana menor? —preguntó la señora Takamine—. ¿No es adorable?

Yaeko esbozó la sonrisa tensa que la caracterizaba.

—¿De veras le parece adorable? ¿Qué parte de ella le gusta?

—¿Qué quieres decir? Toda ella es preciosa.

—Oh, no lo sé. Supongo que sólo lo parece porque es muy joven. Y si quiere que le sea franca, no es buena persona. No se deje embaucar por ella.

Yo no podía creer lo que oía. No sabía de ninguna hermana mayor que despreciase a su hermana menor delante de los clientes. Lamenté de verdad que Satoharu no fuese mi onesan, pues ella jamás se hubiera comportado conmigo de aquel modo.

El antiguo instinto que me impulsaba a huir se disparó y pedí permiso para ausentarme un momento. Era demasiado mayor para esconderme en un armario, así que me dirigí al tocador de señoras: no podía soportar semejante humillación ante unos desconocidos. En cuanto cerré la puerta prorrumpí en sollozos, pero de inmediato me obligué a parar. Comprendí que llorar no me serviría de nada.

Así pues, recuperé la compostura, regresé al comedor y actué con toda naturalidad.

Al cabo de unos minutos Yaeko volvió a la carga.

—Mineko está aquí sólo porque cuenta con el apoyo de personas muy poderosas —declaró—. No ha hecho nada para merecer su buena suerte, así que no creo que se mantenga mucho tiempo en la profesión. No me sorprendería que no pasara de maiko en ciernes.

—En tal caso, tendrás que ayudarla —repuso en tono amable la señora Takamine.

—Ni en sueños —aseveró Yaeko.

En ese instante apareció la jefa de naikai del ochaya, una afable mujer llamada Bu-chan.

—Disculpe, Mineko-san, es la hora de su siguiente compromiso.

En cuanto salí, me miró intrigada y preguntó:

—¿Qué diablos le pasa a Yaeko? Es tu onesan, ¿no? ¿Por qué es tan desagradable contigo?

—Ojalá lo supiera —respondí lacónica. No sabía cómo explicárselo.

—Bueno, tu siguiente cita es con un cliente habitual, así que podrás tomarte las cosas con más tranquilidad.

—Gracias. Quiero decir, ookini —rectifiqué.

Bu-chan me condujo a otra estancia.

—Tengo el honor de presentarles a Mineko-chan, que acaba de convertirse en maiko.

—Bueno, bienvenida, Mineko-chan. Deja que te veamos. Eres muy bonita, ¿no? ¿Te apetece tomar un poco de sake?

—No, gracias. Es ilegal beber alcohol antes de cumplir veinte años.

—¿Ni siquiera un sorbito?

—No, no puedo. Pero no tendré inconveniente en fingir que bebo. ¿Pueden darme una taza, por favor?

Me sentía como una niña en una fiesta.

—Aquí tienes.

—Gracias... Ay, ookini.

Empecé a relajarme. Y con la sensación de alivio llegó un nuevo acceso de llanto.

—Tranquila, tranquila, querida, ¿qué te pasa? ¿He hecho algo que te molestase?

—No, no, lo lamento muchísimo. No es nada, de veras.

No podía explicarle que lloraba por culpa de mi propia hermana. Trató de animarme dando un giro a la conversación.

—¿Cuál es tu pasatiempo favorito, Mine-chan?

—Me encanta bailar.

—¡Qué bien! ¿Y de dónde has salido?

—De ahí.

—¿De dónde?

—De la habitación de al lado.

Mi respuesta dibujó una sonrisa en sus labios.

—No, te preguntaba dónde has nacido.

—En Kioto.

— Pero hablas un japonés estándar...

—Es que aún no he sido capaz de perder mi acento.

De nuevo sonrió ante mi torpe proceder.

—Lo sé, es difícil dominar el dialecto de Kioto. Puedes hablarme como quieras.

Me hice un lío y le respondí en una mezcla de las dos modalidades de la lengua. Él no perdía el buen humor.

—Creo que hoy has hecho una nueva conquista, Mine-chan. Espero que me consideres un amigo. ¡Y un admirador!

Qué hombre encantador. Más tarde descubrí que era Jiro Ushio, el director de la compañía Ushio Electric. Esa tarde Ushio-san me tranquilizó y me devolvió la confianza en mí misma, pero la actitud maliciosa de Yaeko se cernía sobre mí como una sombra de la que no podía escapar. Aunque nuestra relación de maiko y onesan era más débil que la mayoría, yo debía cumplir con las normas protocolarias.

Al caso, una de las obligaciones de una maiko es ordenar cada cierto tiempo el tocador de su onesan. Por lo tanto, poco después de mi misedashi, un día a la salida de la escuela pasé por su casa de la calle Nishihanamikoji. Nunca había estado allí.

Al entrar, vi a una criada inclinada que estaba limpiando algo. Su aspecto me resultó vagamente familiar. ¡Era mi madre!

—¡Ma-chan! —exclamó.

Justo en ese momento apareció Yaeko y gritó:

—¡Ésta es la perra que nos vendió y que mató a Masayuki!

Sentí un dolor punzante en el pecho. Estaba a punto de contestarle «¡te mataré!», pero leí en la mirada de mi madre que debía contenerme y no empeorar las cosas. Me eché a llorar y salí corriendo de la casa.

Jamás regresé. No valía la pena cumplir ciertas normas.

20

Durante años me había considerado una persona ocupada, pero ahora tanta actividad comenzaba a desbordarme. Entre las clases en el Nyokoba, los ensayos para las funciones públicas y la asistencia diaria a los ozashiki no tenía tiempo ni para respirar. Mi jornada empezaba al amanecer y no terminaba hasta las dos o las tres de la mañana del día siguiente.

Programaba el equipo de música para que me despertase a las seis con una pieza clásica o con un texto declamado y lo escuchaba un rato antes de levantarme. Lo primero que hacía era practicar el baile que estaba estudiando, con el fin de concentrarme en las tareas que tenía por delante. Era una vida inusual para una adolescente de quince años.

Además, los chicos no me interesaban: Mamoru se había encargado de ello. De modo que podía decirse que *Gran John* era mi único amigo, pues tampoco confiaba lo suficiente en mis compañeras para tratar de intimar con ellas. Lo cierto es que sólo pensaba en mi carrera.

Jamás desayunaba, porque hacerlo perturbaba mi concentración. Salía hacia el Nyokoba a las ocho y diez.

Permítanme que les cuente cómo nació el Nyokoba:

En 1872, un barco peruano llamado *María Luz* atracó en el puerto de Yokohama. Transportaba a un grupo de esclavos chinos, que consiguieron escapar y pidieron asilo al gobierno Meiji. Éste, alegando que Japón no reconocía la esclavitud, los dejó libres y los repatrió a China, lo que suscitó airadas protestas de las autoridades peruanas, que acusaron a Japón de tener su propio sistema de esclavitud encubierto, ya que autorizaba a las mujeres a trabajar en barrios dedicados al placer.

El gobierno Meiji, que estaba empeñado en probar a todo el mundo que Japón era un país moderno, se mostraba sensible en extremo ante la opinión internacional. Por lo tanto, y a fin de acallar a los peruanos, promulgó la Ley de Emancipación, que abolía las condiciones de servicio (*nenki-boko*) que regían el trabajo de muchas mujeres. Pero, en el proceso, los papeles de las *oiran* (cortesanas) y las geishas (animadoras) comenzaron a vincularse y acabaron por confundirse, un error que sigue vigente.

Tres años después, en 1875, el asunto se trató de forma oficial ante un tribunal internacional presidido por el zar de Rusia. Era la primera vez que Japón se veía inmerso en un litigio sobre derechos humanos y, aunque ganó el juicio, era demasiado tarde para corregir la falsa idea de que las geiko eran esclavas.

En respuesta a la Ley de Emancipación, Jiroemon Sugiura, propietario de novena generación del ochaya Ichirikitei; Inoue Yachiyo III, iemoto de la escuela Inoue; Nobuatsu Hase, gobernador de Kioto, y Masanao Uemura, concejal, fundaron la asociación Compañía de Formación de Mujeres Profesionales de Gion Kobu, cuyo nombre abreviado es Kabukai o asociación de artistas. El objetivo de esta organización era promover la autosuficiencia, la independencia y el bienestar social de las mujeres que trabajaban como artistas y animadoras. Su lema era: «Vendemos arte, no cuerpos.»

El distrito de Gion Kobu está regido por un consorcio formado por tres grupos: la Kabukai (asociación de artistas), la asociación de ochaya y la asociación de geiko.

El consorcio fundó una escuela vocacional para educar a las geiko. Antes de la guerra, las niñas, que iniciaban su formación profesional a los seis años (o cinco, según los criterios actuales), estaban autorizadas para ingresar en esta escuela una vez que terminasen el cuarto curso de la escuela primaria. Razón por la que, en aquella época, una niña podía ser maiko o geiko a los once o doce años. Tras la guerra, en 1952, la escuela se convirtió en una fundación educativa y cambió su nombre por el de Academia Yasaka Nyokoba. Como consecuencia de una reforma educativa, ahora las chicas están obligadas a acabar el primer ciclo de enseñanza secundaria antes de ingresar en la academia Nyokoba, de manera que no llegan a ser maiko hasta que han cumplido los quince.

La academia Nyokoba, ubicada en un edificio anejo al teatro Kaburenjo, enseña todas las disciplinas que debe dominar una geiko: danza, música, comportamiento, artes florales y la ceremonia del té. Entre sus profesores se cuentan los artistas más importantes de Japón. Incluso a muchos miembros del claustro se les declaró «tesoros nacionales vivientes» (como la iemoto) o «notables culturales». Por desgracia, la escuela no imparte asignaturas académicas.

Salí de casa a las ocho y diez con intención de llegar a la academia Nyokoba a las ocho y veinte, ya que la gran maestra se presentaría a las ocho y media. De ese modo, tendría diez minutos libres para prepararle los útiles de clase y una taza de té. No pretendía congraciarme ni adularla por propio beneficio, sino tan sólo procurar que todo estuviera listo para que me diera la primera clase.

Tenía dos clases de danza al día, la primera con la gran maestra y la segunda con una de las pequeñas maestras. Si no conseguía que la iemoto me diese la suya temprano, no me alcanzaría el tiempo para cumplir con el resto de obligaciones. Además de la segunda clase de danza, debía estudiar música, danza nō y la ceremonia del té. Y tenía que lograr que me quedase un rato libre para hacer las visitas de rigor antes de volver a comer a la okiya.

Esas visitas formaban parte de mi trabajo. En aquella época había alrededor de ciento cincuenta ochaya en Gion Kobu y aunque el grueso de mi actividad profesional se desarrollaba en unos diez, yo mantenía tratos comerciales con cuarenta o cincuenta. Por tal motivo, cada día trataba de visitar el mayor número posible de establecimientos. Iba a dar las gracias a los propietarios de los ochaya donde había estado la noche anterior y confirmaba mis citas para la jornada. No soportaba estar de brazos cruzados, de forma que, en las raras ocasiones en que me quedaba un hueco libre, trataba de concertar yo misma una cita.

Comíamos a las doce y media. Unas veces tenía que estar preparada para salir a las tres y, otras, a las cinco o las seis. En ocasiones debía posar para un fotógrafo por la mañana (entonces llevaba el traje a clase) o viajar para participar en un espectáculo en una ciudad lejana. Pero incluso cuando salía de Kioto, trataba de regresar a tiempo para trabajar por la tarde.

Me obligaba a trabajar todo lo humanamente posible, pues a mi juicio aquélla era la única forma de llegar a ser la número uno. Entraba y salía de la casa tan a menudo que la familia me apodó «la paloma mensajera». Todas las noches asistía a tantos ozashiki como el tiempo me permitía y no regresaba a la okiya hasta la una o las dos de la madrugada. Mi agenda contravenía por completo las leyes de trabajo infantil, pero no me importaba.

Cuando por fin llegaba a casa, me ponía un quimono informal, me desmaquillaba y practicaba lo que había aprendido en las clases de danza de la mañana, para no olvidarlo. Luego me daba un agradable baño caliente y leía durante un rato para relajarme. Rara vez me dormía antes de las tres de la madrugada.

Resulta difícil mantener un ritmo de vida semejante durmiendo sólo tres horas diarias, pero, de alguna manera, yo me las apañaba. Me parecía indecoroso que una maiko durmiese en público, así que nunca echaba una cabezada cuando llevaba el traje formal, ni siquiera durante mis viajes en avión o en el tren de alta velocidad. Ésa era la parte más penosa de mi trabajo.

Un día fui a ver un desfile de quimonos en unos grandes almacenes. Ya que no iba vestida de maiko, me permití bajar la guardia y de tan agotada como estaba, me dormí de pie. Pero no cerré los ojos. Los mantuve abiertos de par en par.

21

Siempre me he lamentado de haber tenido que abandonar la educación académica a los quince años. Y no entiendo por qué en el centro Nyokoba no impartían también este tipo de materias. Lo que más me preocupaba era que no enseñasen inglés ni francés. Nos preparaban para entretener a líderes mundiales, pero, por más irracional que parezca, no nos proporcionaban las herramientas necesarias para comunicarnos con ellos.

Poco después de convertirme en maiko fui a la Kabukai y me quejé de que no nos enseñasen lenguas extranjeras. Me sugirieron que contratase un profesor particular, cosa que hice, pero era evidente que no entendían mi posición. Sin embargo, el hecho de ser miembro del karyukai me permitió acceder a una educación inusual que en cualquier otra parte me hubiera resultado difícil recibir. Conocí a muchas personas brillantes y admirables, con algunas de las cuales llegué a entablar una auténtica amistad.

Pero mis fronteras geográficas no se expandieron con la misma rapidez que mis horizontes intelectuales, pues rara vez salía fuera del barrio, ya que mamá Masako resultó ser tan sobreprotectora como tía Oima. Gion Kobu se encuentra al este del río Kamo, la principal vía fluvial de Kioto, y el centro comercial de la ciudad está del otro lado. Pues bien, hasta que cumplí los dieciocho años, no me permitieron cruzar el río ni aventurarme fuera del distrito sin un acompañante.

Mis clientes eran mi único vínculo con el mundo. Fueron mis verdaderos maestros. Una noche me llamaron del ochaya Tomiyo para que asistiera a un ozashiki ofrecido por uno de los clientes habituales, el diseñador de teatro nō Kayoh Wakamatsu.

Me preparé para hacer mi entrada. Dejé la jarra de sake en la bandeja, abrí la puerta y dije «ookini». Aunque en realidad significa «gracias», solemos usar esta palabra en lugar de «permiso». Estaban celebrando una auténtica fiesta y en la habitación ya se hallaban siete u ocho de mis onesan.

—Has abierto mal la puerta —exclamó una.

—Lo lamento —respondí.

Cerré la puerta y volví a abrirla.

Nadie se quejó.

Dije «ookini» por segunda vez y entré en el salón.

—Has hecho una entrada incorrecta —intervino otra.

—La bandeja no se lleva así —me recriminaron.

—Y ésa no es manera de coger la jarra de sake —objetaron.

Empecé a ponerme nerviosa, pero traté de mantener la calma y salí al pasillo, dispuesta a volver a intentarlo.

—¿Qué pasa, Mine-chan? —me preguntó la okasan del Tomiyo.

—Mis amables onesan me están indicando cómo hacer las cosas bien —respondí.

A pesar de que sabía que estaban siendo crueles conmigo, sólo quería averiguar hasta dónde llegarían antes de que interviniera el invitado o la okasan.

—Oh, vamos —concluyó ella—. ¿No te das cuenta de que te están tomando el pelo? Entra y no les hagas caso.

Esta vez nadie pronunció una sola palabra.

El señor Wakamatsu me pidió con delicadeza que le llevase un pincel grande, una barra de tinta y una piedra para moler. Obedecí. Después me pidió que preparase la tinta. Molí la barrita con la piedra y añadí con sumo cuidado la cantidad exacta de agua. Cuando la mezcla hubo adquirido la consistencia adecuada, mojé el pincel y se lo entregué al cliente.

Éste le pidió a la cabecilla del grupo, la señorita S., que se levantase y se colocase delante de él.

La señorita S. llevaba un quimono blanco con un estampado de pinos. El señor Wakamatsu levantó el pincel y, mirándola a los ojos, aseveró:

—Todas habéis tratado de manera vergonzosa a Mineko, pero te hago responsable a ti.

Comenzó a pasar el pincel por la parte delantera del quimono, trazando gruesas rayas negras.

—Ahora marchaos todas. No quiero volver a veros nunca. ¡Fuera de aquí!

Las geiko abandonaron la estancia todas juntas. Y la okasan, al oír el alboroto, acudió corriendo.

—¿Qué ha pasado, Wa-san? —se dirigió al cliente de forma familiar.

—No pienso consentir esta clase de conducta. Por favor, no vuelva a asignarme a ninguna de esas mujeres.

—Desde luego, Wa-san. Lo que usted diga.

Aquella experiencia me causó una profunda impresión. Me entristeció y me alegró a la vez. Me mortificaba que mis onesan fueran capaces de tratarme con tanta crueldad y me preocupaba que pudieran aguardarme incidentes semejantes. Pero con su bondad Wa-san me reconfortó y logró que no me sintiese desamparada. No sólo había notado mi congoja, sino que había hecho todo lo posible para resarcirme del agravio. Era un hombre bueno a todas luces. Al día siguiente envió al ochaya tres quimonos y tres obi de brocado para la señorita S. Estas acciones le granjearon mi cariño eterno. Él se convirtió en uno de mis clientes (*gohiiki*) favoritos, y yo en una de sus maiko preferidas.

Al cabo de un tiempo tuve ocasión de hablar con dos chicas que también lo acompañaban a menudo.

—Si Wa-san es siempre encantador con nosotras tres, ¿por qué no hacemos algo por él? Podríamos regalarle algo.

—Buena idea. Pero ¿qué?

—Pues...

Pensamos durante un buen rato. Al final yo sonreí: había dado con la repuesta:

—¡Ya lo sé!

—¿Qué?

—¡Seremos los Beatles!

Me miraron perplejas.

—¿Qué es un *beatle*?

—Ya veréis. Confiad en mí, ¿de acuerdo?

Al día siguiente, después de clase, las tres subimos a un taxi y yo le indiqué al conductor que nos llevase a la esquina de Higashioji y Nijo. Mis amigas empezaron a reír como chiquillas en cuanto nos detuvimos delante de la tienda, un establecimiento donde vendían pelucas. Dado que Wa-san era del todo calvo, me pareció que una peluca sería un excelente regalo. No paramos de reír mientras elegíamos y, por fin, nos decidimos por una rubia. Nos preguntábamos dónde insertaría las horquillas para sujetarla.

Poco tiempo después Wa-san nos contrató para un ozashiki. Llenas de entusiasmo, entramos en la sala con el regalo y lo colocamos delante de él. Saludamos con una reverencia formal y una de mis amigas pronunció el pequeño discurso que yo había preparado:

—Wa-san, muchas gracias por su amabilidad. Le hemos traído algo para expresarle nuestra gratitud. Por favor, acéptelo como una muestra del afecto que sentimos por usted.

—¡Oh, vaya! ¡No deberíais haberos molestado!

Desenvolvió el enorme manojo de pelos sin saber al principio qué era aquello, pero la peluca recuperó su forma cuando la levantó. Con ella en la cabeza, preguntó sonriente:

—¿Cómo me queda?

—¡Fenomenal! —coreamos—. ¡Le sienta muy bien!

Le dimos un espejo.

Uno de los invitados de Wa-san llegó en medio del alboroto.

—¿Qué pasa? —quiso saber—. ¡Qué animado está esto hoy!

—Bienvenido, señor O. —exclamó Wa-san—. Acérquese y únase a la fiesta. ¿Qué opina de mi nuevo aspecto?

Todas miramos al señor O. ¡Su peluquín había desaparecido! No podíamos apartar la vista de su cabeza. Al constatar la desnudez de su cráneo, se cubrió sin pensarlo con el periódico que llevaba en la mano y bajó la escalera corriendo. Regresó al cabo de veinte minutos.

—¡Qué susto! —anunció—. Se me había caído en la puerta del hotel Miyako. —El peluquín lucía de nuevo en su cabeza, aunque algo torcido.

Al día siguiente Wa-san pidió verme otra vez. Lo acompañaban su esposa y sus hijos.

—Muchas gracias por el espléndido regalo que le hicisteis a mi marido —exclamó la mujer, complacida—. Hacía años que no estaba de tan buen humor. Como muestra de agradecimiento, me gustaría invitarte a mi casa algún día. ¿Por qué no vienes una noche a cazar luciérnagas?

Yo me sentía abrumada por el revuelo que había causado nuestro pequeño obsequio.

Uno de los errores más extendidos sobre el karyukai es que en él sólo se ofrecen servicios a los hombres. Y no es verdad, pues las mujeres también dan ozashiki y, con frecuencia, asisten a ellos como invitadas.

Es cierto que la mayoría de nuestros clientes son hombres, pero a menudo conocemos a sus familias. Así, mis clientes llevaban con regularidad a sus esposas y a sus hijos a visitarme en el ochaya o a verme bailar. Las mujeres disfrutaban sobre todo con los Miyako Odori y solían invitarme a su casa en ocasiones especiales, como el día de Año Nuevo. Era habitual que un hombre presidiera un solemne ozashiki de negocios, rodeado de ejecutivos, mientras su esposa y sus amigas se divertían en la habitación de enfrente. En tales ocasiones, yo me despedía de los caballeros en cuanto el protocolo me lo permitía y luego cruzaba feliz el pasillo para reunirme con las señoras.

En muchos casos conocía a toda la familia. Algunos clientes organizaban ozashiki para celebrar reuniones familiares, en especial en fechas próximas al Año Nuevo. O lo ofrecía un abuelo en honor a su nieto recién nacido y, entonces, mientras los orgullosos padres se divertían, las geiko nos disputábamos el privilegio de coger al niño en brazos. A veces afirmábamos en broma que los ochaya eran restaurantes familiares de categoría.

Como ya he dicho, la cultura del karyukai fomenta las relaciones duraderas, basadas en la confianza y la lealtad. Con el tiempo suelen establecerse vínculos muy estrechos entre el ochaya, un cliente habitual —hombre o mujer— y sus geiko favoritas.

Es posible que cuanto se hable y se haga en la intimidad de un ozashiki resulte por completo ajeno al del mundo exterior, pero las

amistades que nacen en su transcurso son del todo reales. Yo me
inicié tan joven que, con los años, entablé relaciones muy sólidas
con mis clientes fijos y sus familiares.

Tengo buena memoria para las fechas, de modo que me hice famosa por recordar los cumpleaños de mis clientes y de sus esposas,
y sus aniversarios de boda. En cierto momento llegué a retener las
de más de cien gohiiki. Incluso guardaba una colección de regalos
por si uno de mis clientes masculinos olvidaba una fecha importante y no tenía nada que llevarle a su mujer.

22

Antes de contarles las experiencias difíciles que tuve siendo maiko, quisiera referirme a las más bonitas. Y, al caso, mencionar que conocí a muchas personas maravillosas. Aunque, entre todas ellas, destacan dos en especial.

En primerísimo lugar, el distinguido filósofo y esteta Tetsuzo Tanigawa, a quien tuve ocasión de conocer poco después de mi debut, cuando tuve la suerte de acudir a un ozashiki al que él asistía como invitado.

—Hacía más de cincuenta años que no venía a Gion Kobu —me indicó a modo de presentación.

Supuse que bromeaba, ya que no parecía lo bastante mayor para que aquello fuese cierto. Pero mientras charlaba con él y con su anfitrión, el presidente de una importante compañía de publicidad, me di cuenta de que el doctor Tanigawa debía de tener más de setenta años.

Cuando lo conocí, ignoraba que fuese un hombre importante. Saltaba a la vista que era un erudito, pero no tenía ni una pizca de esnobismo y su actitud afable incitaba a la conversación. Le hice una pregunta y me escuchó con auténtico interés. Reflexionó durante unos instantes y luego me dio una respuesta clara, aguda y precisa. Entusiasmada, lo interrogué sobre otro asunto. Y de nuevo me respondió con seriedad y sensatez. Me cautivó.

Era casi la hora de mi siguiente compromiso, pero no quería irme. Salí un momento y le pedí a la okasan que, por favor, explicarse que no me encontraba bien y cancelase mi próxima cita, algo que nunca había hecho hasta entonces.

Regresé al ozashiki y seguimos departiendo. Y cuando, llegado el momento de marcharse, el doctor Tanigawa se levantó, le aseguré que había sido un gran placer conocerlo y que esperaba volver a verlo.

—Yo he disfrutado mucho con la conversación —repuso él— y creo que eres una jovencita encantadora. Por favor, considérame un *fan* tuyo. Y, puesto que debo asistir a una serie de simposios mensuales en esta ciudad, trataré de verte otra vez. ¡Piensa más preguntas para hacerme!

—Será sencillo. Por favor, vuelva cuanto antes.

—Haré todo lo posible. Pero ahora tengo que despedirme.

El doctor Tanigawa había usado la palabra inglesa *fan*, que estaba muy de moda en aquella época. Aunque la utilizó en sentido genérico, lo cierto es que yo tenía varios clubes de *fans*, incluso entre las maiko y las geiko de otros karyukai de Kioto, y entre las geishas de otras regiones del país, pues maiko sólo existen en Kioto.

El doctor Tanigawa cumplió su palabra y regresó al cabo de un tiempo.

Durante nuestro siguiente encuentro, le hice preguntas sobre su vida. Respondió de buen grado y aprendí muchas cosas sobre su larga e impresionante carrera.

Era un año mayor que mi padre. A lo largo del tiempo, había enseñado estética y filosofía en distintas universidades de Japón, incluyendo la Facultad de Arte de Kioto, donde mi padre estudió. Además, había sido director del Museo Nacional de Nara, del Museo Nacional de Kioto y del Museo Nacional de Tokio. ¡Con razón sabía tanto sobre casi todo! También era miembro de la elitista Academia de Arte de Japón y padre de Shuntaro Tanigawa, un poeta tan famoso que hasta yo lo conocía.

Al interesarme por sus estudios académicos, me contó que había decidido ir a la Universidad de Kioto, en lugar de la de Tokio, para estudiar con el gran filósofo Kitaro Nishida. Le encantaban Kioto y Gion Kobu, y los conocía bien porque había estudiado en la ciudad.

Cada vez que me enteraba de que el doctor Tanigawa acudiría al ochaya, cancelaba el resto de mis compromisos para poder dedicarle toda mi atención. Entablamos una amistad que continuaría hasta su muerte, a principios de la década de los años noventa. Y yo consideraba que mis citas con él no eran transacciones comerciales, sino que las veía como una clase con mi profesor favorito.

Lo atosigaba con mis preguntas, pero él me respondía en todo momento con seriedad, en un lenguaje claro y conciso. El doctor Tanigawa me enseñó a pensar, ya que lejos de tratar de imponer sus ideas, me animaba a razonar por mí misma. Manteníamos interminables conversaciones sobre arte y estética, pues como artista, yo deseaba educarme para reconocer la belleza en todas sus formas.

—¿Cómo debo mirar una obra de arte? —quise saber, en cierta ocasión.

—Limítate a ver lo que ves y a sentir lo que sientes —fue su respuesta, franca y sucinta.

—¿La belleza está en los ojos del que mira?

—No, Mineko, la belleza es universal. En este mundo existe un principio absoluto que subyace a la aparición y desaparición de todos los fenómenos. Es lo que llamamos «karma». Es constante e inmutable, y origina valores universales como la belleza y la moral.

Esta enseñanza se convirtió en el concepto básico de mi filosofía personal.

Una noche, mientras el doctor Tanigawa cenaba con el presidente de otra compañía de publicidad, éste inició una conversación sobre estética, usando un sinfín de palabras difíciles.

—¿Cómo debo hablar de una obra de arte para que los demás piensen que soy un entendido? —inquirió el presidente.

«¡Qué pregunta más mezquina!», pensé.

El doctor Tanigawa me sorprendió ofreciéndole la misma contestación que yo había oído de sus labios poco tiempo atrás:

—Limítese a ver lo que ve y a sentir lo que siente.

Yo no podía creerlo. El doctor Tanigawa le daba al presidente de una gran compañía el mismo consejo que a mí, que no era más que una ignorante jovencita de quince años.

Aquello me conmovió hasta lo más hondo de mi ser. «Es un hombre íntegro», pensé.

El doctor Tanigawa me enseñó a buscar la verdad en mi interior y creo que con ello me hizo el mejor regalo de cuantos he recibido en toda mi vida. Yo lo veneraba.

En marzo de 1987, el doctor Tanigawa publicó un libro titulado *Dudas a los noventa*. Asistí a la fiesta de presentación en el hotel Okura de Tokio, con un centenar de amigos del doctor. Me sentí honrada de que me incluyera entre ellos.

—¿De verdad le quedan dudas todavía? —le pregunté—. ¿A pesar de tener noventa años?

—Hay ciertas cosas de las que nunca podemos estar seguros —aseveró—, aunque vivamos cien años. Eso demuestra que somos humanos.

Durante sus últimos años de vida, yo iba a visitarlo a su casa de Tokio siempre que tenía ocasión. Un día, bromeando, fingí robarle una antigua mosca egipcia de oro.

—Me he comprometido a legar cada pieza de mi colección a un museo, ya que deben estar a la vista del público para que todos podáis conocer cuanto tienen que decir sobre el arte y la cultura. Así que haz el favor de devolverme ese objeto de inmediato —me amonestó.

Para hacerme perdonar por mi embarazoso desacierto, encargué una caja para el amuleto que diseñé yo misma. El exterior era de madera de membrillo chino y el interior de paulonia forrada de seda.

El doctor Tanigawa, encantado con el regalo, guardó el amuleto en ella a partir de ese momento.

El segundo de los hombres que dejó una profunda huella en mi mente juvenil fue el doctor Hideki Yukawa. Era profesor de Física en la Universidad de Kioto y en 1949 había ganado el premio Nobel por predecir la existencia del mesón, una partícula elemental. También él se tomaba en serio mis preguntas.

El doctor Yukawa solía marearse cuando bebía sake. Una vez se quedó dormido y tuve que despertarlo.

—Despierte, doctor Yukawa. No es su hora de dormir.

Tenía los ojos vidriosos y la cara arrugada.

—¿Qué quieres? Tengo mucho sueño.

—Quiero que me explique cosas sobre la Física. ¿Qué es? Y cuénteme qué tuvo que hacer para ganar ese gran premio. Ya sabe, el Nobel.

Yo era una ignorante, pero él no se rió de mí. Se sentó y, paciente, respondió con todo detalle a mis preguntas. Aunque lo cierto es que no sé si llegué a entender algo.

23

Por desgracia, no todos mis primeros encuentros en el ochaya fueron agradables o instructivos. Una noche me llamaron para que asistiese a un ozashiki y me aseguraron que el anfitrión había insistido en que fuese, pero yo tenía un mal presentimiento. Y no me equivocaba: me aguardaban problemas. En el salón había también una geiko llamada señorita K. Estaba borracha, como de costumbre.

En Gion Kobu, al llegar a un ozashiki, lo primero que hace una geiko es saludar a sus hermanas mayores. De manera que yo hice una reverencia a la señorita K. y le dirigí un atento saludo:

—Buenas noches, onesan. —Luego me volví y le hice una reverencia al cliente.

—Es un placer volver a verte —afirmó él.

Alcé la vista y lo reconocí: era uno de los asistentes al infame banquete en el que había corrido a mirar los muñecos antes de saludar a los invitados. Sólo habían pasado unas semanas, pero en esa breve temporada me habían ocurrido tantas cosas que se me antojaba una eternidad.

—Vaya, parece que ha pasado mucho tiempo desde la última vez que nos vimos. Muchas gracias por invitarme esta noche.

La señorita K. interrumpió.

—¿Qué quieres decir? ¿Ha pasado mucho tiempo desde cuándo?

—¿Perdón? —Yo no entendía de qué hablaba.

—A propósito, ¿qué le pasa a tu onesan? ¿Qué problema tiene? Ni siquiera es una buena bailarina. ¿Por qué se comporta como si fuese superior a todas?

—Si ha hecho algo que te ha ofendido, lo lamento muchísimo.

La señorita K. estaba fumando un cigarrillo, envuelta en una nube de humo.

—¿Lo lamentas? ¿Y qué significa eso? El hecho de que lo lamentes no cambia nada.

—¿Por qué no nos encontramos aquí mañana para discutir este asunto?

Me sentía incómoda y noté que el cliente parecía cada vez más disgustado. No pagaba para oír esas cosas.

Trató de controlar la situación.

—Vamos, vamos, señorita K. He venido aquí para divertirme. Cambiemos de tema, ¿de acuerdo?

Pero ella se negó.

—No. Intento ayudar a Mineko. No quiero que acabe pareciéndose a su horrible oncsan.

El cliente hizo otro esfuerzo.

—Estoy seguro de que eso no ocurrirá.

—¿Y usted qué sabe? ¿Por qué no cierra el pico?

Sucedió en ese instante lo que cabía esperar: el cliente se enfadó y alzó la voz.

—¿Cómo se atreve a hablarme de ese modo?

No se me ocurrió otra manera de salir de aquel lío que seguir disculpándome por la conducta de Yae.

—Te prometo que hablaré de este asunto con Yae de inmediato, onesan. Le diré que estás muy enfadada. Lamentamos haberte molestado.

Y la respuesta que me dio carecía de sentido:

—¿Qué te pasa? ¿No ves que estoy fumando?

—Oh, sí, claro que sí. Perdona. Te traeré un cenicero enseguida. —Cuando iba a levantarme, la señorita K. me sujetó del brazo.

—No, está bien. Hay uno ahí. Tiende la mano.

Pensé que iba a darme un cenicero para que lo vaciara. Pero, en lugar de ello, cogió mi mano izquierda y arrojó la ceniza en mi palma. Asía mi muñeca con tanta fuerza que no conseguí zafarme. El horrorizado cliente llamó a la okasan en vista de que la señorita K. seguía negándose a soltarme.

Recordé que tía Oima había insistido una y otra vez en que una auténtica geiko mantenía siempre la calma, pasara lo que pasase. «Esto es como una práctica espiritual —me dije—. Si pienso que las cenizas están calientes, estarán calientes; si pienso que no existen, no existirán. Concéntrate.» Justo cuando la okasan cruzó la puerta, la señorita K. apagó la colilla en la palma de mi mano y me soltó. Sé que parece una exageración, pero ocurrió de verdad.

—Gracias —balbucí, pues no sabía cómo reaccionar—. Vendré a verte mañana.

—Bien. Creo que ahora tengo que irme.

Estaba demasiado ebria para levantarse, de modo que la okasan la sacó del salón medio a rastras, medio en volandas.

Yo pedí permiso para ausentarme y fui a buscar un cubito de hielo a la cocina. Sujetándolo con fuerza en la mano herida, volví a entrar en la habitación y saludé al cliente como si nada hubiera ocurrido.

Hice una reverencia y dije:

—Lamento aquel incidente de los muñecos. Por favor, perdóneme.

El hombre se mostró muy cortés, pero la reunión languidecía. Por suerte, la okasan regresó de inmediato con varias geiko veteranas y lo bastante hábiles para animar la fiesta.

Yo había cumplido con dos reglas importantes: sé siempre respetuosa con tus hermanas mayores y nunca te enfades ni seas grosera delante de un cliente.

Pero tenía que demostrarle a la señorita K. que su vergonzosa conducta no me había intimidado. Así que al día siguiente tomé la iniciativa y le hice una visita. Tenía la mano vendada y dolorida, pero fingí que no era culpa suya.

—Lamento mucho los problemas de anoche, onesan.

—Vale, está bien. ¿Qué te ha pasado en la mano?

—Oh, soy muy torpe. No miré por dónde iba y tropecé. No es nada. Pero quería agradecerte los consejos que me diste anoche. Los tomaré muy en serio y trataré de seguirlos en el futuro.

—Claro, desde luego. —Era evidente que estaba mortificada y también sorprendida de que yo me comportase como si no hubiera pasado nada—. ¿Quieres una taza de té?

—Eres muy amable, pero debo marcharme. Todavía no he terminado con mis clases de hoy. Hasta pronto.

Yo había dominado la situación. Y la señorita K. no volvió a molestarme.

En los inicios de mi carrera, además de contender con caracteres difíciles, tuve que adaptarme a un programa de actividades riguroso y en extremo exigente, que incluía clases diarias, ozashiki todas las noches y periódicas actuaciones públicas.

Observemos mis primeros seis meses: el 15 de febrero empecé a ensayar para los Miyako Odori; me convertí en maiko el 26 de marzo; los Miyako Odori comenzaron una semana después, el 1 de abril, y se prolongaron por espacio de un mes; luego, en mayo, bailé en una serie de funciones especiales en el teatro Nuevo Kabukiza de Osaka, y en cuanto éstas terminaron, empecé a ensayar otra vez para los *Rokkagai*, que tendrían lugar en junio.

Estaba impaciente por participar en este festival. *Rokkagai*, que significa «Los Cinco Karyukai», es la única ocasión del año en que todos los karyukai de Kioto se reúnen y organizan una serie de espectáculos para exhibir los distintos estilos de danza.

(Antes había seis karyukai en Kioto. Ahora sólo hay cinco, porque ya no hay actividad en la zona de Shimabara.)

Estaba ansiosa por conocer a las demás chicas e imbuirme del espíritu comunitario. Pero me llevé una decepción: en el festival reinó la competitividad y una envidia muy mal disimulada. El orden de aparición de los karyukai se considera una prueba contundente de la clasificación de ese año. Gion Kobu se ahorró las luchas internas, ya que conserva el privilegio de aparecer en primer lugar todos los años, pero de todos modos me entristeció ver la magnitud de las disputas. Esto acabó para siempre con mi fantasía de «la familia unida».

Me estaba convirtiendo muy deprisa en la maiko más popular de Kioto, gracias a lo cual recibía numerosas solicitudes para asistir a ozashiki en otros karyukai de Kioto. La gente que tenía los medios necesarios para permitírselo quería verme, y si la invitación era importante, mamá Masako la aceptaba. Yo no consideraba que hubiese nada de extraño en estas idas y venidas, pues mi ingenuidad me llevaba a creer que todo lo que era bueno para el negocio del karyukai era beneficioso para el conjunto de los que en él se movían.

Pero no todos pensaban lo mismo en Gion Kobu, ya que otras maiko y geiko consideraban que mis actividades fuera de mi karyukai sólo podían calificarse de intrusismo, y preguntaban con malicia:

—¿De qué karyukai has dicho que eras?

Repito que siempre me han gustado las cosas claras y simples, de manera que aquellas intrigas me parecían absurdas. Ahora, con la perspectiva que sólo el paso del tiempo otorga, es fácil pensar que me mantuve al margen porque ya ocupaba una posición ventajosa, pero lo cierto es que en aquel entonces yo no entendía esos conflictos. Y además los detestaba. Traté de utilizar mis influencias para que los representantes de la Kabukai me escuchasen.

En Kioto, uno de los pasatiempos favoritos de los turistas y los periodistas es fotografiar a las maiko. A menudo me acosaban mientras iba de una cita a otra. Un día que me encontraba en la estación de Kioto para tomar un tren con destino a Tokio, descubrí que mi rostro estaba por todas partes y que incluso en los quioscos vendían bolsas con mi retrato para publicitar la ciudad de Kioto. Yo nunca había visto aquella fotografía y, desde luego, no había dado mi autorización para que la usasen. Me indigné. Al día siguiente entré en la sede de la Kabukai hecha una furia.

—¿Cómo se han atrevido a usar una foto mía sin mi autorización? —exclamé.

Yo tenía quince años, pero el hombre que estaba al otro lado del mostrador me habló como si tuviera cuatro.

—Vamos, vamos, Mine-chan, no dejes que esas preocupaciones de adulto entren en tu bonita cabeza. Considéralo el precio de la fama.

Huelga añadir que aquella respuesta no me satisfizo, de modo que regresé al día siguiente, después de clase, y me mantuve firme en mis exigencias hasta que conseguí hablar con el director. Aunque él no se mostró más comprensivo que su subordinado: me aseguró que investigaría el asunto, pero no hizo nada al respecto.

Por desgracia, esta clase de incidentes se repitieron durante años.

Nunca permití que mi creciente insatisfacción interfiriese en mi trabajo. Cuando terminaron las actuaciones de los *Rokkagai*, a mediados de junio, yo estaba exhausta. Se suponía que debía empezar de inmediato con los ensayos para los *Yukatakai*, una serie de bailes que la escuela Inoue organiza en verano. Pero mi cuerpo no resistió más y al final me vine abajo.

Sufrí una apendicitis aguda y tuvieron que operarme. Debía pasar diez días en el hospital. Kuniko no se separó de mi lado, aunque dormí de un tirón durante los primeros cuatro días y no recuerdo nada de lo que ocurrió en ese lapso.

Más tarde, Kuniko me contó que había estado repasando mi horario en sueños: «Tengo que estar en el Ichirikitei a las seis en punto y en el Tomiyo a las siete.»

Por fin desperté.

El médico que vino a reconocerme quiso saber si había tenido gases.

—¿Gases? —pregunté.

—Sí, gases. ¿Han salido ya?

—¿Salir? ¿De dónde?

—Lo que quiero decir es si te has tirado algún pedo.

—¡Por favor! —exclamé, indignada—. Yo no hago esas cosas.

Sin embargo, consulté con Kuniko si había notado algo y me respondió que no había oído ni olido nada. El médico hizo una anotación.

Recibí la visita de mamá Masako.

—¿Cómo te encuentras, pequeña? —se interesó, afectuosa. Luego sonrió con picardía y añadió—: ¿Sabes?, no debes reír mientras tengas los puntos, porque es muy doloroso. —Se llevó las manos a la cabeza e hizo una mueca de lo más ridícula—. ¿Qué te parece esto? ¿Y esto?

Fue una actuación tan impropia de Masako que me hizo muchísima gracia y me eché a reír a carcajadas. Era incapaz de detenerme y la herida me dolía tanto que se me saltaron las lágrimas.

—Para, por favor —supliqué.

—Siempre que vengo a visitarte estás durmiendo y me aburro. Pero esto ha sido divertido. Tendré que volver.

—No es necesario —repliqué—. Y dile a la gente que deje de mandarme flores.

En mi habitación había tantos ramos que su fragancia ya no resultaba agradable, sino empalagosa. Masako convenció a mis amigas para que en lugar de flores me llevasen *manga*, los gruesos tebeos que los adolescentes japoneses devoran como si se tratasen de golosinas. Dediqué muchas horas a leerlos, cosa que nunca había podido hacer en casa por falta de tiempo. Permanecí en la cama descansando, leyendo, riendo y sufriendo.

Durante los diez días que pasé en el hospital no perdí la esperanza de que me dejasen salir antes. Hacía años que quería experimentar el *ochaohiku*, así que decidí intentarlo. La okiya había distribuido prospectos por todo Gion Kobu, anunciando que yo no estaría disponible durante diez días, de manera que no tendría ningún compromiso en todo ese tiempo. Eso me daba la oportunidad de hacer ochaohiku.

Como parte de su trabajo, una geiko se viste cada noche con el traje formal aunque no tenga ningún compromiso, por si la llaman en cualquier momento de un ochaya. La palabra «ochaohiku» hace referencia a los momentos en que la geiko se acicala sin tener adónde ir. En otras palabras, la tienda está abierta, pero no hay clientes.

Mi tiempo había estado reservado todos los días desde que había empezado a trabajar y, por tanto, nunca había podido experimentar el ochaohiku. Pensé que, al menos una vez, debía probarlo. Lo primero que hice fue darme un agradable baño.

Era maravilloso estar en el espacioso cuarto de baño después de mi confinamiento en el hospital. Me protegí la herida para que no se mojase y me metí con satisfacción en la amplia bañera de pino. Me sumergí con cuidado en el agua humeante y permanecí en remojo hasta que se me arrugó la piel. Luego salí de la bañera y me lavé a conciencia usando un cubo y agua caliente procedente de un grifo de la pared. A continuación me froté todo el cuerpo con un saquito de gasa lleno de salvado de arroz. Este producto contiene una importante cantidad de vitamina B y es magnífico para la piel. Por último, me metí en la bañera para darme un último remojón.

Los miembros de la familia y Kuniko eran los únicos residentes que tenían autorización para entrar en el cuarto de baño. Todos los demás debían usar los baños públicos, como era costumbre en aquellos tiempos. Pocos japoneses podían permitirse el lujo de tener uno en casa.

Relajada por el baño, fui a que me peinaran.

—Pensé que no trabajarías hasta mañana —comentó mi peluquera al verme.

—Ya, pero quería probar el ochaohiku —le expliqué.

Me miró extrañada, pero se avino a peinarme. Llamé al Suehiroya y pedí al encargado de vestuario que fuese a la okiya. Él tampoco me entendió, pero accedió a vestirme. Cuando estuve lista para salir, me senté y esperé. No pasó nada, por supuesto, ya que aún no me había incorporado a mi actividad. Pero aprendí algo importante: no me gustaba estar ociosa. Permanecer sentada con aquel pesado traje resultaba agotador.

«Es mucho más fácil estar ocupada», pensé.

24

Al día siguiente fui al ensayo de los Yukatakai, los bailes de verano, y mi vida volvió a la normalidad.

Esa noche asistí a un ozashiki, aunque todavía me sentía débil. Cuando saludé con una reverencia, un invitado que fingía estar borracho me arrojó al suelo. Caí de espaldas y, antes de que pudiese levantarme, el hombre cogió el dobladillo acolchado de mi quimono y me lo levantó hasta los muslos, dejando al descubierto mis piernas y mi ropa interior. Acto seguido me agarró de los tobillos y me arrastró por el suelo como si fuese una muñeca de trapo. Todos rieron, incluso las demás geiko y maiko que se encontraban allí.

Yo estaba pálida de furia y de vergüenza. Me incorporé, me arreglé las ropas y fui directa a la cocina. Una vez allí, le pedí un cuchillo a una de las criadas, lo puse en una bandeja y regresé a la sala de banquetes.

—¡Muy bien, todos quietos! ¡Que nadie se mueva!

—Por favor, Mine-chan. Sólo estaba bromeando. No pretendía ofenderte.

La okasan llegó corriendo.

—¡Detente, Mine-chan! ¡No lo hagas!

Pero estaba furiosa e hice caso omiso de sus órdenes.

—Quédese donde está —le hablé despacio y con serenidad—. Quiero que todos escuchen atentos lo que tengo que decir: voy a herir a este caballero. Hasta es posible que lo mate. Deben entender que me siento muy humillada.

Me acerqué a mi atacante y le puse el cuchillo en la garganta.

—Apuñala el cuerpo y sanará. Pero lastima el corazón y la herida permanecerá abierta durante toda la vida. Has lacerado mi orgullo y yo no me tomo la deshonra a la ligera. No olvidaré lo ocurrido esta noche mientras viva. Pero no merece la pena ir a la cárcel por alguien como tú, así que te dejaré ir. Sólo por esta vez. De modo que no vuelvas a hacer nada parecido.

Con esas palabras arrojé el cuchillo y lo clavé en el tatami, junto al sitio donde estaba sentado el hombre, y salí de la habitación con la cabeza muy alta.

Al día siguiente, mientras comía en la cafetería de la escuela, una maiko que había presenciado el incidente se sentó a mi lado. No era mucho mayor que yo. Me contó que las geiko habían sido las instigadoras y habían convencido al cliente para que colaborara en sus planes. Añadió que todas habían reído imaginando lo divertido que sería humillarme. La pobre chica se sentía muy mal, pues, si bien no había estado de acuerdo, tampoco había sabido qué hacer.

Mi acceso de furia no logró poner fin al acoso. De hecho, éste empeoró. La hostilidad tomó múltiples formas, algunas más crueles que otras. Por ejemplo, mis accesorios (abanicos, parasoles, varillas para remover el té) desaparecían cada dos por tres. Las demás geiko eran groseras conmigo o no me dirigían la palabra en los banquetes. Incluso ciertas personas llegaron a llamar a la okiya para concertar citas falsas.

El dobladillo del quimono de maiko está acolchado con guata para que la cola tenga la forma y el peso adecuados. Una noche, alguien clavó alfileres en él. Después de pincharme en repetidas ocasiones, regresé a casa y retiré con tristeza veintidós agujas de mi hermoso quimono.

Puesto que estos incidentes no dejaban de repetirse, cada vez me resultaba más difícil confiar en alguien o bajar la guardia. Y cuando cometía un error, el castigo nunca parecía lo suficiente severo. Una noche, al entrar en un ochaya, estaba tan oscuro que no distinguí a la persona con la que me crucé en el pasillo: era la okasan. Se enfureció conmigo porque no la había saludado como debía y me vetó el acceso a su ochaya durante un año. Soporté el hostigamiento como pude y creo que, al final, me convirtió en una mujer más fuerte.

No tenía ninguna amiga entre las chicas de mi edad y sólo algunas geiko mayores, todas seguras de su éxito, se mostraban de lo más atentas conmigo. Eran las únicas que se alegraban de que yo fuese semejante fenómeno.

El sistema de contabilidad de Gion Kobu es muy transparente al traducir en cifras la popularidad de una maiko o geiko. La cantidad de *hanadai* que gana una mujer demuestra el nivel de demanda de sus servicios, una información que está a disposición del público. No pasó mucho tiempo antes de que mis ingresos superasen a los de todas las demás y además, ocupé esa posición la práctica totalidad de las semanas durante mis cinco años de maiko.

La geiko que más dinero ha ganado durante el ejercicio anterior recibe el reconocimiento público durante la ceremonia de graduación que se celebra cada 7 de enero en la academia Nyokoba. Yo fui homenajeada ya el año de mi debut.

Desde el principio me contrataron para asistir a un número inaudito de ozashiki. Visitaba una media de diez ochaya por noche y asistía en cada uno a cuantos banquetes me era posible, de manera que rara vez pasaba más de treinta minutos en una casa. Con frecuencia permanecía tan sólo cinco minutos en una fiesta y me marchaba para cumplir con el siguiente compromiso.

Debido a mi popularidad, a los clientes les facturaban una hora entera de mi tiempo aunque no estuviese más que unos minutos con ellos. De ese modo, acumulé muchos más hanadai que unidades reales de tiempo trabajadas. Y eso noche tras noche. No dispongo de las cifras exactas, pero calculo que ganaba medio millón de dólares al año. Era mucho dinero en el Japón de los años sesenta. Sobre todo para una adolescente de quince años.

Sin embargo, no me tomaba muy en serio mi trabajo en los ozashiki. Todavía los veía como un escenario donde bailar y no daba mayor importancia al trato con los clientes. Suponía que si yo me divertía, ellos también, y no me desvivía por complacerlos.

Pero con las geiko me sucedía todo lo contrario, pues deseaba su respeto y su amistad, y trataba de congraciarme con ellas. Quería caerles bien, pero, a pesar de mi empeño, nada de lo que hacía daba resultado. Y cuanto más popular era entre los clientes, más se distanciaban ellas de mí. Casi todas, desde las maiko más jóvenes a las geiko más veteranas, me trataban con desprecio y empecé a sentirme frustrada y deprimida. Hasta que tuve una idea genial.

Puesto que sólo podía permanecer en los banquetes unos minutos, quedaba bastante tiempo libre que había que cubrir con otras geiko. En consecuencia, procuraba elegir yo misma a las que me acompañarían, pidiéndole a las okasan de los ochaya que invitasen a determinadas geiko a los ozashiki a los que yo debía asistir. Lo organizaba todo en el trayecto a casa desde la academia Nyokoba.

—Okasan, me preguntaba si esta noche podría pedirle a fulana y a mengana que me ayudasen en el ozashiki con el señor tal o cual...

Entonces la okasan telefoneaba a las okiya y decía que Mineko había solicitado que fulana, en concreto, trabajase con ella esa noche. Contrataba entre tres y cinco geiko por banquete, de modo que, si se multiplica este número por el de ozashiki a los que yo asistía, se obtiene una cifra respetable. Era trabajo que las geiko no habrían recibido de otra manera, así que la envidia pronto dejó paso a la gratitud.

Cuando sus bolsillos comenzaron a llenarse gracias a mi intervención, no tuvieron más remedio que empezar a tratarme mejor. El acoso disminuyó poco a poco, lo cual fortaleció mi determinación de permanecer en la cima, pues mi ingeniosa estrategia sólo podía funcionar mientras yo fuese la número uno.

Esta táctica me ayudó con las mujeres, pero no con los hombres. También tenía que aprender a defenderme de ellos. Con las mujeres intentaba ser amistosa y complaciente, mientras que con los hombres me mantenía firme.

Un día regresaba del santuario Shimogamo, donde había interpretado una danza de Año Nuevo. Era el 5 de enero. Yo llevaba una flecha «para ahuyentar a los demonios», un talismán que venden en los santuarios sintoístas en Año Nuevo, para protegerse de los malos espíritus. Un caballero de mediana edad que caminaba hacia mí, al pasar por mi lado se volvió de improviso y empezó a toquetearme.

Lo cogí por la muñeca y le clavé la flecha de bambú en el dorso de la mano. La punta de la flecha tenía pequeñas muescas. La hundí cuanto pude, hasta que la herida empezó a sangrar. El hombre trató de soltarse, pero yo seguí sujetándole la muñeca con todas mis fuerzas, sin dejar de hundir la flecha. Lo miré con frialdad y le espeté:

—Muy bien, señor, tenemos dos opciones: vamos juntos a la policía o bien jura aquí mismo que jamás volverá a hacerle algo semejante a nadie. Todo depende de usted. ¿Qué elige?

—Le prometo que no lo haré nunca más —respondió de inmediato con voz llorosa—. Suélteme, por favor.

—Quiero que cada vez que sienta la tentación de hacerle daño a alguien mire la cicatriz de su mano y se detenga.

En otra ocasión, mientras Yuniko y yo estábamos andando por la calle Hanamikoji, vi de través que tres hombres que parecían borrachos se acercaban a nosotras y tuve un mal presentimiento. Antes de que pudiera reaccionar, uno de ellos me cogió por detrás y me inmovilizó los brazos. Los otros dos se dirigieron a Yuniko. Yo le grité que corriera y huyó por una callejuela.

Entretanto, el hombre que me sujetaba se inclinó y empezó a lamerme la nuca. Sentí un profundo asco.

—No es una buena idea tontear con las mujeres de hoy en día. Debería tener cuidado —le indiqué, al tiempo que buscaba una vía de escape.

Me obligué a relajar los músculos y él dejó de sujetarme con tanta fuerza. Entonces le cogí la mano izquierda y le mordí la muñeca. Gritó y me soltó. Le sangraba la mano. Los otros hombres se quedaron atónitos y, al final, los tres huyeron.

Con los labios manchados de sangre, proseguí mi camino pero, cuando estaba a unos pasos de la okiya, vi a un grupo de hombres pavoneándose por la calle, a todas luces tratando de impresionar a las mujeres que iban con ellos. Me rodearon y, acto seguido, mientras me sonreían y me lanzaban miradas lascivas, empezaron a tocarme. Una de las varillas de bambú del cesto que llevaba se había roto y asomaba por el fondo, así que la partí con la mano libre y empecé a sacudirla delante de mis atacantes.

—Os creéis muy listos, ¿no? ¡Idiotas! —Con la punta de la varilla le arañé la cara al más agresivo de los hombres y, viendo que los demás se apartaban, corrí hacia la casa.

Me sucedió algo similar en otra ocasión, cuando un hombre trató de molestarme en el cruce de las calles Shinbashi y Hanamikoji. Me escabullí de entre sus garras, me quité un okobo de uno de mis pies y se lo arrojé a la cara. Di en el blanco. Otra vez, cuando iba de un ochaya a otro, un borracho me agarró por detrás, me sujetó y tiró un cigarrillo encendido por la parte posterior del cuello de mi quimono. Yo no podía alcanzarme la espalda, así que corrí tras él y lo obligué a quitarme el cigarrillo. Me dolía mucho y me fui a casa con rapidez. Una vez allí, después de desvestirme y mirarme en el espejo, vi que tenía una ampolla grande en el cuello. Cogí una aguja, perforé la piel para que saliese el líquido y volví a aplicarme el maquillaje, procurando que no se notase nada. Conseguí llegar a tiempo a mi siguiente cita. Pero decidí que ya era suficiente y empecé a viajar en taxi a todas partes, aunque sólo tuviera que recorrer trescientos o cuatrocientos metros.

De vez en cuando también tenía problemas en el interior del ochaya. La mayoría de los clientes son perfectos caballeros, pero de tarde en tarde aparece uno que es la excepción a la regla.

Había un hombre en particular que iba a Gion Kobu todas las noches y se gastaba una fortuna en ozashiki. Tenía mala reputación entre las maiko y las geiko, de manera que yo trataba de evitarlo. Una noche, mientras esperaba una jarra de sake caliente junto a la puerta de la cocina, ese hombre se acercó a mí y empezó a palparme la pechera del quimono.

—¿Dónde tienes las tetas, Mine-chan? ¿Por aquí?

Desconocía si las demás chicas le permitían hacer esas cosas, pero yo no estaba dispuesta a consentírselo.

En la sala del altar, que estaba junto a la cocina, vi unos bloques de madera sobre un cojín, de esos que se usan para marcar el ritmo cuando recitamos sutras y que son bastante pesados. Entré, agarré uno de ellos y me volví hacia el repugnante individuo. Mi aspecto debía de ser amenazador, porque al instante echó a correr por el pasillo. Fui tras él, incluso cuando salió al jardín, a pesar de que iba descalza y arrastraba la larga cola del quimono.

Lo perseguí por las dos plantas del ochaya, sin molestarme en imaginar qué pensarían de esa escena los demás clientes. Al final lo alcancé cuando volvimos a pasar junto a la cocina y lo golpeé en la cabeza con el bloque de madera que aún asía. El impacto produjo un ruido sordo.

—¡Le he pillado! —exclamé.

Es curioso, pero dio la casualidad de que ese hombre se quedó calvo poco después.

25

No necesité ver los libros de contabilidad para saber que me había convertido en la maiko más popular de Gion Kobu. Me bastaba con echar un vistazo a mi agenda: tenía compromisos concertados para el siguiente año y medio.

Mi programa de actividades era tan apretado que los clientes tenían que confirmar las reservas un mes antes de la cita y aunque acostumbraba reservarme un par de huecos para emergencias, los llenaba siempre con una semana de antelación. Si me quedaban unos minutos libres en la agenda del día, los ofrecía en el trayecto a casa desde la academia Nyokoba, prometiendo estar cinco minutos aquí y diez allí. Mientras almorzaba, Kuniko apuntaba estos trabajos extra en mi cuaderno de citas.

Prácticamente no tuve un momento libre durante mis cinco años de maiko. Desde los quince hasta los veintiún años, trabajé todos los días de la semana los trescientos sesenta y cinco del año. Nunca me tomaba una jornada de descanso. Trabajaba los sábados y los domingos, en Nochevieja y en Año Nuevo.

Era la única persona de la okiya Iwasaki, y quizá también de Gion Kobu, que no tenía días libres. Pero eso era mejor que no trabajar.

De hecho, no sabía divertirme. A veces salía con amigas, pero estar en público me resultaba agotador. En cuanto salía de casa me convertía en «Mineko de Gion Kobu». Mis admiradores me perseguían y yo me sentía obligada a interpretar un papel. De modo que siempre estaba de servicio. Si alguien quería hacerse una foto conmigo, se lo permitía. Si alguien quería un autógrafo, se lo daba. Jamás descansaba.

Temía desmoronarme si no mantenía a todas horas la actitud de una maiko. La verdad es que me sentía mucho mejor en casa sola, pensando, leyendo o escuchando música. Sólo entonces conseguía relajarme de verdad.

Resulta difícil vivir en un mundo donde todos —tus amigos, tus hermanas e incluso tu madre— son tus rivales. Me resultaba desconcertante. No era capaz de distinguir a los amigos de los enemigos y no sabía a quién o qué creer. Como era de esperar, todo esto me afectó psíquicamente y empecé a tener problemas emocionales. Sufría episodios de ansiedad, insomnio y trastornos del habla.

Sabía que si seguía tomándome las cosas tan a pecho como hasta entonces acabaría enfermando. Así que decidí volverme más divertida. Me compré un montón de discos de historias cómicas y empecé a escucharlos todos los días. Inventé mis propios chistes para contarlos en los ozashiki. Fingía que la sala de banquetes era un patio de juegos y que yo estaba allí para divertirme.

Lo cierto es que mi plan funcionó, y empecé a sentirme mejor y más capaz de prestar atención a lo que sucedía en la habitación. La danza y las demás disciplinas artísticas se aprenden, pero nadie puede enseñarte a amenizar un ozashiki, pues es algo que requiere cierto talento y muchos años de práctica.

Cada ozashiki es diferente, aunque se celebren dentro del mismo ochaya. Es posible adivinar la posición social de los invitados si se presta atención a la decoración de la habitación. ¿Es caro el lienzo colgado en el tokonoma? ¿Qué clase de vajilla hay en la mesa? ¿Dónde han encargado la comida? Una geiko con experiencia capta estos detalles en cuanto entra en la sala de banquetes y, luego, adapta su conducta a las circunstancias. La educación estética que me dieron mis padres fue un buen punto de partida para aprender.

Lo siguiente que debemos saber es cómo animar el ambiente. ¿Al anfitrión le gusta contemplar un espectáculo de danza, conversar o participar en juegos divertidos? Una vez que llegamos a conocer a un cliente, memorizamos sus gustos y aficiones para atenderlo mejor en el futuro.

A los ochaya no se va sólo para pasar un rato ameno, pues, con frecuencia, también son el escenario de tratos comerciales y discusiones políticas. Un ozashiki proporciona un entorno privado, en el que los asistentes se sienten cómodos y se saben protegidos.

Tía Oima me explicó que la razón de que nuestros adornos del cabello sean puntiagudos es que nos permite valernos de ellos para defender a nuestros clientes de un posible ataque. Y los que están rematados con coral, que se llevan en los meses más fríos, sirven para cerciorarse de que no hay ninguna sustancia peligrosa en el sake: el coral se rompe en presencia de un veneno.

En ocasiones, el servicio más valioso que puede prestar una geiko es confundirse con la pared o, mejor aún, volverse invisible. Si es necesario, se situará cerca de la puerta e indicará al anfitrión que se aproxima alguien con un pequeño movimiento de la mano. O, cuando se lo piden, informará a cualquiera que se acerque que los invitados no desean que se les moleste.

Una de las tareas especializadas en el salón de té es la que lleva a cabo el *okanban* o encargado de calentar el sake. El okanban llena la jarra con sake y la pone a calentar dentro de una olla con agua hirviendo. Parece sencillo, pero cada invitado quiere que le sirvan el sake a una temperatura determinada, de manera que la habilidad del okanban estriba en calcular cuántos grados de calor se perderán mientras el sake viaja desde la cocina hasta la sala de banquetes, para lograr que éste llegue a la temperatura adecuada. No es nada fácil. A mí me gustaba ir a recoger el sake porque disfrutaba hablando con los okanban, que eran una fuente inagotable de información interesante y confidencial.

Como ya he dicho, las relaciones entre los propietarios de los salones de té y los mejores clientes suelen perdurar durante generaciones. Una de las formas en que los ochaya fomentan la lealtad de los clientes es contratando a los hijos de éstos como empleados temporales. El puesto de ayudante de okanban está muy solicitado.

Así, un joven que está a punto de ingresar en la universidad de Kioto puede solicitar el empleo, recomendado por su padre, para sufragar en parte sus gastos. Todo el mundo sale beneficiado, pues el joven aprende desde dentro el funcionamiento del ochaya, descubre que se requiere mucho esfuerzo para celebrar hasta el más sencillo de los ozashiki y conoce a las maiko y las geiko del local; el

padre por su parte, recibe ayuda para instruir a su hijo en el sofisticado mundo de los adultos, y el ochaya, por ende, invierte en un
futuro cliente.

Yo seguía esforzándome al máximo en mis clases de baile. Por
fin era una bailarina profesional y tenía la impresión de que estaba
haciendo verdaderos progresos. Por eso me disgustó sobremanera
recibir mi segundo otome.

Sucedió durante un ensayo para los Yukatakai, los bailes de verano en que participa todo Gion Kobu.

Yo tenía diecisiete años. Estábamos practicando un número en
grupo cuando, de repente, la gran maestra interrumpió el ensayo
y me ordenó salir del escenario. Yo no podía creerlo. No había cometido ningún error. La que se había equivocado era la chica que
estaba a mi lado.

Me dirigí hecha una furia a casa para hablar con mamá Masako
y estallé:

—¡Ya está bien! ¡Lo dejo! He recibido otro otome y tampoco
esta vez ha sido culpa mía.

—Muy bien —respondió mamá Masako de inmediato y sin
perder la calma—. Adelante, déjalo. Ni siquiera te equivocaste,
¿no? ¿Cómo se atreve esa mujer a humillarte delante de todo el
mundo? ¡Pobrecilla!

Me estaba provocando. Ay, cómo me conocía. Sabía muy bien
que yo hacía siempre lo contrario de lo que me indicaba.

—Lo digo en serio, mamá. Voy a dejarlo.

—Es comprensible. Yo en tu lugar haría lo mismo.

—Pero si abandono el baile quedaré mal. Tal vez debería bur-
larme de todos y seguir yendo. No sé...

—Bueno, es otra opción...

En ese momento entró Yaeko, que había estado escuchando
nuestra conversación.

—Esta vez lo has conseguido, Mineko. Nos has avergonzado a
todas.

Quería decir que mi deshonra afectaría a todas las geiko asocia-
das con nuestro linaje.

Pero mamá Masako no le hizo caso.

—Esto no es de tu incumbencia, Yaeko. ¿Te importaría quedarte en la habitación contigua durante unos minutos?

—Claro que es de mi incumbencia. —Yaeko esbozó su habitual sonrisa tensa—. Su mala conducta también me avergüenza a mí.

—No seas ridícula, Yae —rebatió mamá Masako con firmeza—. ¿Me haces el favor de marcharte de aquí?

—¿Desde cuándo te crees con autoridad para darme órdenes?

—Éste es un asunto entre Mineko y yo, y quiero que permanezcas al margen.

—Bueno, en tal caso lamento mucho haberte molestado. Lo último que deseaba era entrometerme en tus asuntos y en los de la «querida» Mineko. Como si valiera algo...

Yaeko salió de la habitación, pero sus palabras permanecieron en mi mente. Tal vez debía dejar el baile porque era demasiado incompetente.

—Perdóname, mamá, lo siento mucho. Quizá sea mejor que abandone.

—Lo qué tú decidas me parecerá bien.

—Pero ¿y si Yaeko tiene razón? ¿Y si he deshonrado a nuestra okiya?

—Ésa no es una buena razón para dejar el baile. Tú misma lo dijiste hace unos minutos. Si te vas, podrías quedar mal. Yo en tu lugar hablaría con la gran maestra. Averigua lo que piensa. Apuesto a que quiere que continúes.

—¿De veras? Gracias, mamá. Lo haré.

Mamá Masako llamó a madre Sakaguchi, que acudió presta en un coche. Como de costumbre, nuestra legación se sentó frente a la de la escuela. Todo el mundo saludó con reverencias.

Yo esperaba que madre Sakaguchi defendiera mi inocencia.

—Señora Aiko, debo expresarle cuánto le agradezco que haya reprendido a Mineko: es la clase de crítica que necesita para convertirse en una auténtica bailarina. En su nombre, le ruego con humildad que continúe guiándola y enseñándola.

Como si les hubieran hecho una señal, las integrantes de la comisión Iwasaki hicieron otra reverencia. Yo tardé un segundo más en imitarlas, el tiempo suficiente para pensar: «¿Qué diablos pasa aquí?» Luego lo comprendí: la gran maestra me estaba poniendo a prueba otra vez y utilizaba el otome para estimularme. Quería que entendiese que no había nada más importante que seguir bailando. Una reprimenda de cuando en cuando no era nada comparado con lo que podría llegar a conseguir o con lo que me arriesgaba a perder. En mi carrera no había sitio para mi arrogancia y mi vanidad de colegiala. En ese instante algo cambió en mi interior y empecé a ver las cosas desde otro ángulo. Me comprometí de verdad con lo que estaba haciendo y me convertí en bailarina.

No sé qué le habría contado mamá Masako a madre Sakaguchi cuando la llamó, ni cómo reaccionó ésta, ni qué le explicó a la señora Aiko antes de que nos reuniésemos todas. Pero con su elocuente demostración de humildad, madre Sakaguchi me transmitió un importante mensaje, pues me demostró que las profesionales resolvían sus diferencias de una manera constructiva y beneficiosa para todos los involucrados. Había visto innumerables ejemplos de esta actitud, pero hasta aquel momento no la entendí. Me sentí orgullosa de la habilidad con que madre Sakaguchi había afrontado el problema. Y, aunque la regañina procediera de la gran maestra, fue madre Sakaguchi quien me dio una auténtica lección.

Aún me faltaba mucho para convertirme en una mujer adulta, pero en aquel momento supe que deseaba ser tan buena persona como las mujeres que me rodeaban. La gran maestra le dio las gracias a madre Sakaguchi por su visita y, seguida por sus ayudantes, la acompañó hasta la puerta.

Poco antes de subir al coche, madre Sakaguchi se inclinó y me susurró al oído:

—Trabaja duro, Mine-chan.

—Sí, lo prometo.

Cuando regresamos a casa registré la okiya y llevé todos los espejos que encontré a mi habitación. Los apoyé en las paredes para verme desde todos los ángulos y empecé a bailar. A partir de ese momento practiqué hasta la extenuación. Me ponía la ropa de danza en cuanto volvía a casa por la noche y ensayaba hasta que era incapaz de mantener los ojos abiertos. Recuerdo que algunas noches dormía apenas una hora.

Era lo más crítica posible conmigo misma, y trataba de analizar todos mis movimientos y de perfeccionar cada gesto. Pero me faltaba algo, un elemento de expresividad. Medité durante largo tiempo la cuestión. ¿Qué podía ser? Por fin me di cuenta de que mi problema no era psíquico sino emocional.

En realidad, mi verdadero problema era que nunca había estado enamorada y, por tal motivo, mi forma de bailar carecía del profundo sentimiento que sólo se consigue después de experimentar una pasión amorosa. ¿Cómo iba a expresar el verdadero amor o su pérdida si no había experimentado ninguna de las dos cosas?

Este descubrimiento me asustó, porque siempre que pensaba en el amor físico recordaba el intento de violación de mi sobrino y mi mente se bloqueaba. Aún podía sentir el terror de aquel momento y temía que aquella experiencia me hubiese afectado de manera irreversible. ¿Había quedado tan traumatizada que jamás podría mantener una relación normal? Pero ése no era el único obstáculo que se interponía entre la intimidad sentimental y yo. Había algo más profundo y con probabilidad más dañino.

El hecho era que no me gustaba la gente. No me había gustado cuando era niña y seguía sin gustarme. Mi aversión por los demás me afectaba tanto en el plano profesional como en el personal y constituía mi mayor deficiencia como maiko. Pero no tenía alternativa y debía obligarme a fingir que todo el mundo me era grato.

Me conmueve mirar atrás y ver esa imagen de mí misma, la imagen de una jovencita inexperta empeñada en gustar y, al mismo tiempo, reacia a que cualquiera se aproximase a ella.

La relación entre los sexos, siempre misteriosa, es desconcertante para la mayoría de los adolescentes, pero yo estaba por completo confundida. Tenía tan poca experiencia con chicos o con hombres que carecía de esa capacidad intuitiva para demostrar afecto sin invitar a la intimidad. Estaba obligada a ser simpática con todos, pero si era demasiado afectuosa el cliente se haría una idea equivocada de mí, y eso era lo último que yo quería. Tardé años en encontrar el equilibrio entre complacer a los hombres y mantenerlos a distancia. Al principio, hasta que aprendí a transmitir las señales apropiadas, cometí muchos errores.

En una ocasión un cliente joven y rico me dijo:

—Me voy a estudiar al extranjero y quiero que vengas conmigo. ¿Alguna objeción?

Me quedé atónita. Anunció sus planes como si ya lo tuviera todo previsto. No supe qué responder.

Los hombres que conocen las costumbres de Gion Kobu entienden las reglas tácitas y rara vez las rompen. Pero cabe la posibilidad de que un individuo más ingenuo de lo habitual, como el cliente en cuestión, interprete mal nuestra amabilidad y la tome como algo personal. No tuve más remedio que hablarle sin tapujos y explicarle que sólo estaba haciendo mi trabajo y que, aunque me resultaba agradable, no había querido darle la impresión de que estaba interesada por él.

En otra ocasión un joven cliente me trajo una muñeca muy cara de su ciudad natal. Estaba tan impaciente por dármela que no pudo esperar al siguiente ozashiki, de modo que se dirigió a la okiya y llamó a la puerta.

Aquello era una flagrante violación de las normas de etiqueta, pero me dio pena, a pesar de que era un hombre bastante desagradable. No podía creer que fuese tan ingenuo como para pensar que tenía derecho a presentarse en mi casa. No obstante, intenté ser amable.

—Muchas gracias, pero no me gustan mucho las muñecas. Por favor, regálela a alguien que la aprecie de verdad.

Pronto se corrió el rumor de que yo detestaba las muñecas.

Una vez, durante un trabajo en Tokio, un cliente me llevó a una tienda de artículos de lujo.

—Elige lo que quieras —me indicó.

Yo casi nunca aceptaba regalos de los clientes, de modo que respondí que me contentaba con echar un vistazo por el local. Vi un reloj que me gustó y murmuré sin darme cuenta:

—Bonito reloj.

Al día siguiente el cliente me lo envió al hotel. Fue un recordatorio de que nunca debía bajar la guardia.

Todos estos incidentes sucedieron cuando tenía entre dieciséis y diecisiete años, y son testimonio de mi inmadurez y de mi inexperiencia. Demuestran lo mucho que me quedaba por aprender. Y es que a veces la inocencia me ponía en situaciones de lo más embarazosas.

Poco después de convertirme en maiko, durante los festejos de Año Nuevo, me invitaron a la *Hatsugama*, la primera ceremonia del té del año, en la Escuela del Té Urasenke, principal baluarte de la corrección estética en Japón. Era un privilegio para mí, y exhibí mis mejores modales ante los distinguidos asistentes.

Las geiko estudiamos la ceremonia del té para imbuirnos del refinamiento que transmite, pero también porque debemos estar preparadas para celebrarla en público durante los Miyako Odori.

En el Kaburenjo hay un enorme salón de té con capacidad para trescientos espectadores. El día señalado, la geiko representa la ceremonia cinco veces antes de cada función, en intervalos de quince minutos, para que puedan verla las mil cuatrocientas cincuenta personas del público. De hecho, sólo prepara té para dos de ellas, los invitados de honor, y a las otras doscientas noventa y ocho las atienden camareras que han preparado la infusión en la antesala. Puesto que toda geiko ha de estudiar esta ceremonia, existe una estrecha relación entre la Escuela del Té Urasenke y Gion Kobu.

Durante la Hatsugama, nos sentamos en fila en el amplio salón y una camarera empezó a pasar de invitado en invitado una copa de aspecto curioso, pues no tenía base. Se asemejaba al soporte de una pelota de golf o a una seta y, puesto que resultaba imposible dejarla sobre la mesa, había que beberse todo su contenido. «Qué divertido», pensé, y cuando me llegó el turno la vacié de un solo trago.

Nunca había probado nada tan repulsivo: pensé que iba a vomitar. Mi cara debió de delatarme, porque la señora Kayoko Sen, la esposa del ex director de la escuela Urasenke, que siempre se mostraba muy agradable conmigo, exclamó divertida:

—¿Qué pasa, Mine-chan? ¿No te gusta el sake?

¿SAKE? Primero hice una mueca de asco y, acto seguido, me invadió el pánico. ¡Acababa de violar la ley! ¡Dios mío! ¿Y si me arrestaban? Mi padre me había inculcado tal respeto por la ley que me horrorizaba la posibilidad de cometer un delito. «¿Qué voy a hacer ahora?» Pero volvieron a pasarme la taza, así que, como nadie parecía pensar que hubiera nada de malo en ello y dado que no quería hacer una escena delante de tanta gente importante, contuve el aliento y volví a beber. Cuando la fiesta terminó, yo había consumido mucho sake.

Empecé a sentirme rara, pero conseguí bailar sin incidentes. Por la noche asistí al número habitual de banquetes y también salí airosa. Sin embargo, en cuanto llegué a casa, me caí de bruces en el vestíbulo. Hubo un gran revuelo entre las habitantes de la okiya, que me ayudaron a desvestirme y acostarme en el futón.

Al día siguiente me desperté a la seis, como de costumbre, pero de inmediato me sentí avergonzada y llena de odio hacia mí misma. ¿Qué había hecho la noche anterior? No recordaba nada de lo sucedido desde que había salido de la escuela del té. No conservaba ningún recuerdo de los ozashiki a los que había asistido.

Deseaba ocultarme bajo tierra y morir, pero tenía que levantarme e ir a clase. Además de quebrantar la ley, cabía la posibilidad de que me hubiese comportado de manera indecorosa. La sola idea se me hacía insoportable y no deseaba ver a nadie.

Me obligué a saltar de la cama y a ir a la academia. Tomé mi clase con la gran maestra, pero estaba convencida de que todo el mundo me miraba de forma extraña. Me sentía muy incómoda, así que pedí permiso para faltar al resto de las clases y volví a la okiya. Me encerré en el armario y empecé a balancearme mientras repetía mentalmente, como si fuese un mantra: «Lo siento. Perdóname. No lo haré nunca más.»

Hacía bastante tiempo que no me refugiaba en el armario. Permanecí en él toda la tarde y sólo salí cuando se hizo la hora de vestirme para volver al trabajo.

Ésa fue la última vez que me permití el solaz de mi escondite infantil, pues jamás volví a encerrarme en un armario.

Ahora me pregunto por qué era tan exigente conmigo misma. Tal vez mi actitud tuviera que ver con mi padre o con la inmensa soledad que sentía. Estaba convencida de que la autodisciplina era la solución para todos los problemas.

Creía que ésa era la clave de la belleza.

26

Después de más de dos años como maiko, se acercaba la hora de mi *mizuage*, una ceremonia que celebra el progreso de una maiko. Ésta cambia de peinado cinco veces, como muestra de los pasos necesarios para llegar a ser una geiko y, para representar esta transición de niña a mujer, se le corta de forma simbólica el moño y, a partir de ese momento, la joven empieza a lucir un peinado más adulto. En cierto modo, el mizuage podía equipararse a la fiesta del decimosexto cumpleaños en Occidente.

Le pregunté a mamá Masako si debía pedirle a mis clientes que se hicieran cargo de los gastos de la ceremonia.

—¿Qué dices? —respondió riendo—. Te he educado para ser una mujer independiente y profesional. No necesitamos ayuda de los hombres. La okiya se ocupará de todo.

Mamá Masako era muy prudente en cuestiones de dinero y, aunque yo no sabía mucho sobre el tema, siempre quise asumir mis responsabilidades.

—Entonces, ¿qué debo hacer?

—No mucho. Tendrás que cambiarte de peinado. Después daremos un *sakazuki* para celebrar la ocasión y haremos regalos a las distintas casas de la familia, incluyendo aquellos dulces que tanto te avergonzaron cuando tenías catorce años.

Mi mizuage tuvo lugar en octubre de 1967, cuando tenía diecisiete años. Hicimos una ronda de visitas para anunciar el acontecimiento y entregar regalos a todos nuestros «parientes» de Gion Kobu.

Me despedí del recogido wareshinobu y empecé a peinarme al estilo *ofuku*, que es el que lucen a diario las maiko con mayor experiencia. Había otros dos peinados para ocasiones especiales: el *yakko*, que se lleva con el quimono formal, y el *katsuyama*, que se luce un mes antes y un mes después del festival de Gion, celebrado en julio.

El cambio de peinado significaba que había entrado en la última etapa de mi carrera de maiko. Mis clientes lo interpretaron como una señal de que me acercaba a la edad de casarme y comenzaron a hacerme proposiciones. No en su nombre, desde luego, sino en el de sus hijos o nietos.

Las geiko de Gion Kobu son las esposas ideales para los hombres ricos y poderosos. Uno no puede pedir una anfitriona más hermosa y refinada, sobre todo si viaja por el mundo y se mueve en círculos diplomáticos o comerciales. Además, una geiko aporta una magnífica dote: los contactos que ha cultivado durante su trayectoria profesional y que podrían ser muy importantes para un hombre que está empezando la suya.

La geiko, por su parte, necesita una pareja tan interesante como los hombres que ve todas las noches de la semana. La mayoría no quiere cambiar este ambiente sofisticado y liberal por las ataduras de una existencia burguesa. Además, las geiko están acostumbradas a manejar mucho dinero. He conocido algunas que se casaron por amor y mantenían a sus maridos, pero esas relaciones rara vez funcionaban.

¿Y qué hay de las mujeres que son amantes de clientes casados? Podría escribirse un libro entero sobre esos casos. La historia típica es la de una mujer que yace en su lecho de muerte y manda llamar a la geiko para darle las gracias por lo bien que ha cuidado de su marido. Luego muere, la geiko se convierte en la segunda esposa del hombre y viven felices por siempre jamás. Pero pocas veces resulta tan sencillo.

Recuerdo un incidente perturbador en particular. Dos geiko mantenían una relación con el mismo hombre, un importante comerciante de sake. Ambas se turnaban para visitar a la esposa y pedirle que se separase de su marido. Atrapado en un dilema imposible de resolver, el hombre se suicidó.

Yo recibí al menos diez proposiciones serias de hombres que me pidieron que considerase la posibilidad de casarme con un hijo o un nieto, pero las rechacé todas sin pensármelo dos veces. Acababa de cumplir los dieciocho (unos dieciocho muy inocentes) y era incapaz de tomarme en serio la idea del matrimonio. Para empezar, no podía imaginar una vida sin el baile.

Durante los años siguientes salí con algunos jóvenes prometedores. Sin embargo, estaba acostumbrada a una compañía tan sofisticada que los hombres de mi edad me parecían sosos y aburridos. Después de ver una película y tomar una taza de té, siempre estaba deseando volver a casa.

Tras la ceremonia del mizuage, el siguiente rito de transición en la vida de una maiko es el *erikae* o «cambio de cuello», momento en que ésta deja de lucir el cuello rojo bordado de bailarina niña y pasa a llevar el cuello blanco de geiko adulta, que suele tener lugar alrededor de los veinte años. A partir de entonces, la posición de la geiko dependerá de la solidez de sus logros artísticos.

Yo planeaba celebrar mi erikae cuando cumpliese los veinte (en 1969). Pero en Osaka estaban organizando una Exposición Mundial para el año siguiente y las autoridades querían contar con el mayor número de maiko posible para entretener a los dignatarios visitantes. Por lo tanto, pidieron la colaboración de la Kabukai, que a su vez nos rogó a todas las que nos encontrábamos en aquella situación que esperásemos otro año para convertirnos en geiko.

Aquel año trabajé para muchas personas importantes. En abril de 1970 me invitaron a un banquete informal en honor del príncipe Carlos de Inglaterra. La fiesta se celebró en el restaurante Kitcho de Sagano, que tiene fama de ser el mejor de Japón.

Era una preciosa tarde soleada y el príncipe Carlos parecía disfrutar de la celebración. Comió cuanto le ofrecieron y afirmó que estaba delicioso. Estábamos sentados en el jardín y el propietario del establecimiento estaba asando unos peces diminutos, la especialidad local, en un brasero. Yo trataba de aliviarme del calor con mi abanico favorito, cuando el príncipe Carlos, sonriente, se dirigió a mí:

—¿Puedo echarle un vistazo?

Solícita, le entregué mi abanico. Sin darme tiempo a reaccionar, sacó una pluma y escribió un autógrafo en él: «Carlos, 70.»

«Ay, no», pensé con estupor. Me encantaba aquel abanico y no podía creer que lo hubiese firmado sin consultarme antes. «Me da igual quién sea —me dije—. Lo que ha hecho es una grosería.» Me lo tendió, por demás convencido de que yo estaría encantada con su gesto.

—Sería un honor para mí que aceptase el abanico como regalo —le indiqué en mi mejor inglés—. Es uno de mis favoritos.

Pareció asombrado.

—¿No quieres mi autógrafo?

—No, gracias.

—Es la primera vez que me dicen algo así.

—En tal caso, por favor llévese el abanico y regáleselo a alguien que desee su autógrafo. Después tengo que asistir a otro banquete y sería una descortesía para con el anfitrión lucir un abanico firmado por otro. Si no quiere llevárselo, yo me ocuparé de él.

—Bueno, sí, gracias. —Todavía parecía confuso. Me devolvió el abanico estropeado.

No tenía tiempo para ir a casa y coger otro, así que llamé por teléfono y ordené a una criada que me lo llevase al lugar de mi siguiente cita. Le di el abanico con el autógrafo del príncipe y le pedí que se deshiciera de él. Más tarde, me encontré con otra maiko que también había asistido a la fiesta en el jardín.

—¿Qué pasó con aquel abanico, Mine-chan?

—No estoy segura. ¿Por qué?

—Porque si tú no lo quieres, me gustaría quedármelo.

—Tendrías que habérmelo dicho antes. Creo que lo han tirado a la basura.

Telefoneó a la okiya de inmediato, pero ya era demasiado tarde: la criada lo había tirado, tal como yo le había ordenado. Mi amiga lamentó la pérdida del *souvenir*, pero yo no, pues, en mi opinión, el príncipe Carlos había estropeado algo precioso.

27

Nunca había estado tan ocupada como durante la Exposición de Osaka. Tenía tantos compromisos con visitantes extranjeros que me sentía como una empleada del ministro de Asuntos Exteriores o de la Casa Imperial. Luego una amiga cayó enferma y prometí reemplazarla en los Miyako Odori, lo que complicó aún más mi apretada agenda. Para colmo, una maiko de la okiya Iwasaki, Chiyoe, decidió fugarse justo en esos momentos y tuvimos que sustituirla.

Había otra geiko que también nos estaba causando problemas. Se llamaba Yaemaru y era insoportable. También era hermana menor de Yaeko (aunque era mayor que yo). Las dos eran tal para cual. Yaemaru bebía demasiado y se emborrachaba casi todas las noches. Las criadas tenían que ir a buscarla a donde estuviese y llevarla a casa, desgreñada y con el quimono hecho un asco. Era un caso perdido.

Cada vez que tía Oima o mamá Masako la amenazaban con echarla, ella les suplicaba que la perdonasen y prometía portarse mejor, pero cumplía su palabra sólo durante un par de semanas y luego volvía a las andadas, una situación que se prolongó durante años.

Se preguntarán por qué la okiya toleraba semejante indisciplina. El motivo es muy simple: Yaemaru tocaba el *taiko*, el tambor, como nadie; era una de las mejores de toda la historia de Gion Kobu. Desempeñaba un papel fundamental en los Miyako Odori y todo el mundo contaba con ella, aunque nosotras nunca sabíamos si iba a presentarse. Llegaba al teatro haciendo eses, tarde y con resaca, pero en cuanto cogía las baquetas experimentaba una especie de transformación. Era magnífica. Nadie podía superarla.

En consecuencia, a pesar de que era un constante quebradero de cabeza, tía Oima y mamá Masako habían pasado por alto sus faltas y la habían protegido. Pero aquella primavera estaba causando demasiados problemas. Y encima Chiyoe se marchó. Un buen día se fugó con su novio, dejando un montón de deudas. Tal como había hecho Yaeko años atrás.

Como atotori, yo era muy consciente de mi responsabilidad económica para con la okiya, de modo que cada vez que Yaemaru estaba demasiado borracha para trabajar, igual que cuando Chiyoe nos dejó en la estacada, me sentía obligada a trabajar aún más. Aunque no sabía gran cosa sobre cuestiones económicas, tenía claro que yo era la principal fuente de ingresos de la casa.

Esa primavera debía bailar en treinta y ocho de las cuarenta funciones de los Miyako Odori. Estaba tan cansada que me costaba mantenerme en pie. Un día me acosté en la habitación de las criadas, que estaba junto al salón de té. La gran maestra vino a verme.

—¿Te encuentras bien, Mine-chan? No tienes buen aspecto. Creo que deberías ir al médico.

—Gracias por su interés, pero me encuentro bien. Se lo prometo. Sólo estoy un poco fatigada. Se me pasará enseguida.

La verdad es que me sentía fatal. Fui gimiendo todo el camino hasta el escenario y, mientras esperaba el momento de entrar en escena, me recosté sobre un cojín detrás de las bambalinas. En el escenario, por extraño que parezca, me sentí mejor.

«Estoy bien —pensé—. Es sólo cansancio. La función terminará pronto y me iré a casa a dormir la siesta.»

Traté de darme ánimos. Al final de la jornada regresé a la okiya y descansé un rato. Luego me levanté, dejé que me vistieran y fui a cumplir con mis compromisos nocturnos.

Cuando estaba a punto de hacer mi entrada en un ozashiki, me sentí tan ligera que creí flotar. De repente oí un fuerte estruendo.

Cuando desperté, me encontraba tendida en una cama. El doctor Yanai me miraba con atención. Yo sabía que él debía asistir al ozashiki.

—¿Qué hace aquí? —pregunté—. ¿Por qué no está en la fiesta?

—Porque te desmayaste y te traje aquí, a mi clínica.

—¿Sí? Imposible.

Lo único que recordaba era la sensación de estar flotando. Había perdido la noción del tiempo.

—Sí, Mineko. Me temo que tienes un problema: tu tensión arterial está a ciento sesenta de máxima.

—¿Ah, sí?

No tenía la menor idea de lo que significaba eso.

—Quiero que mañana vayas al hospital de la Universidad de Kioto, para que te sometan a un reconocimiento exhaustivo.

—No, me encuentro bien. Sólo estoy cansada, porque últimamente he trabajado mucho. Ahora volveré al ozashiki. ¿Quiere acompañarme?

—Escucha a este viejo curandero, Mine-chan. Tienes que cuidarte. Ahora debes volver a casa y meterte en la cama. Prométeme que mañana irás al hospital.

—Pero si estoy bien.

—No me escuchas, Mine-chan.

—Porque estoy bien.

—No estás bien. Si sigues así, podrías morir.

—Ah, las mujeres hermosas siempre mueren jóvenes.

—Esto no es ninguna broma. —Ahora parecía enfadado.

—Lo siento, doctor. Le agradezco mucho su amabilidad. ¿Le importaría llamar un taxi?

—¿Y adónde piensas ir?

—Necesito pasar un momento por el ozashiki para disculparme.

—No te preocupes por eso, Mine-chan. Vete a casa, que yo iré al ozashiki y les transmitiré tus disculpas.

Volví a la okiya y permanecí un rato allí, pero tenía previsto asistir a otro ozashiki y, como me encontraba mejor, decidí ir. En cuanto llegué empecé a sentirme débil y temblorosa, y esta vez sí me preocupé. Quizá fuera cierto que necesitaba una revisión médica. Pero no sabía cuándo tendría tiempo para someterme a ella.

Al día siguiente hablé con mamá Masako.

—Mamá, no me encuentro muy bien. No quiero causar problemas en la okiya, pero ¿te parece que podría tomarme unos días libres?

—Por supuesto, Mine-chan. No te preocupes por el trabajo. No hay nada más importante que tu salud. Mañana a primera hora iremos al hospital para que te examinen y ya veremos qué hacemos luego.

—Pero no quiero tomarme mucho tiempo. No me gustaría retrasarme en mis clases y si dejo de ir a los ozashiki perderé mi puesto. Dejaré de ser la número uno.

—No estaría mal que les dieras una oportunidad a las otras chicas.

—¿No te importaría?

—Claro que no.

No seguimos hablando porque volví a quedarme dormida.

A la mañana siguiente Kuniko me llevó al hospital de la Universidad de Kioto. El jefe de Medicina Interna, el doctor Nakano, me hizo beber una jarra entera de agua para hacerme un análisis de orina. Pero tardé más de tres horas en tener ganas de hacer pis. El médico introdujo un papel en la orina y cuando lo sacó estaba teñido de color verde oscuro. Lo recuerdo porque era mi color favorito.

Me llevaron a un consultorio y, al poco, el doctor Nakano llegó acompañado de unos diez residentes.

—Quítese la blusa.

El único hombre que me había visto sin ropa era mi padre y de eso hacía muchos años, así que no pensaba desnudarme delante de aquellos desconocidos. Al ver que titubeaba, el doctor Nakano me ladró:

—Haga lo que le digo, jovencita. Estas personas serán médicos y están aquí para observar el reconocimiento. Ahora hágase la cuenta que no hay nadie más que yo en la habitación y desvístase de cintura para arriba.

—No me quitaría la blusa aunque no hubiera nadie más que usted en la habitación —aseguré.

Se impacientó.

—Deje de hacerme perder el tiempo y obedezca.

Hice una mueca y obedecí. No pasó nada, aunque tampoco sé qué esperaba que ocurriese con exactitud. Lo cierto es que el médico y los residentes siguieron concentrados en sus asuntos.

Cuando me percaté de que no estaban interesados en mi cuerpo, me olvidé de ellos y eché un vistazo al consultorio. Había una máquina extraña, con un montón de cables colgando, y una enfermera empezó a pegarme unos adhesivos redondos en el pecho para conectarme a aquel artilugio.

El médico lo encendió y aquello comenzó a escupir una tira de papel en la que aparecía impreso un gráfico. Había dos líneas, una recta y otra zigzagueante.

—Esa línea es bonita —comenté—. Me refiero a la recta.

—Me temo que para usted no es muy bonita: significa que su riñón izquierdo no funciona.

—¿Por qué no?

—Tendremos que averiguarlo, pero es posible que necesite una operación. Debo hacerle otras pruebas.

Lo único que yo oí fue la palabra «operación».

—Disculpe, pero creo que será mejor que vuelva a casa y hable de esto con mi madre.

—¿Puede volver mañana?

—No estoy segura de qué compromisos tengo para mañana.

—Señorita Iwasaki, tiene que ocuparse de esto de inmediato. De lo contrario podría tener un problema serio.

—¿Qué clase de problema?

—Podríamos vernos obligados a extirparle un riñón.

Todavía no me había dado cuenta de la gravedad de la situación.

—Yo ni siquiera sabía que tenía dos riñones. ¿No basta con uno? ¿Necesito los dos?

—Sí. No es fácil vivir con un solo riñón. Tendría que someterse a diálisis, con el riesgo de que sufrieran otros órganos internos. Esto es muy grave. Necesito hacer otras pruebas lo antes posible.

—¿Podría hacerlas ahora?

—Sí, siempre que usted esté dispuesta a ingresar en el hospital.

—¿Ingresar? ¿Quiere decir que tendré que pasar la noche aquí?

—Desde luego. Es más, tal vez deba quedarse una semana.

Me sentí como si me hubiese dado un puñetazo en el estómago.

—Pues me temo que no dispongo de tanto tiempo, doctor. Tal vez pueda concederle tres días, pero sería mejor que fueran dos.

—Tardaremos el tiempo que sea necesario. Ahora, haga lo que tenga que hacer para ingresar en el hospital lo antes posible.

Me sentí impotente, como una carpa en una tabla de madera, esperando que la cortasen para hacer *sashimi*.

El médico, tras someterme a un sinfín de pruebas, descubrió que tenía una infección de amígdalas y que la acumulación de bacterias era la causa del fallo renal, así que decidió extirpármelas para ver si de este modo resolvía el problema.

Lo primero que vi cuando entré en el quirófano fue a un hombre de bata blanca que enfocaba mi cara con una cámara de fotos. Sin pensar, le dediqué una gran sonrisa.

El médico me habló con brusquedad:

—Por favor, no preste atención a la cámara y no sonría. Necesito fotografías de esta operación para una conferencia sobre cirugía. Ahora abra la boca...

La enfermera que estaba a mi lado contuvo una risita. Pero debido a la naturaleza de mi trabajo, yo no podía apartar la vista de la cámara. Fue bastante divertido. Al menos durante un minuto. Me habían inyectado anestesia local y, poco después de que el médico comenzase a operar, sufrí una reacción alérgica y me salió un sarpullido en todo el cuerpo que me picaba mucho. Estaba muy incómoda, y no veía la hora de salir de allí y volver a casa.

Tras la operación, me negué a permanecer en el hospital.

—Mis piernas están perfectamente —argüí, e hice los trámites necesarios para continuar el tratamiento como paciente externa.

Regresé a la okiya, pero aún me sentía muy mal. La garganta me estaba matando y no podía tragar ni hablar. El dolor y la fiebre me dejaron tan agotada que permanecí tres días en la cama, casi sin moverme. Cuando por fin fui capaz de levantarme, Kuniko me acompañó al hospital para que me examinasen. En el camino de regreso, al pasar por delante de una cafetería, percibí el delicioso aroma de los bollos calientes. Hacía más de una semana que seguía una dieta líquida y era la primera vez que sentía hambre, de modo que pen-sé que era una buena señal. Pero todavía no podía hablar, de modo que escribí «tengo hambre» en mi bloc de notas y se lo mostré a Kuniko.

—Eso es estupendo —exclamó ella—. Regresemos a casa y démosle la buena noticia a todo el mundo.

Mi nariz quería seguir el aroma de los bollos calientes, pero dejé que Kuniko me llevase a casa. Kuniko le contó a mamá Masako que yo tenía hambre.

—Entonces supongo que es una suerte que esta noche no vayamos a cenar sukiyaki. —Tenía una sonrisa maliciosa en la cara.

Poco antes de la hora de la cena, el aroma de la carne frita llegó a mi habitación desde la cocina. Bajé hecha una furia a la cocina y escribí en mi bloc: «Algo apesta.»

—¿Qué cosa? ¿Esto? —Mamá rió—. Vaya, a mí me parece que huele fenomenal.

«Sigues siendo una vieja arpía. ¡Mira que preparar una comida deliciosa sabiendo que no puedo comer!», escribí.

Mamá Masako estaba tan enfrascada en nuestra pequeña discusión que hizo un amago de escribir su respuesta. Le arrebaté el bloc de las manos.

«No necesitas escribir nada. Mis oídos están muy bien.»

—Oh, tienes razón. —Y se rió a carcajadas de su despiste.

Le pedí un vaso de leche. Bebí un sorbo y sentí un dolor tan grande que se irradió hasta las puntas de mis cabellos. De modo que me fui a la cama hambrienta. Mis amigas tuvieron el detalle de ir a visitarme, pero me exasperaba no poder hablar con ellas. La verdad es que no lo estaba pasando muy bien. Una amiga acudió con un gran ramo de asteres, que estaban fuera de temporada.

—Gracias —dije—, pero habría preferido algo ligero (un eufemismo que empleamos para referirnos al dinero).

—Eres una ingrata. Con lo que me ha costado traerte estas flores...

—No, me refería a una comida ligera. Estoy muerta de hambre.

—¿Y por qué no comes?

—Si pudiera comer, no me estaría muriendo de hambre.

—Ay, pobrecilla. Pero apuesto a que estos asteres tendrán el poder de hacerte sentir mejor —anunció envuelta en misterio—. No los pagué yo: ALGUIEN me pidió que te los trajese. Así que concéntrate en las flores y veremos qué pasa.

—Lo haré —respondí—. Cuando era niña solía hablar con ellas.

Mantuve una seria conversación con las flores, que me dijeron de dónde venían. Yo estaba en lo cierto: me las había mandado el hombre que me había robado el corazón.

Lo echaba muchísimo de menos y estaba impaciente por volver a verlo, pero al mismo tiempo le tenía miedo. Cada vez que pensaba en él, una pequeña puerta se cerraba en mi interior y sentía deseos de llorar. No entendía qué me pasaba.

¿Acaso mi sobrino había arruinado mi vida para siempre? ¿Estaba demasiado asustada para mantener una relación con un hombre? Siempre que pensaba en intimar con alguien, recordaba el horrible abrazo de Mamoru y mi cuerpo se paralizaba de miedo. «Mi verdadero problema no está en mi garganta ni en mis riñones. El médico debería haberme operado del corazón.»

No tenía con quién hablar de esos sentimientos.

28

Su nombre artístico era Shintaro Katsu. Lo conocí a los quince años, en uno de los primeros ozashiki al que asistí después de convertirme en maiko. Él le había pedido a otra maiko que me comunicase que pasase por allí porque quería conocerme.

La maiko me lo presentó con su nombre familiar: Toshio. Era el mejor actor de cine de Japón. Yo lo conocía de oídas, pero como rara vez iba al cine, no reconocí su cara. La cuestión es que no me impresionó. Iba muy desaliñado: vestía un *yukata*, un quimono de algodón, una prenda demasiado informal para asistir a un ozashiki, que encima estaba arrugado, y aún tenía restos de maquillaje en el cuello.

No permanecí más de cinco minutos en el ozashiki y en ningún momento me dirigí a Toshio de forma directa. Recuerdo que pensé: «¡Qué hombre tan desagradable!» Deseé que no volviese a interesarse por mí.

Al cabo de unos días, a la salida de la escuela, pasé por el ochaya. Toshio estaba allí con su esposa y me la presentó. Era una actriz famosa y me alegré de conocerla.

Toshio tenía la costumbre de ir a Gion Kobu casi todas las noches, y a menudo preguntaba por mí. Yo me negaba a verlo siempre que podía, pero el protocolo del karyukai exigía que me presentase de vez en cuando. Le pedí a la okasan del ochaya que lo mantuviese alejado de mí, pero ella tampoco podía hacer gran cosa. Al fin y al cabo regentaba un negocio, y tenía que acceder a las peticiones razonables de sus clientes.

Cierta vez Toshio le rogó al músico que le dejase el shamisen durante unos minutos. Cuando se lo dio, empezó a tocar una balada llamada *Nagare*, «Fluir». ¡Yo no podía creerlo! Toshio tenía un talento increíble. Se me erizó el vello.

—¿Dónde aprendió a tocar así? —le pregunté. Era la primera vez que le dirigía la palabra.

—De hecho, mi padre es el iemoto de la escuela Kineya de baladas para shamisen y toco desde que era muy pequeño.

—Me ha dejado atónita. ¿Qué otros secretos oculta?

La venda cayó de mis ojos y de repente lo vi bajo una luz nueva por completo: aquel hombre no era lo que aparentaba ser.

Sólo por divertirme, le aseguré que asistiría a sus ozashiki con la condición de que él tocase el shamisen para mí. Era una petición impertinente, pero a partir de ese momento empezó a llevar un shamisen a todos los ozashiki que ofrecía. Las cosas continuaron así durante tres años. Él pedía por mí a todas horas, yo iba sólo de vez en cuando y, sobre todo, para oírlo tocar.

Una noche, cuando tenía dieciocho años, fui a la cocina de un ochaya a buscar el sake para un ozashiki. Estaba a punto de subir al segundo piso y vi que Toshio bajaba la escalera. Me sentí incómoda, pues ese mismo día me había negado a asistir a su banquete. Bajó la escalera corriendo y me quitó la bandeja de las manos.

—Ven un momento, Mineko —me indicó, y acto seguido me condujo a la habitación de las criadas.

Antes de que pudiera darme cuenta de lo que pasaba, me rodeó con sus brazos y me besó en la boca.

—Eh, basta. —Forcejeé para soltarme—. Sólo *Gran John*, mi perro, tiene permiso para hacer eso.

Fue mi primer beso. Y no me gustó nada. Pensé que estaba sufriendo un ataque de alergia. Se me pusieron la carne de gallina y los pelos de punta, y un sudor frío cubrió mi cuerpo. Tras pasar por la sorpresa y el miedo, llegué al instante a un estado de incontenible furia.

—¡Cómo se atreve! —exclamé—. ¡No vuelva a tocarme nunca! ¡Jamás!

—Vamos, Mine-chan, ¿no te gusto ni siquiera un poquito?

—¿Gustarme? ¿Qué quiere decir? Esto no tiene nada que ver con que me guste o no me guste.

Me avergüenza confesarlo, pero a los dieciocho años todavía creía que los besos en la boca podían dejar embarazada a una mujer. Estaba aterrorizada.

Corrí al despacho de la okasan y le conté lo que había pasado.

—No quiero volver a verlo nunca. Me da igual cuántas veces pida verme. Es un hombre repugnante y tiene pésimos modales.

Aseguró que exageraba.

—Tienes que madurar un poco, Mine-chan. Sólo ha sido un beso inocente. No hay razón para que te pongas de esa manera. Es un buen cliente y quiero que seas más tolerante con él.

Me explicó que mis temores eran infundados y durante las semanas siguientes me convenció para que aceptase una de las continuas invitaciones de Toshio.

Entré en el ozashiki con recelo, pero enseguida me di cuenta de que Toshio estaba arrepentido y, además prometió que no volvería a ponerme las manos encima. Yo volví a mi rutina de aparecer más o menos una de cada cinco veces que él requería mi presencia.

Una noche me rogó con picardía:

—Ya sé que no se me permite tocarte, pero ¿no podrías poner un dedo, sólo uno, en mi rodilla? Sería una forma de recompensar mis esfuerzos con el shamisen.

Como si tocase algo contaminado, apoyé cuidadosamente la yema del dedo índice en su rodilla. Me pareció un juego.

Después de tres meses de rozarlo con el índice, preguntó:

—¿Qué tal tres dedos?

Y más adelante:

—¿Por qué no cinco dedos?

Y luego:

—¿Y la palma entera?

Por fin, una noche se puso serio.

—Creo que me estoy enamorando de ti, Mineko.

Yo era demasiado inexperta para conocer la diferencia entre el coqueteo y el verdadero amor. Pensé que estaba bromeando.

—Oh, vamos, Toshio-san, ¿cómo es posible? ¿No estás casado? No me interesan los hombres casados. Además, si tienes esposa quiere decir que ya estás enamorado de otra.

—No siempre es así, Mineko. El amor y el matrimonio no siempre van unidos.

—Bueno, no lo sé. Pero no deberías bromear con estas cosas. Tu esposa se sentiría muy mal si te oyera, y estoy segura de que no deseas hacerle daño. Ni tampoco a tus hijos, pues tu principal responsabilidad es hacerlos felices.

Mi padre era el único hombre adulto a quien había conocido de verdad, y todas mis ideas sobre el amor y la responsabilidad procedían de él.

—Yo no quería que esto sucediera, Mineko. Simplemente ocurrió.

—Pues, ya que nada podemos hacer al respecto, será mejor que me olvides de inmediato.

—¿Y qué sugieres que debo hacer para conseguirlo?

—No tengo la menor idea. Y no es asunto mío. Pero estoy segura de que lo lograrás. Además, tú no eres lo que busco. Busco una gran pasión, alguien que haga que me sienta en las nubes y que me enseñe a amar. Por otra parte, quiero convertirme en una magnífica bailarina.

—¿Y cómo es él? Me refiero a tu gran pasión.

—No estoy segura, puesto que aún no lo he encontrado. Pero sé algunas cosas sobre él. No está casado. Es un entendido en arte; así podré contarle las cosas que hago. Nunca me pedirá que deje de bailar. Y es muy listo, porque necesito hacerle muchas preguntas. Creo que es especialista en algo.

Le solté la lista completa de mis pretensiones. Por lo visto, el hombre que tenía en mente era tan completo como mi padre o el doctor Tanigawa.

—¿Y qué hay de mí? —preguntó Toshio, que parecía desolado.

—¿A qué te refieres?

—¿Tengo alguna posibilidad?

—Parece que no, ¿verdad?

—¿Quieres decir que no te gusto nada?

—Claro que me gustas. Pero estoy hablando de otra cosa. Del amor de mi vida.

—¿Y si me divorciase?

—Ésa no es solución. Yo no quiero hacer daño a nadie.

—Pero mi esposa y yo no estamos enamorados.

—Entonces, ¿por qué te casaste?

—Ella estaba enamorada de otro y yo decidí separarla de él. Me lo tomé como un desafío.

—Es la estupidez más grande que he oído en mi vida —espeté, indignada.

—Lo sé. Por eso quiero pedir el divorcio.

—¿Y qué pasará con tus hijos? Yo no podría amar a alguien que trata mal a sus hijos.

Toshio me doblaba en edad, pero cuanto más hablábamos, más me convencía de que la adulta era yo.

—Creo que deberíamos dejar este tema. No dejamos de darle vueltas a lo mismo. La discusión ha terminado.

—Lo siento, Mineko, pero no estoy dispuesto a rendirme. Seguiré intentándolo.

Decidí desafiarlo. Supuse que si le demostraba que era muy difícil de conquistar, él se cansaría del juego y me olvidaría.

—Si de verdad me quieres, demuéstramelo. ¿Recuerdas que la poetisa Onono Komachi obligó al oficial Fukakusa a visitarla cien noches antes de acceder a casarse con él? Bueno, quiero que vengas a Gion Kobu todas las noches durante tres años. Todas, sin excepción. La mayoría de las veces no asistiré a tus ozashiki, pero comprobaré si has venido. Y volveremos a hablar cuando hayas cumplido tu misión.

Jamás pensé que me haría caso. Pero lo hizo: fue a Gion Kobu todas las noches durante los tres años siguientes, incluso en fiestas importantes como Año Nuevo. Y, en cada ocasión, requirió mi presencia en su ozashiki, pero yo me limitaba a acudir una o dos veces por semana. En el transcurso de esos años entablamos una cordial amistad. Yo bailaba, él tocaba el shamisen y hablábamos sobre todo de arte.

Toshio era un hombre muy brillante. Gracias a su formación, tenía una sólida base en las disciplinas estéticas que yo intentaba dominar. Demostró ser un maestro amable y ameno y, una vez que empezó a tomarme en serio, también un perfecto caballero. No volvió a rebasar los límites del decoro y yo dejé de sentirme sexualmente amenazada en su presencia. De hecho, se convirtió en uno de mis clientes favoritos.

Entretanto, yo empezaba a rendirme a sus encantos. Con el tiempo me di cuenta de que sentía por él algo que nunca había sentido por nadie. Aunque no habría podido definir ese sentimiento, tenía la vaga sospecha de que era atracción sexual. Sí lo era; sin lugar a dudas. Me sentía atraída por él. ¡Conque ésa era la emoción de la que tanto hablaba la gente!

Estábamos en ese punto cuando Toshio le pidió a mi amiga que me llevase un ramo de asteres. Era una dulce forma de cumplir su promesa de visitarme a diario.

Al descubrir que las flores eran un regalo de Toshio, me embargó la emoción. No sabía si aquello era amor, pero estaba claro que algo sí sentía: una opresión en el pecho cada vez que pensaba en él. Y pensaba en él a todas horas. No me encontraba cómoda y hacía que aflorase mi timidez. Quería hablar con él de lo que me pasaba, pero no sabía qué decir. Creo que la pequeña puerta de mi corazón empezaba a abrirse. Aunque yo no dejaba de luchar.

Al cabo de diez días me sentí en condiciones de volver a bailar. Aunque aún no podía hablar, mamá Masako anunció que estaba disponible para trabajar y mandó llamar al encargado de vestuario.

Escribí una pila de tarjetas con frases cortas como: «Cuánto me alegro de verlo», «Ha pasado mucho tiempo», «Gracias, me encuentro bien», «Me encantaría bailar», «Mi único problema es la voz». Durante diez días, usé las tarjetas para comunicarme en los ozashiki. De hecho, fue divertido. Las tarjetas y mis pantomimas pusieron una nota graciosa en los banquetes, y los invitados parecían disfrutar de ella.

Mi garganta necesitó para mejorar esos diez días, al cabo de los cuales por fin empecé a tragar sin dolor, y mi riñón regresó de sus vacaciones y comenzó a funcionar con normalidad. Estaba mejor.

La secuela más inquietante de aquel suplicio fue lo mucho que adelgacé. Pesaba cuarenta kilos. Como ya he dicho, el traje de una maiko pesa entre quince y veinte, así que pueden imaginar lo difícil que me resultaba moverme y bailar cuando lo llevaba puesto. Pero estaba tan contenta de volver a mis ocupaciones que perseveré y me obligué a comer cuanto fui capaz. Si no lograba soportar el peso del quimono, no podría trabajar.

Aunque todavía me sentía débil, me las apañé para hacer muchas cosas durante ese período, pues era una época de gran actividad. Hice varias apariciones en el escenario de la plaza de Exposiciones y también trabajé en una película dirigida por Kon Ichikawa (con guión de Zenzo Matsuyama, uno de mis primeros clientes, que se exhibió en el cine estatal Monopoly). Aunque yo estaba tan ocupada que no pude ir a verla.

29

A principios de la década de 1970, Japón empezó a emerger como una gran potencia en el escenario económico internacional y esta evolución se reflejó en mi trabajo. Como representante de la cultura japonesa tradicional, tuve la fortuna de conocer a importantes dignatarios de todo el mundo. Jamás olvidaré un encuentro que me hizo tomar conciencia de nuestra estrechez de miras.

Me invitaron a un ozashiki en el restaurante Kyuyamato. Los anfitriones eran el embajador japonés en Arabia Saudí y su esposa, y los invitados de honor, el ministro árabe del Petróleo, el señor Yamani, y su cuarta esposa. La señora Yamani lucía el diamante más grande que he visto en mi vida. Era enorme. Dejó caer que pesaba treinta quilates. Nadie podía quitarle los ojos de encima. Nuestra anfitriona llevaba un anillo con un diamante pequeño y noté que lo giraba para esconder la piedra, como si estuviera avergonzada de su tamaño. Su gesto me molestó, así que le comenté en japonés:

—Señora, su hospitalidad de hoy, aunque espléndida, refleja los humildes ideales estéticos de la ceremonia del té. Por favor, no oculte su hermoso diamante. No hay razón para privar de su brillo a nuestros invitados, cuya mayor riqueza es el petróleo. Además, que nosotros sepamos, la piedra de la señora Yamani podría ser un trozo de vidrio. Sea como fuere, no brilla tanto como la suya.

Sin inmutarse, el señor Yamani exclamó entre carcajadas:

—¡Qué lista es usted que sabe reconocer un trozo de vidrio!

¡Hablaba japonés! Me dejó atónita. Su respuesta demostró que no sólo había entendido el sentido profundo de mis palabras (en una lengua que la mayoría de los japoneses considera incomprensible para los extranjeros), sino que también era lo bastante sensato para responder con ingenio y buen humor. ¡Qué inteligente! Tuve la impresión de que estaba ante un maestro.

Por cierto: nunca supe si el diamante era auténtico o no.

La Exposición de Osaka terminó el 30 de septiembre de 1970. Ya era libre de celebrar mi siguiente rito de transición y cambiar el cuello de maiko por el de geiko. Había llegado la hora de convertirme en adulta.

—He oído que se necesita mucho dinero para organizar un erikae. Por los quimonos nuevos y todo lo demás. ¿Cómo puedo ayudar?

—¿Tú? Olvídalo; no tienes que hacer nada. La okiya está en condiciones de cubrir los gastos, de modo que déjalo en mis manos.

—Pero mis clientes no han dejado de preguntarme cuánto quiero que me den para el erikae y he estado respondiendo que al menos tres mil dólares. ¿He hecho mal? Lo lamento.

—No, Mineko, está bien. Tus principales clientes querrán contribuir con algo. Forma parte de la tradición, y hará que se sientan bien. Además, les dará un motivo para jactarse ante sus amistades. Así que no te preocupes. Como solía decir tía Oima: «Nunca se tiene demasiado dinero.» Aunque debo decir que la suma que pides no es precisamente módica.

No sé cómo se me había ocurrido esa cantidad. En aquella época solía decir lo primero que me venía a la cabeza.

—Entonces dejaré que hagan lo que quieran y ya veremos qué pasa.

Según mamá Masako, mis clientes aportaron una pequeña fortuna para mi erikae. Aunque nunca supe con exactitud a cuánto ascendió.

El 1 de octubre me peinaron al estilo *sakko*, el que se lleva durante el último mes de maiko. Después, el 1 de noviembre, a medianoche, mamá Masako y Kuniko me cortaron la cinta del moño: mis días de maiko habían terminado.

La mayoría de las jóvenes vive este momento con nostalgia y emoción, pero yo mantuve en todo momento una actitud impasible. Terminé mi carrera de maiko con el mismo sentimiento de ambigüedad con que la había iniciado, aunque por distintas razones. Todavía quería ser bailarina, pero estaba descontenta con las conservadoras y anticuadas normas del sistema. Había expuesto mis opiniones con franqueza desde que era casi una niña y me había quejado en repetidas ocasiones ante la Kabukai, aunque, hasta la fecha, nadie me había hecho el menor caso. Tal vez me escuchasen ahora que era una adulta.

Me tomé el día libre para preparar mi erikae. Hacía frío. Mamá Masako y yo estábamos sentadas junto al brasero, dando los últimos retoques a mi traje.

—¿Mamá?

—¿Sí?

—Eh... No, nada; no tiene importancia.

—¿Qué es lo que no tiene importancia? ¿Qué ibas a decir?

—Olvídalo. Sólo estaba pensando.

—¿En qué? No me tengas sobre ascuas, es exasperante.

No pretendía irritarla, pero las palabras se negaban a salir de mi boca.

—No estoy segura de que seas la persona apropiada para aconsejarme.

—Soy tu madre.

—Lo sé, y respeto mucho tu opinión sobre cuestiones de trabajo, pero se trata de algo diferente. No sé si debo hablar de este asunto contigo.

—Soy Fumichiyo Iwasaki, Mineko. Puedes preguntarme lo que quieras.

—Pero todos los hombres con los que has salido parecen calamares desecados. Después rompen contigo y tú te quedas llorando abrazada a la farola del colmado. Es humillante. Todos los vecinos te ven y exclaman: «Pobre Fumichiyo, ya la han abandonado otra vez.»

Era la pura verdad. A sus cuarenta y siete años, mamá Masako aún no había conseguido formar una pareja estable. Nada había cambiado. Seguía enamorándose cada dos por tres y ahuyentando a sus amantes con su mordacidad. Y era cierto que lloraba abrazada a la farola. Tengo muchos testigos de ello.

—No es una descripción muy halagadora. Creo que no soy la única por aquí que tiene una vena maliciosa. Pero no hablemos más de mí. ¿Qué te pasa a ti?

—Me preguntaba qué se siente al enamorarse.

Sus manos se detuvieron en seco y su cuerpo se tensó.

—¿Por qué, Mineko? ¿Has conocido a alguien?

—Tal vez.

—¿De veras? ¿Quién es?

—Me angustia demasiado hablar de él.

—Si hablases, dejaría de angustiarte.

—Hasta recordar su cara me hace daño.

—Parece que va en serio.

—¿Tú crees?

—Me gustaría conocerlo. ¿Por qué no nos presentas?

—De ninguna manera. En primer lugar, eres un desastre a la hora de juzgar a los hombres. Y en segundo lugar, podrías tratar de quitármelo.

—No soy Yaeko. Te aseguro que jamás entablaría una relación con un novio tuyo.

—Pero te pones tan guapa cada vez que vas a ver a un hombre... Si te lo presento, ¿me prometes que no te acicalarás para conocerlo?

—Sí, cariño, desde luego. Si es lo que quieres, iré con la ropa de andar por casa.

—Entonces veré lo que puedo hacer.

Terminamos con los preparativos para mi erikae, que se celebró el 2 de noviembre de 1970, el día en que cumplí veintiún años.

Mi primer traje de geiko fue un quimono formal de seda negra, con emblemas, dibujos teñidos y caracolas bordadas. El obi de damasco tenía un motivo geométrico rojo, azul y dorado.

Encargamos otros dos quimonos para la primera etapa. Uno era de seda amarilla con aves fénix bordadas con hilo de oro. Llevaba un obi de brocado rojo óxido con un estampado de peonías. El otro era de seda verde claro, con un bordado de pinos y carrozas imperiales doradas, y el obi de brocado negro, decorado con crisantemos.

A partir de ese día, llevaría un cuello blanco cosido a mi nagajuban, lo que significaba que había dejado atrás los rasgos infantiles de maiko. Era una adulta y había llegado la hora de que me responsabilizase de mi vida.

Poco después de mi erikae, el doctor Tanigawa me hizo una interesante proposición. Kunihito Shimonaka, el presidente de la editora Heibon, quería dedicar un número entero de la revista *El Sol* a la historia y las costumbres de Gion Kobu. El doctor Tanigawa me había recomendado para que trabajase en el proyecto y, al igual que varias amigas mías, accedí de buen grado.

Trabajamos bajo la supervisión editorial de Takeshi Yasuda y pronto me sentí como una auténtica periodista. Nos reuníamos una vez al mes y tardamos un año entero en terminar los artículos. Este número especial se publicó en mayo de 1972 y se agotó de inmediato. Se reeditó varias veces.

Aquel proyecto hizo que me sintiera muy orgullosa de mí misma y me colmó de satisfacción. Gracias a él caí en la cuenta de que podía haber una vida diferente para mí fuera de los lujosos confines de Gion Kobu. Pero aún trabajaba tanto como cuando era maiko: entre otras cosas, asistía a varios ozashiki por noche y bailaba de manera regular en público.

Una noche me llamaron del ochaya Tomiyo. El señor Motoyama, presidente de la firma de alta costura Sun Motoyama, iba a dar un ozashiki en honor de Aldo Gucci, el diseñador de moda italiano.

Esa noche me vestí con especial esmero. El cuerpo de mi quimono era de crespón de seda negro y la cola estaba decorada con una exquisita escena de grullas arracimadas en un nido. El obi era de la misma tonalidad rojiza del crepúsculo en las salinas y estaba teñido con un motivo de arces.

Yo me senté junto al señor Gucci, quien, de forma accidental, salpicó mi quimono con salsa de soja. Se quedó tan compungido que me apresuré a buscar la manera de tranquilizarlo.

—Ha sido un gran honor conocerlo, señor Gucci —afirmé. Y añadí con naturalidad, como si no fuese una petición extraña—: ¿Le importaría darme un autógrafo? —Respondió que sí y sacó una pluma—. ¿Podría firmarme el quimono? Aquí, en el forro de la manga.

El señor Gucci firmó la seda roja con tinta negra. Puesto que el quimono había quedado inservible, no me preocupó que terminara de estropearlo. Lo importante era que se sintiese bien.

Aún conservo aquel quimono. Siempre quise regalárselo, pero, por desgracia, no he tenido ocasión de volver a verlo.

El quimono de una geiko es una obra de arte y yo jamás usaría uno que no estuviese en perfectas condiciones. Cada quimono de maiko o de geiko es único. Muchos tienen nombre, incluso como las pinturas, y les concedemos el mismo valor que a éstas. Por eso recuerdo con tanta precisión todos los quimonos que he usado.

Cuando era geiko encargaba un quimono nuevo todas las semanas, pero no me lo ponía más de cuatro o cinco veces. No sé cuántos tuve en el transcurso de mi carrera, pero calculo que fueron más de trescientos. Y cada uno de ellos —sin contar los que encargaba para ocasiones especiales, que eran carísimos— costaba entre cinco mil y siete mil dólares.

Los quimonos eran mi pasión y participaba de forma activa en su diseño. Nada me gustaba tanto como reunirme con el venerable señor Iida en Takashimaya, o con el señor Saito en Gofukya, o con los expertos profesionales de Eriman en Ichizo, para exponerles mis ideas sobre nuevos dibujos y combinaciones de colores.

Las demás geiko me copiaban los trajes en cuanto los estrenaba y yo solía regalar mis quimonos usados a cualquier hermana mayor o menor que me lo pidiese. Nos educan desde la infancia para recordar los quimonos de la misma manera que se recuerdan las obras de arte, de modo que siempre que alguien lucía un quimono que había pertenecido a otra, nos dábamos cuenta al instante. Y es que la vestimenta era un signo evidente de la posición jerárquica de una geiko.

Aunque todo esto parezca extravagante, es el eje de una actividad comercial de gran alcance.

La industria del quimono es una de las más importantes de Japón. Puede que yo estuviese en condiciones de comprar más ropa que otras geiko, pero todas necesitábamos una provisión constante. Imaginen cuántos quimonos encargan al año las maiko y las geiko de Gion Kobu y de los otros cuatro karyukai. El sustento de miles de artesanos —desde los que tiñen la seda hasta los diseñadores de los accesorios para el cabello— depende de estos pedidos. Aunque no sean los clientes que frecuentan Gion Kobu los que compran estas prendas, sí es cierto que un importante porcentaje del dinero que gastan sirve para mantener esta actividad. Por tal motivo, yo siempre tuve la impresión de que éramos imprescindibles para mantener viva esta industria tradicional.

No pensaba en los quimonos en términos económicos, sino que los veía tan sólo como un componente esencial de mi oficio y sabía que cuanto mayor fuera su calidad, mejor cumpliría yo con mi trabajo. Los clientes van a Gion Kobu para deleitarse con las habilidades artísticas de las maiko y las geiko, pero también con su estética. Y por mucho talento que tengan, sus esfuerzos serán en vano si no lucen las prendas adecuadas en público.

Yo aún no tenía un concepto claro de lo que era el dinero. Rara vez lo veía o tocaba, y nunca pagaba nada personalmente. Cada noche recibía los sobres con la propina, y ahora sé que en ellos debía de haber miles de dólares, pero lo cierto es que no les daba importancia. A menudo extraía un sobre de mi manga y se lo entregaba, también como gratificación, al *kanban* de la cocina o al hombre que recogía los zapatos en el vestíbulo del ochaya.

Pero siempre había más. Por las noches, cuando llegaba a casa y me quitaba el quimono, caían al suelo un montón de sobres blancos. Nunca los abría para ver qué había dentro; me limitaba a dárselos al personal de la okiya como muestra de gratitud, ya que mi diaria metamorfosis en «Mineko de Iwasaki» no habría sido posible sin aquellas personas.

Había oído a mucha gente mencionar la cifra «cien mil» (mil dólares) mientras hablaban de cuestiones económicas. Un día me picó la curiosidad y le pregunté a mamá Masako:

—¿Qué aspecto tienen cien mil yenes?

Sacó una cartera del obi y me enseñó diez billetes de diez mil yenes (que se correspondían con diez billetes de cien dólares).

—No es gran cosa —comenté desilusionada—. Creo que debería trabajar más.

30

Aunque en muchos sentidos seguía siendo una ingenua, pensé que ahora que era adulta debía abandonar la okiya e irme a vivir sola. Se lo comuniqué a mamá Masako. Se mostró escéptica, pero no trató de impedírmelo.

—Es una idea interesante. Me parece bien que lo intentes, aunque dudo que puedas arreglártelas sola.

En febrero de 1971, con veintiún años, alquilé un apartamento en la avenida Kitashirawa, por el que iba a pagar cien mil dólares mensuales, una suma exorbitante para la época. Contraté a profesionales para que hicieran la mudanza y decorasen el apartamento.

En cuanto estuve instalada, fue a visitarme una amiga.

—Esto es precioso, Mineko. Enhorabuena.

—Gracias, Mari. ¿Te apetece una taza de té?

—Sí, te lo agradezco.

Me sentía muy mayor. Fui a la cocina a preparar el té. Puse agua en el hervidor y éste sobre la cocina. Pero no pasó nada. El fuego no se encendió. No sabía qué hacer. Entonces caí en la cuenta de que nunca había usado una cocina.

—¿Por qué tardas tanto? —preguntó Mari, asomando la cabeza por el quicio de la puerta.

—Ay, lo siento. No sale gas y la llama no se enciende.

—Porque no has hecho esto. —Encendió el quemador.

Me quedé atónita. Parecía un truco de magia.

Mari sigue contando esta anécdota, que todavía provoca carcajadas.

Un día decidí limpiar el apartamento y saqué la aspiradora del armario. La empujé, pero no se movió. Pensé que estaba averiada y llamé a casa. El técnico que solía trabajar para la okiya acudió de inmediato y se dio cuenta de lo que ocurría en el acto.

—El problema con los electrodomésticos, Mine-chan, es que no funcionan a menos que se enchufen.

—¿O sea que la aspiradora no está rota?

Me sentí muy avergonzada.

En otra ocasión me decidí a cocinar. Y empecé por el arroz. Ya había hecho el pedido a la tienda. Abrí el flamante bote para arroz que estaba en la encimera de la cocina, pero dentro no había nada. Contrariada, llamé a casa.

—No he recibido el pedido de Tomiya. ¿Habéis olvidado pagar la cuenta?

Mamá telefoneó a la tienda y el propietario, que nos había servido durante años, fue a verme de inmediato.

Empecé a quejarme en cuanto lo vi.

—No debería tratarme así, abuelo. Necesito mi pedido.

—Está ahí, en la entrada. En la bolsa que pone «arroz».

—Pero ¿por qué no está en el bote? Lo abrí y estaba vacío.

—Mi trabajo es traer el arroz a su puerta, Mine-chan. Es usted quien debe ponerlo en el bote.

Antes de mudarme fui a unos grandes almacenes, compré todo lo que necesitaba —muebles, ropa blanca, platos y utensilios de cocina— y pedí que lo cargasen en la cuenta de la okiya. No me molesté en mirar los precios. Mamá se escandalizó al recibir la factura, pero pagó sin rechistar.

En aquellos tiempos todavía pagábamos las pequeñas compras en efectivo, pues no existían las tarjetas de crédito, y no podía pedir que me cargasen en cuenta cosas como los comestibles, por ejemplo.

Tendría que ir a comprarlos yo misma, de manera que mamá me entregó una suma de dinero para imprevistos.

—Necesitarás dinero para comida —me explicó, a la vez que me daba cinco mil yenes.

Los metí en mi bolso y salí a hacer la compra por el barrio. Encontré una carnicería, una pescadería y una tienda de ultramarinos. No tenía idea de lo que costaban las cosas, pero supuse que el dinero me alcanzaría.

Primero entré en una verdulería. Compré patatas, zanahorias y un *daikon*, un rábano oriental. Saqué un billete de diez mil yenes (cien dólares) y se lo entregué al dependiente. Mi corazón latía a toda velocidad: era la primera vez que le daba dinero de verdad a alguien.

Después de pagar, cogí la compra y salí muy ufana de la tienda. Pero el dependiente corrió detrás de mí, gritando algo. Convencida de que había cometido un terrible error, empecé a disculparme a voz en cuello:

—Lo siento mucho. No estoy acostumbrada a estas cosas. No lo he hecho a propósito. Discúlpeme.

El hombre debió de tomarme por loca.

—No sé de qué habla, señorita, pero se deja la vuelta.

—¿La vuelta? ¿Qué vuelta?

—Su cambio, señorita. Cójalo, por favor. Lo siento, pero estoy ocupado y no tengo tiempo para juegos.

Y así aprendí lo que era la vuelta.

¡Ya sabía comprar!

Llegué a casa con la sensación de haber hecho algo importante y decidí cocinar. Preparé una olla grande de *nikujaga*, una especie de guiso de carne y patatas. Había suficiente para diez personas. Tardé desde el mediodía hasta las cuatro de la tarde. Cuando me pareció que estaba listo, lo envolví, llamé un taxi y lo llevé con cuidado a la okiya.

—He cocinado para todas —anuncié con orgullo—. ¡Venid! ¡Comed y disfrutad!

Mi familia se sentó obedientemente a la mesa y probó la comida. Todos tomaron un bocado e intercambiaron miradas. Nadie dijo nada, pero tampoco masticaban.

—No está mal para ser tu primer intento —comentó Kuniko por fin.

Mamá Masako y tía Taji tenían la vista fija en el plato. Aún no habían dicho una palabra. Las presioné.

—«Deléitate y da gracias por cualquier alimento que te ofrezcan.» ¿No es eso lo que nos enseñó Buda?

—Sí —respondió mamá—, pero todo tiene un límite.

—¿Qué quieres decir?

—Mineko, ¿te has molestado en probar la comida antes de servirla?

—No ha sido necesario. Sé que está buena por el aroma que desprende.

Esto demuestra lo poco que sabía de cocina.

—Vamos, come un poco.

Era la cosa más extraña que he probado en mi vida. De hecho, me costaba creer que hubiera podido crear un plato con un sabor tan raro.

Mi primer impulso fue escupirlo, pero me contuve. Si las demás habían sido capaces de tragar un par de bocados, yo también lo haría. Recordé un dicho de mi padre: «El samurái no se deja amilanar por el hambre.» Lo adapté a las circunstancias —«El samurái no se deja amilanar por la comida»— y tragué, aunque con esfuerzo. Luego me levanté de la mesa.

—Podría estar mejor —objeté y me dispuse a partir.

—¿Qué hacemos con los restos? —preguntó Kuniko a mi espalda.

—Tíralos a la basura —respondí mientras caminaba a buen paso en dirección a la puerta.

Mis perspectivas de llevar una vida independiente no pintaban bien.

Iba todos los días a la okiya a vestirme para el trabajo. Mamá Masako no dejaba de preguntarme cuándo conocería a mi pretendiente. Yo aún no había visto a Toshio fuera del ochaya, pero nuestro contrato de tres años vencería en mayo. De modo que supuse que me convenía contar con la aprobación de mamá e hice los arreglos necesarios para presentarlos.

—Prométeme que te vestirás con la máxima sencillez posible —le pedí una y mil veces.

Apareció ataviada como si fuese a una boda. Llevaba un quimono formal de color negro.

—¡Mamá! ¿Qué haces con ese traje? ¡Me lo prometiste! Vuelve a tu habitación y ponte algo menos ostentoso.

—Pero ¿por qué? ¿No quieres que esté guapa para conocer a tu amigo?

—Cámbiate, por favor.

—¿Y qué me pongo?

—Cualquier trapo viejo.

—No te entiendo, Mineko. La mayoría de las jóvenes quiere que su madre tenga buen aspecto.

—¡Pues yo no! Sobre todo si pareces más hermosa que yo.

Nos encontramos con Toshio en el ochaya de costumbre. Pero la reunión no marchó bien. Yo estaba muy nerviosa, pues una cosa era pensar en Toshio como cliente y otra muy distinta verlo como novio. Me sentía cohibida en extremo, angustiada, y no sabía qué decir. Me ruborizaba por todo de la cabeza a los pies y tenía la mente en blanco. Lo cierto es que sufrí un auténtico calvario.

Cuando fui a servir el sake, noté que me temblaba la mano: mi compostura profesional se había esfumado. Al llegar a casa, mamá Masako se burló de mí, sin compasión.

—Nunca te había visto tan alterada, Mine-chan. Oíd todas: fue divertidísimo. Nuestra princesita estaba roja de vergüenza. Temblaba tanto que no podía servir el sake. Y se quedó sin palabras. Es estupendo: creo que por fin he encontrado tu punto flaco.

Siempre supe que sería un error presentarlos.

31

El 23 de mayo de 1971, justo tres años después de mi desafío, Toshio me envió un mensaje a través de la okasan de su ochaya: quería que me encontrase con él en la hostería Ishibeikoji. En su nota decía que no era necesario que fuese vestida de geiko, lo que significaba que no se trataba de un ozashiki, sino de una cita privada. Además, me emplazaba allí al mediodía.

En consecuencia, llevé un sencillo quimono de seda de Oshima negra con un estampado de rosas rojas y un obi blanco con hojas de arce bordadas en negro.

Cuando llegué a la hostería, Toshio estaba jugando al *mahjong* con un grupo de amigos. El juego terminó pronto y los demás se marcharon.

Exceptuando el día en que me había robado un beso, era la primera vez que estaba a solas con él.

No se anduvo con rodeos.

—He venido a verte todas las noches durante los últimos tres años, tal como me pediste; así que ahora quiero que hablemos de nosotros. ¿Tengo alguna posibilidad? ¿Qué piensas?

Yo no pensaba. Sentía. Sabía que Toshio tenía esposa e hijos, pero en ese momento no me importaba. Era superior a mis fuerzas. Respondí con franqueza.

—No estoy segura, porque esto no me había ocurrido antes, pero creo que estoy enamorada de ti.

—En tal caso, debemos hacer lo necesario para estar juntos —respondió.

Bajé la vista con decoro y asentí en silencio. Nos levantamos y fuimos a ver a la okasan de su ochaya. Dudo que las palabras de Toshio le sorprendiesen.

—Usted es uno de mis clientes más queridos, Toshio-san —respondió—, y ambos parecen enamorados. Por eso estoy dispuesta a participar en las negociaciones. Sin embargo, es preciso seguir los cauces reglamentarios. De manera que, si quiere estar con Mineko, Toshio-san, primero ha de pedir la autorización a su familia.

Yo conocía las normas, pero estaba tan nerviosa que las había olvidado.

El «mundo de la flor y el sauce» es una sociedad diferente, con sus propias normas y leyes, con sus propios ritos y ceremonias. Permite las relaciones sexuales fuera del matrimonio, pero sólo si éstas se adecuan a ciertas reglas.

En Japón, la mayoría de las relaciones largas, como las que se establecen entre hombre y mujer o entre maestro y discípulo, son concertadas por una tercera parte que continúa actuando como mediadora incluso después de que el vínculo se ha formalizado. Por eso madre Sakaguchi, que había solicitado a la iemoto que me diese clases, seguía dispuesta a intervenir cada vez que surgía un problema. De igual modo, la okasan del ochaya asumió un importante compromiso cuando se ofreció a participar en las negociaciones, pues significaba que aceptaba actuar como mediadora. Siguiendo su consejo, nos dirigimos de inmediato a la okiya para hablar con mamá Masako.

—Yo creo que las personas que se aman deben estar juntas —dictaminó ella, tan romántica como siempre.

Toshio le prometió que se divorciaría de su esposa y mamá Masako nos dio su bendición.

Alegando que estaba enferma, cancelé todas mis citas para el resto del día y regresé a la hostería con Toshio. Fuimos a su habitación. Al principio, ninguno de los dos habló, y nos limitamos a permanecer sentados, disfrutando de la presencia del otro. Al final, poco a poco, acertamos a hilvanar retazos de conversaciones que, por puro hábito, giraron en torno a la estética. Y fue así como nos llegó la noche.

Una camarera nos sirvió la cena en la habitación, pero yo no pude probar bocado. Regresó más tarde para anunciar que el baño estaba listo, aunque como ese día ya me había bañado dos veces, al levantarme y antes de vestirme para ir a ver a Toshio, decliné la invitación.

No tenía intención de pasar la noche allí, de modo que me sorprendí cuando la camarera desplegó dos futones, uno al lado del otro. Como no sabía qué hacer, seguí hablando. Conocedora del inagotable interés de Toshio por el arte, saqué un tema tras otro: música, danza, teatro... Cuando me di cuenta, era más de medianoche.

—¿No quieres dormir, Mineko? —preguntó Toshio.

—Gracias —respondí con toda la vitalidad que fui capaz de fingir—, pero yo no duermo mucho. La verdad es que aún no tengo nada de sueño, pero ¿por qué no te acuestas y descansas?

Aunque estaba haciendo un esfuerzo sobrehumano por mantener los ojos abiertos, tenía la esperanza de que Toshio se durmiese y me evitase tomar una decisión. Se tendió en el futón, sin taparse, y continuó hablando. Yo permanecí donde estaba, sentada ante una mesa baja. Ninguno de los dos se movió de su sitio hasta que el cielo comenzó a clarear.

A esas alturas yo era incapaz de mantener la cabeza erguida y decidí tumbarme un rato, pero decidida a no dormirme. Me acosté con recelo en el segundo futón y, ya que me pareció descortés darle la espalda a Toshio, me acurruqué de cara a él. Al instante me pidió que me acercase.

—Lo siento —respondí—, pero no puedo.

De modo que fue él quien dio el primer paso y se aproximó un poco. Luego me rodeó con un brazo y tiró de mí, abrazándome. Yo me mantuve rígida como un junco, aunque por dentro temblaba y tenía ganas de llorar. Creo que no nos movimos hasta que terminó de salir el sol.

—Tengo que ir a clase —le comuniqué, mientras me levantaba para marcharme. Así terminó nuestra primera noche juntos.

Ahora que era una geiko de verdad, empecé a tomarme tiempo libre: una semana en febrero, después de la fiesta de *Setsubun*, y otra en verano. Además, hice planes para disfrutar de unas breves vacaciones cuando terminasen los Gion Matsuri. Toshio debía viajar a Brasil por negocios, así que decidimos aprovechar esa inesperada oportunidad y reunirnos en Nueva York cuando él terminase.

Toshio hizo escala en el aeropuerto Kennedy en el trayecto de regreso a Japón y yo tomé un vuelo de PanAm para encontrarme con él. Tuvo que esperarme durante seis horas. No estaba acostumbrado a esperar, aunque sí a hacer esperar a otros, así que temí que no estuviera allí a mi llegada. Pero estaba y me alegré muchísimo de verlo cuando bajé del avión.

Nos dirigimos al Waldorf Astoria. En el vestíbulo, mientras nos registrábamos, nos encontramos con Elizabeth Taylor y mantuvimos una breve conversación con ella. Pero estábamos impacientes por subir a la habitación y nos escabullimos en cuanto nos lo permitieron las reglas de cortesía.

No veía la hora de estar a solas con Toshio, de modo que en cuanto el botones cerró la puerta, me volví hacia él. Entonces prorrumpió en sollozos. Era la primera vez que yo veía llorar a un hombre adulto.

—Ay, cariño, ¿qué pasa? ¿Qué tienes?

—Por mucho que lo he intentado, mi esposa se niega en redondo a concederme el divorcio y ya no sé qué más hacer. Parece que da igual lo que haga o lo que diga.

Estaba desesperado. Durante horas habló de su esposa, de sus hijos, de la angustia que le causaba esa situación. Yo estaba demasiado preocupada por él para pensar en mí, pues no soportaba verlo sufrir. Por fin me acerqué a él, por primera vez, y lo abracé. Sentí que se fundía entre mis brazos: «Esta intensa unión es amor —pensé—. Ya lo he encontrado.»

Puse dos condiciones definitivas para continuar con nuestra relación.

—Seguiré a tu lado durante todo el tiempo que tardes en convencerla. Pero tienes que prometerme dos cosas: no me ocultarás nada y nunca me mentirás. Si lo haces, todo habrá terminado. No haré preguntas. Tú seguirás tu camino y yo el mío.

Me lo prometió y me entregué a él.

Me sorprendió el poder del deseo animal que despertamos el uno en el otro. Le amé con pasión, sin sentir timidez ni vergüenza, y, por fin, el fantasma del ataque de mi sobrino quedó enterrado para siempre en aquel lecho.

Cuando vi las sábanas manchadas de sangre, mi corazón se llenó de alegría, pues acababa de entregar a Toshio mi posesión más preciada y lo había hecho por amor. En cierto sentido, fue la primera vez para los dos: me confesó que nunca había desflorado a una mujer. Mi felicidad era indescriptible.

Esa noche debíamos asistir a una fiesta organizada por un grupo de admiradores de Toshio. Él terminó de arreglarse antes que yo, así que le indiqué que se adelantase mientras yo me daba un baño y me ponía el quimono, y le anuncié que me reuniría con él al cabo de media hora.

Cuando salí de la bañera y fui a abrir la puerta del cuarto de baño, descubrí que el pomo no giraba. Estaba roto. Tiré de él y empujé la puerta, pero no conseguí que se abriese. Empecé a golpearla, aun sabiendo que Toshio ya se había marchado y nadie podía oírme. Desconcertada, miré alrededor y, quién lo iba a decir, hallé un teléfono junto al espejo. Descolgué el auricular. No tenía tono. Apreté la horquilla unas cuantas veces, pero no pasó nada. No podía creer que tanto el pomo de la puerta como el teléfono estuvieran averiados, y nada más y nada menos que en el Waldorf Astoria.

Permanecí tres horas encerrada en aquel cuarto de baño. Estaba angustiada y tenía frío. Por fin, oí un ruido en la habitación: Toshio llamó a la puerta.

—¿Qué haces ahí, Mineko?

¡Al menos uno de los dos conservaba la calma!

Alarmado por el histerismo de mi voz, corrió a buscar a alguien que me rescatase. Me alegré muchísimo de verlo, pero estaba demasiado cansada para salir. ¡Pobre Toshio! Había estado tan distraído en la fiesta que había perdido la noción del tiempo y ahora se sentía fatal. Fue gracioso. De hecho, era un hombre muy considerado. Salvo por este pequeño incidente, pasamos cuatro días maravillosos en Nueva York.

Yo había encontrado lo que buscaba. Estaba perdidamente enamorada y la fuerza de nuestra pasión cambió mi vida. Influyó especialmente en mi forma de bailar, pues por fin adquirí la expresividad que había anhelado durante tanto tiempo. Las emociones parecían fluir desde mi corazón a cada movimiento y cada gesto, dotándolos de mayor significación y grandeza.

Toshio participó de manera consciente y activa en este proceso, y fue un crítico severo. Puesto que nuestra pasión era fruto del amor que ambos sentíamos por la excelencia artística, ésta siguió siendo su base hasta el final. No tuvimos la clase de relación en la que dos personas se hacen cariñitos mientras se susurran ternezas al oído.

Como actor, Toshio había investigado los límites de la expresión durante más años de los que yo llevaba como bailarina, de modo que en ese aspecto era mucho más maduro que yo y, aunque nuestras disciplinas artísticas eran diferentes, podía y quería ofrecerme consejos precisos y acertados.

El estilo Inoue se caracteriza por su capacidad para expresar grandes emociones con gestos contenidos y delicados. Es el aspecto más difícil de esta modalidad de danza, pero Toshio sabía cómo afrontar el desafío y, así, mientras que la gran maestra me enseñaba la técnica, Toshio fue capaz de contagiarme de su expresividad.

A veces, si al pasar junto a un espejo hacía un movimiento inconsciente y Toshio me veía, me indicaba:

—¿Por qué no lo haces así?

Sus sugerencias eran siempre adecuadas y a menudo yo dejaba lo que estaba haciendo y me ponía a ensayar el movimiento que me indicaba de inmediato, una y otra vez.

Aunque vivíamos como pareja, teníamos que mantener nuestra relación en secreto ante nuestros conocidos, pues él seguía siendo un hombre casado. Y cuando estábamos en público, tampoco hacíamos nada que pudiera delatarnos. Pero resultaba difícil, de manera que aprovechábamos cualquier oportunidad para viajar al extranjero. No tenemos ni una sola fotografía en la que se nos vea juntos, ni siquiera de nuestras excursiones turísticas por parajes exóticos.

En 1973 hicimos otra escapada a Nueva York, aunque en esta ocasión nos alojamos en el hotel Hilton. El señor R. A. ofreció una fiesta en nuestro honor, y Toshio me presentó como su novia. Yo estaba eufórica: de verdad creía que en cualquier momento me convertiría en su esposa. La prensa se enteró de que yo tenía una aventura con una celebridad y los reporteros gráficos me persiguieron durante semanas. Pero lo gracioso es que se equivocaron de hombre y supusieron que estaba saliendo con otro. Toshio tenía una casa enorme en un barrio residencial de Kioto y otra en Tokio, pero pasaba casi todas las noches conmigo. Mi apartamento se convirtió en nuestro particular nido de amor.

En cuanto Toshio se sintió cómodo en mi casa, descubrí una faceta inesperada de su carácter: era ordenado en extremo, meticuloso, pulcro. Fue una suerte para los dos, teniendo en cuenta lo mal que se me daban las tareas de la casa. Cuando tenía tiempo libre y estaba solo, limpiaba el apartamento de arriba abajo. Frotaba todas las superficies, incluyendo las de la cocina y el cuarto de baño, primero con un trapo húmedo y luego con otro seco, tal como me había enseñado mi madre. Sin embargo, cuando a mí me daba por limpiar me limitaba a pasar la aspiradora por el salón y a quitarle el polvo a la mesa de centro.

He de decir, en mi defensa, que estaba muy ocupada. Mi ritmo de actividades era tan frenético como cuando vivía en la okiya y, encima, tenía que ocuparme de mi casa. Cada tarde iba a la okiya a prepararme para el trabajo, pero en el apartamento no había una brigada de criadas que adecentase lo que yo desordenaba.

Casi siempre me las ingeniaba para salir airosa, pero en ocasiones Toshio ponía a prueba mi competencia, como cuando hizo una película en un estudio de Kioto y empezó a aparecer a última hora de la noche, acompañado de unos diez colegas. Yo volvía a casa tras una dura jornada de trabajo y él preguntaba:

—¿Qué podemos darle de cenar a esta gente?

Entonces, yo preparaba algo echando todo lo que encontraba en una olla grande. He de reconocer que mis primeros experimentos culinarios no fueron del todo satisfactorios, pero con el tiempo fui mejorando. Toshio se cercioraba de que todo el mundo tuviera la copa llena, y nadie se iba de nuestra casa hambriento o sediento. Acabé aficionándome a aquellas fiestas improvisadas.

Toshio era un hombre extraordinariamente cordial y sociable. Se le daban muy bien las tareas domésticas y hablaba con mucho afecto de sus hijos. Yo no entendía por qué no había funcionado su matrimonio.

32

En la ciudad de Hakata, en Kyushu, se celebra a principios de mayo un festival llamado *Dontaku*, al que solían invitarme cada año. Yo viajaba desde Tokio con un grupo de geiko, y siempre me alojaba en el mismo hotel, comía en el mismo restaurante, disfrutaba con la compañía de la comunidad de geishas local y compartía habitación con mi querida amiga Yuriko.

Una tarde, mientras charlábamos, salió el tema del «peregrinaje silencioso», una ceremonia que tiene lugar durante el Festival de Gion, aunque poca gente la conoce. Circulaba el rumor de que Yuriko participaba en esta peregrinación secreta y quise saber si era cierto.

El Festival de Gion, de tradición milenaria y uno de los tres más importantes de Japón, se celebra en Kioto todos los años, desde finales de junio y hasta el 24 de julio, y comprende una serie de ceremonias y ritos sintoístas. El 17 de julio se invoca a los dioses locales para que acudan en sus sagrados palanquines, conocidos como *omikosi*, y convivan con la comunidad durante la última semana del festival. En otras palabras, los dioses viajan a hombros de los portadores desde su residencia principal, en el templo de Yasaka, hasta sus santuarios temporales en la avenida Shinkyogoku, pasando por la calle Shijo. El peregrinaje silencioso tiene lugar durante esa semana.

—A mí también me gustaría participar en el peregrinaje. ¿Qué tengo que hacer para que me acepten? —le pregunté a Yuriko.

—No es como ingresar en una secta, pues es algo que uno decide por sí mismo y hace a solas, en privado. Sin embargo, si quieres que se cumplan tus plegarias, dicen que debes hacer el peregrinaje durante tres años seguidos —respondió—. Y no puedes contárselo a nadie, para que sea efectivo. Has de hacer el peregrinaje en silencio, sin alzar la vista del suelo y sin mirar a nadie, concentrada por completo en aquello que está oculto en tu corazón y en tus plegarias, que son el auténtico motivo de la peregrinación.

La descripción que hizo mi amiga me conmovió. Yuriko tenía unas facciones peculiares, alejadas del ideal de belleza clásico japonés. Sus ojos eran muy hermosos, grandes y de color castaño claro. No me contó con exactitud lo que yo quería saber, pero su sonrisa me reveló la verdad.

No podía dejar de preguntarme por qué Yuriko había decidido hacer el peregrinaje. ¿Qué deseaba con tanta desesperación? Traté de sonsacárselo en varias ocasiones, pero ella siempre se las ingeniaba para cambiar de tema. Al final mi perseverancia se vio recompensada, porque mi amiga se dio por vencida y me narró su historia.

Era la primera vez que le oía hablar de su infancia.

Me contó que había nacido en febrero de 1943, en un pueblo llamado Suzushi y situado en la costa del mar de Japón. Procedía de una familia que se había dedicado a la industria pesquera durante generaciones. Su padre, que tenía una próspera compañía de mariscos, solía visitar Gion Kobu en su juventud.

Su madre había muerto poco después de que ella naciera, de modo que, cuando aún era una niña de pecho, la enviaron a vivir con unos parientes ricos. Durante la guerra, los militares requisaron la empresa de su padre para reconvertirla en un fábrica de municiones. Pero él siguió pescando y, tras el conflicto, reemprendió sus negocios y, poco a poco, prosperó de nuevo. Aunque no fue a buscar a Yuriko, quien continuó pasando de pariente en pariente.

En el momento en que su situación económica mejoró, el padre de Yuriko volvió a frecuentar Gion Kobu y reanudó su amistad con cierta geiko, con la que terminó casándose. Por fin la niña regresó a casa de su padre y, poco después, le nació una hermanita. Supongo que fue la primera vez que Yuriko se sintió amada y segura. Aunque su felicidad duró poco, pues la compañía de su padre quebró y él, sumido en la desesperación y sin saber a quién recurrir, ahogó sus penas en alcohol hasta que se ahorcó ante los inocentes ojos de su joven hija.

La madrasta de Yuriko no supo qué hacer y volvió a enviarla a vivir con los parientes de su marido, pero la familia que la acogió la trataba como a un animal de carga y ni siquiera le compraba zapatos. Acabaron por entregarla a cambio de dinero a unos *zegen*, los traficantes de esclavas que recorrían las zonas rurales y compraban niñas para venderlas luego como prostitutas, una práctica que se prohibiría poco más tarde, en 1959, cuando se declaró ilegal la prostitución. La cuestión es que mi amiga Yuriko acabó en un establecimiento de Shimabara, el barrio del placer de Kioto.

Shimabara era un distrito autorizado donde ejercían su oficio las cortesanas o prostitutas de categoría, las oiran y las *tayu*, que, al mismo tiempo, eran expertas en las artes tradicionales. Como las maiko, las jóvenes oiran también celebran su mizuage, pero en su caso el ritual consistía en ser desfloradas por un cliente que pagaba una importante suma de dinero por tal privilegio. Esta ambivalencia de la palabra mizuage ha creado, por otra parte, cierta confusión sobre lo que significa ser geisha. Las tayu y las oiran firmaban un contrato y, hasta su vencimiento, permanecían confinadas en el barrio.

Cuando la madrastra de Yuriko descubrió lo que había ocurrido con su hijastra, habló con la okasan de la okiya Y de Gion Kobu y le suplicó que la ayudase. Ésta se puso a su vez en contacto con un otokoshi, quien se las ingenió para sacar a Yuriko de Shimabara y llevarla a la okiya. Y en ella permaneció, pues mi amiga, que entonces contaba doce años, no quiso regresar junto a su madrastra.

Bondadosa y obediente, Yuriko estudió con entusiasmo y se convirtió en una de las mejores geiko de Gion Kobu. Siempre que hablaba de lo mucho que había mejorado su vida en Gion Kobu, sus hermosos ojos castaños se llenaban de lágrimas.

Dos años después de que me contase esta historia, durante otro viaje a Hakata, al fin me confesó el motivo de su peregrinaje silencioso: hacía muchos años que estaba enamorada de un hombre y quería casarse con él. Por eso rezaba cada verano durante la última semana del Festival de Gion. Estaba convencida de lo que quería y había rechazado las proposiciones de otros hombres.

Por desgracia, su amante acabó casándose con otra por razones políticas, aunque continuaron con la relación. A Yuriko le diagnosticaron un cáncer en mayo de 1980. No sé si aquel hombre fue el culpable de que enfermase, pero su amor por él creció aún más a partir de ese momento y como si sus oraciones hubieran sido escuchadas, él la cuidó con devoción en su lecho de muerte. Aunque en vano, ya que Yuriko murió el 22 de septiembre de 1981, a la prematura edad de treinta y siete años. Yo creo que su amor sigue vivo y que así será durante mil años o por toda la eternidad.

Setsubun, que cae a mediados de febrero, es la fiesta que solía marcar el comienzo de la primavera en el antiguo calendario lunar. La celebramos esparciendo alubias por la casa, para ahuyentar a los demonios y atraer la buena suerte.

En Gion Kobu, la festividad nos sirve de excusa para disfrazarnos con trajes ridículos y para divertirnos, aunque mis amigas y yo solíamos escoger disfraces relacionados con los acontecimientos del año anterior. Por eso, cuando en 1972 Estados Unidos devolvió a Japón la soberanía de Okinawa, ese año nos vestimos con el traje tradicional de esta isla.

Nosotras siempre utilizábamos las propinas que nos daban durante las fiestas de Setsubun para pagarnos unas vacaciones en Hawai. A fin de recaudar el máximo de dinero posible, asistíamos a unos cuarenta ozashiki, aunque pasábamos apenas tres minutos en cada uno. Aquella noche reunimos treinta mil dólares, lo suficiente para obsequiarnos con un viaje por todo lo alto.

Me había tocado ser la organizadora, por eso, además de hacer las reservas, estaba a cargo del dinero y de los pasaportes, que llevaba en mi bolso cuando salimos de Kioto. Teníamos previsto pasar la noche en Tokio y salir hacia Honolulu al día siguiente.

Por desgracia, olvidé el bolso en un taxi de camino al hotel y mis compañeras de viaje no se mostraron muy comprensivas.

—Ay, Mineko, es típico de ti —me recriminaron.

Yo estaba esforzándome mucho por ser responsable y su reacción me indignó.

Tenía que conseguir el dinero y unos pasaportes nuevos para la tarde del día siguiente, de modo que, en primer lugar, llamé a un cliente y le expliqué la situación. Él accedió generosamente a prestarme treinta mil dólares en efectivo y a llevármelos al hotel a la mañana siguiente. Cuando trataba de decidir a cuál de mis amigos del gobierno debía recurrir para que me expidieran unos pasaportes de urgencia, sonó el teléfono y me informaron de que un comerciante había encontrado mi bolso en el asiento trasero del taxi. El taxista lo llevó a una comisaría de policía, donde lo recogí por la mañana, a tiempo para ir a tomar el avión. Con tanto lío, olvidé comunicar a mi cliente que ya no necesitaba los treinta mil dólares y éste llegó justo en el momento en que salíamos hacia el aeropuerto.

A pesar de haber tenido un comienzo tan poco prometedor, aquellas vacaciones resultaron estupendas, e incluso, al final mis amigas me dieron las gracias por haberlas organizado. Durante un crucero asistimos a una clase de hula-hula y la profesora, dándose cuenta de que éramos bailarinas, nos pidió que le hiciéramos un favor. Fue muy divertido: durante los tres días siguientes dimos clases de danza al estilo Inoue en el barco y muchos de los alumnos, que tenían contactos importantes en Hawai, organizaron magníficas cenas en nuestro honor en Kauai y Oahu.

Un día que la brisa agitaba con suavidad el cabello de la señorita M. me percaté lo pronunciada que era su calva. De inmediato me fijé en mis otras dos amigas y, luego, examiné mi cabeza: a las cuatro nos faltaba pelo en la coronilla. Éste es un problema muy extendido entre las geiko, causado por el peinado de maiko, que se empieza atando el cabello en esta zona. El moño se sujeta luego con una varita de bambú que ejerce una presión constante sobre las raíces del pelo. Además, llevamos el cabello recogido durante cinco días seguidos y también los accesorios irritan el cuero cabelludo. Cuando éste nos pica, a menudo nos rascamos con un pasador y arrancamos más pelos de raíz. Por todo ello, es normal que al cabo de unos años aparezca una pequeña calva.

—¿Sabéis una cosa? Cuando regresemos a Japón, deberíamos ir juntas al hospital después de los Miyako Odori, para que nos operen la calva. ¿Qué os parece? ¿Hacemos un trato?

Me aseguraron que lo pensarían.

En cuanto volvimos a Tokio empezamos con los ensayos. Además de practicar en grupo, yo tenía que preparar un solo y asesorar a las bailarinas jóvenes. Lo cierto es que no tuvimos tiempo para hablar de la cirugía capilar hasta después de la inauguración de los Miyako Odori. La señorita Y. arguyó que le daba miedo, pero las otras tres decidimos seguir adelante y nos fuimos a Tokio el mismo día que terminó el festival para ingresar en un hospital cercano al puente de Benkei.

La intervención que nos practicaron consiste en hacer una incisión en esta zona de la cabeza, tensar la piel y coser los extremos, igual que en un *lifting* facial. A mí me pusieron doce pequeños puntos. En el cuero cabelludo hay muchos capilares, de modo que la operación fue extraordinariamente sangrienta, aunque exitosa. Y la herida nos dolía mucho al reír.

El principal inconveniente era que teníamos que permanecer varios días en el hospital. Nuestros clientes de Tokio hicieron todo lo posible para distraernos y, así, nos visitaban y enviaban comida de los mejores restaurantes de la ciudad. Pero era primavera y estábamos llenas de vitalidad. Puesto que nos aburríamos y empezábamos a discutir, organicé aventuras que nos mantuvieran entretenidas. Una tarde nos escapamos y fuimos de compras. Después, comenzamos a escabullirnos por las noches para ir a nuestros restaurantes favoritos, a pesar de que teníamos la cabeza vendada. Y otro día fuimos bailando en fila hasta la gasolinera que había al final de la calle.

La jefa de enfermeras estaba indignada:

—Esto no es un hospital psiquiátrico, así que dejen de comportarse como si estuvieran locas. Y, por favor, no colapsen la línea telefónica.

Al cabo de unos diez días el médico nos quitó los puntos y nos dio el alta. Creo que las enfermeras se alegraron de que nos fuésemos. Me pregunto si la señorita Y. aún tiene una calva en la coronilla. Apuesto a que sí.

Regresé a Kioto y enseguida me adapté de nuevo a mi vida con Toshio. Lo había echado de menos, pero de pronto vivir sola me pareció demasiado complicado. Era agotador cocinar, limpiar la casa, hacer la colada, preparar el baño y, además, cumplir con mis compromisos profesionales. Nunca me alcanzaba el tiempo y eso que apenas dormía. No podía adelantar mis citas nocturnas, así que no me quedaba otro remedio que limitar las horas que dedicaba a ensayar. Al parecer, debía escoger entre ser mejor bailarina y mantener la casa limpia. No había otra opción.

Fui a hablar con mamá Masako.

—Mamá, no termino de aprender a cocinar. Y no tengo tiempo para ensayar tanto como debería. ¿Qué puedo hacer?

—¿Has pensado en volver a casa?

—Tal vez. ¿A ti qué te parece?

—Creo que sería una buena idea.

De manera que en junio de 1972 regresé a la okiya. Había aprendido que era capaz de ser independiente, pero también que no necesitaba serlo. Además, Toshio y yo teníamos medios suficientes para hospedarnos en un hotel cuando quisiéramos, cosa que hacíamos con frecuencia. Yo era una adulta, una geiko hecha y derecha. Ya sabía moverme por el mundo, manejar dinero y hacer compras. Y estaba enamorada.

Por otra parte, me alegré de haber regresado a la okiya, pues así pude pasar junto a *Gran John* los últimos meses de su vida. Mi perro murió el 6 de octubre de 1972.

33

El 6 de mayo de 1973 hice una visita a mis padres. Era la tercera vez que volvía a casa desde que me había marchado, hacía dieciocho años.

Me había enterado de que mi padre estaba al borde de la muerte y deseaba verlo una vez más. Cuando lo miré a los ojos, presentí que su fin estaba próximo y que él lo sabía, pero en lugar de tratar de consolarlo con palabras vanas, le hablé con sinceridad y sin rodeos.

—Papá, quiero darte las gracias por todo lo que me has dado en esta vida. Soy una mujer fuerte y competente, y siempre recordaré las cosas que me enseñaste. Por favor, vete sin temor. No tienes que preocuparte por lo que ocurra aquí: yo me ocuparé de todo.

Sus ojos se llenaron de lágrimas.

—De todos mis hijos tú eres la única que me ha escuchado, Masako. Nunca renunciaste a tu orgullo y me has hecho muy feliz. Sé que has trabajado mucho y que te ha costado lo tuyo, y quiero darte algo. Abre el tercer cajón de mi cómoda. Saca el obi de shibori. Sí, ése. Lo hice yo mismo y es mi favorito. Deseo que se lo des al hombre de tus sueños, cuando lo encuentres.

—Lo haré, papá, te lo prometo.

Saqué el obi de la cómoda de mi padre y me lo llevé. Lo guardé hasta que conocí a mi marido. Todavía lo usa.

Mi padre murió tres días después, el 9 de mayo. Tenía setenta y seis años. Me senté junto a su cadáver y, con su fría mano entre las mías, le hice un juramento:

—Nunca te olvidaré, papá. Te lo prometo.

«El samurái no se amilana ante nada, ni siquiera cuando tiene hambre.»

«El orgullo está por encima de todo.»

Aunque sólo convivimos durante unos años, yo siempre había adorado a mi padre. Había significado mucho para mí y tras su muerte me invadió un hondo pesar.

Mamá Masako me había dado dinero. Saqué un estuche de seda morada de mi obi y se lo entregué a mi madre. Ignoro cuánto había en él, pero supongo que era bastante.

—No sé si será suficiente, pero quiero que papá tenga el funeral que hubiera deseado. Si necesitas más, por favor habla con Kuniko o conmigo.

—Oh, muchas gracias, Ma-chan. Haré cuanto pueda. Aunque por aquí no me hacen mucho caso. —Miró hacia la habitación contigua.

Sobre el tintineo de las fichas de mahjong, se oyó la risa grave y sarcástica de Yaeko. Me sentí mal, pero no podía hacer nada más.

Como hija adoptada de la familia Iwasaki, no estaba en situación legal de ayudar a mi madre. La miré con gesto comprensivo y le confesé:

—Mamá, quiero que sepas que nunca he dejado de quereros a ti y a papá, y que nunca dejaré de hacerlo. Muchas gracias por haberme dado la vida.

Hice una reverencia y me marché.

Cuando llegué a casa, mamá Masako me preguntó:

—¿Le has dado a tu madre el dinero para el funeral?

—Sí, le entregué el estuche de seda morada.

—Bien. Es importante que aprendas a usar el dinero con sabiduría y en el momento oportuno. Los regalos de felicitación pueden enviarse pasado un tiempo pero no los de pésame. Éstos debemos entregarlos cuando corresponde y mostrarnos generosas, de lo contrario quedaríamos mal. Ahora cerciórate de que tu madre tiene la cantidad suficiente que necesita y, si no es así, yo me haré cargo de los gastos adicionales.

Fue muy generosa y me alegré de que por fin me enseñase a usar el dinero de forma adecuada. Sin embargo, el que me dio para mi madre lo había ganado yo.

En 1973 hubo otro acontecimiento importante: la escuela Inoue me concedió el título honorífico de Maestra de Danza o *natori*. Su principal ventaja era que, a partir de ese momento, podía aprender e interpretar ciertos papeles que a las demás bailarinas les estaban vedados. Uno de ellos, el de la princesa Tachibana, fue el que me asignaron para los Onshukai del siguiente otoño.

Mientras me encontraba detrás del telón aguardando el momento de hacer mi entrada por el *hanamichi*, el paso elevado que va desde el fondo del teatro al escenario, la gran maestra, que estaba a mi lado, se inclinó y me susurró al oído:

—Lo único que puedo hacer yo es enseñarte los movimientos. La danza que interpretes en el escenario será sólo tuya.

La transmisión estaba hecha. Yo era libre. La danza era mía.

Pero el título que había recibido no me facultaba para la enseñanza. Ésta era patrimonio exclusivo de las que se habían formado como profesoras desde buen principio. Tampoco me permitía actuar fuera del mundo estrictamente controlado de la escuela Inoue o la Kabukai. Todavía tenía que seguir cumpliendo las normas. Por lo tanto, aunque fue beneficioso para mi carrera, aquel certificado resultó poco menos que inútil, puesto que no contribuyó en modo alguno a mi independencia profesional ni económica.

A mediados de verano la ciudad de Kioto celebra *el Obon* (el día de los Difuntos) encendiendo una enorme hoguera en la montaña, que puede verse desde cualquier punto de la ciudad, con el fin de guiar a las almas de nuestros antepasados para que regresen de su morada celestial.

En Gion Kobu llenamos con agua bandejas de laca negra y las ponemos en las galerías de los ochaya, para captar el reflejo de las llamas. Esa noche, la gente que asiste a los ozashiki bebe un sorbo de agua de la bandeja y reza una oración pidiendo salud. Esta ceremonia informal marca el comienzo de las vacaciones de verano.

Yo solía pasar un par de semanas del mes de agosto en Karuizawa, el principal centro turístico de Japón, aunque para mí no eran unas vacaciones, sino un viaje de negocios. Muchos miembros importantes del gobierno y del mundo empresarial tienen casas de veraneo en Karuizawa, un paraíso montañoso donde también se

retira desde hace años la aristocracia durante la bochornosa temporada estival. En la década de los años cincuenta, el actual emperador
de Japón, Akihito, conoció a la emperatriz Michiko en las pistas de
tenis de esta población.

Yo pasaba las noches yendo de una residencia a otra, entreteniendo a los poderosos y a sus invitados. A veces me encontraba
con la gran maestra, que estaba haciendo su propia ronda de visitas. Cuando estaba en el campo, ella era una persona diferente, más
amable y menos reservada. En muchas ocasiones, nos sentábamos
y conversábamos, y un día me contó cómo era la vida durante la
guerra:

—Había escasez de alimentos y todos pasamos hambre. Yo iba
de un sitio a otro, desplegaba una alfombra en el suelo y bailaba. La
gente me daba arroz y hortalizas, y gracias a ello podía alimentar a
mis alumnas. Fue una etapa difícil. Pensé que nunca acabaría.

Me gustaba escuchar sus historias, pues veía en ellas vestigios
del espíritu que debió de tener en su juventud.

Las mañanas en Karuizawa eran por entero mías y me deleitaba
con aquellos momentos de paz. Me levantaba a las seis y salía a dar
un largo paseo. Luego leía hasta las diez, cuando me encontraba
con Tanigawa Sensei en la cafetería Akaneya. El doctor Tanigawa
y yo pasamos muchas horas juntos durante aquellos largos días de
verano. Podía preguntarle lo que me apeteciera y él nunca parecía
cansarse de darme respuestas sesudas.

Le gustaba el buen café y pedía un tipo diferente cada día. Acto
seguido, me daba una clase de geografía, pues se recreaba en descri-
bir la región del mundo de donde procedía el café que degustaba en
cada ocasión. Una cosa llevaba a la otra y, antes de que nos diéramos
cuenta, era mediodía. De modo que a menudo comíamos juntos en
el restaurante que estaba enfrente de la cafetería.

Muchas amigas mías iban a Karuizawa en la misma época que
yo. La mayoría daba paseos en bicicleta, pero yo no sabía montar y,
como me daba vergüenza confesarlo, caminaba tirando del manillar
de una. Lo cierto es que no sé a quién pretendía engañar.

Un día me encontré con una conocida.

—Hola, Mineko. ¿Cómo estás? ¿Qué haces?

—¿A ti qué te parece? Estoy empujando una bicicleta.

—¿De veras? Vaya, siempre pensé que las bicicletas eran para sentarse y pedalear. No sabía que hubiese que empujarlas.

—Muy graciosa. Si supiera montarla, lo haría.

—¿Quieres decir que no sabes?

—Es evidente que no.

—Entonces, ¿por qué no paseas en un coche de caballos?

—¡Sería estupendo!

—Ven conmigo. Invito yo.

Me llevó a un hotel cercano y pidió un coche de caballos. Dejé la bicicleta en el camino y durante toda la tarde estuve paseando sola en él. Fue estupendo y debo decir que me sentía como un miembro de la realeza.

Mientras disfrutaba de aquellas placenteras horas, me crucé con una amiga.

—Eh, Mineko —gritó—. ¿Qué haces acaparando ese coche?

—Cuida tu lenguaje —respondí—. Si quieres hablar conmigo, hazlo con cortesía.

—No seas tonta.

—¿Quieres decir, pues, que te gustaría acompañarme?

—Claro que me gustaría.

—En tal caso, cambia el tono de voz. Puedes empezar de nuevo.

—Buenas tardes, hermana Mineko. ¿Serías tan amable de dejarme subir al coche?

—Desde luego, querida. Será un placer.

34

Gion Kobu es el único karyukai de Japón autorizado para recibir visitas de estado. Nos informan de estas misiones diplomáticas con meses de antelación y nosotras nos preparamos a conciencia para ellas. Leemos sobre el país de origen del dignatario en cuestión y averiguamos sus aficiones personales, todo para ser capaces de mantener una conversación inteligente con él.

En el transcurso de los años conocí a muchos jefes de estado y todos eran diferentes. Recuerdo con especial nitidez una velada en la que amenizábamos a dos invitados de honor, el presidente Ford y Henry Kissinger. El primero estaba en un ozashiki en la planta baja, mientras que el segundo se encontraba en la primera planta. Me habían pedido que actuase para ambos. El contraste entre ellos era acentuado y sus banquetes, por completo diferentes.

El presidente Ford era muy agradable, encantador, pero no mostraba demasiado interés por la cultura japonesa tradicional. Lo cierto es que su ozashiki resultó en exceso formal, casi aburrido. El secretario de estado Kissinger, por el contrario, demostró curiosidad por todo y no cesó de hacer preguntas. Era una persona divertida en extremo, incluso algo atrevida. La celebración se animó tanto que acabamos bailando y cantando todos juntos.

Lo más extraordinario de un ozashiki es que cuando los invitados se imbuyen de su espíritu festivo, como hizo el doctor Kissinger, las distinciones de clase desaparecen y todo el mundo se siente desinhibido, dispuesto para pasárselo bien.

También hay fiestas, como la que celebramos en honor de la reina Isabel, en las que cubrir las formas es norma de obligado cumplimiento. En mayo de 1975, la reina de Inglaterra y su esposo viajaron a Japón en visita de estado, y se me pidió que asistiese al banquete que les ofrecerían en el restaurante Tsuruya.

Aunque no era una cena oficial, se organizó con todo el ceremonial de una importante reunión diplomática. Yo tuve que enseñar mi identificación personal a los agentes del servicio de inteligencia, y era evidente que estábamos en una zona restringida y protegida por fuertes medidas de seguridad.

Todos nos encontrábamos en nuestro sitio respectivo cuando llegó la reina. Nos levantamos para recibirla e hizo una entrada majestuosa con el duque de Edimburgo. Llevaba un hermoso vestido largo de organdí amarillo claro con un estampado de flores que parecían rosas, la flor nacional de Inglaterra.

Nos sentamos y el banquete dio comienzo. Aunque los invitados de honor eran británicos, la vajilla era francesa. Los cuchillos, tenedores y palillos eran de oro macizo, y en el centro de la mesa había ostentosos ramos de peonías. La verdad es que aquella decoración me pareció propia de nuevos ricos.

Yo estaba sentada junto a la reina; claro que en situaciones como ésta, no se nos permite hablar directamente con el dignatario. Si el visitante nos formula una pregunta, debemos solicitar permiso a su asistente para responder y, una vez que nos lo conceden, la conversación tiene lugar a través de un intérprete oficial. Es una situación bastante forzada e incómoda.

La reina Isabel no probó nada de lo que le sirvieron.

—¿Su majestad no tiene hambre? ¿No se encuentra bien?

Valiéndome del intérprete y del asistente, hice lo imposible para entablar conversación, pero la reina prefirió no responder. Puesto que estaba trabajando, tampoco yo pude disfrutar del apetitoso festín, así que me distraje mirando con disimulo las joyas de la reina: los pendientes, el collar, las pulseras.

Una camarera me hizo señas para que abandonase la sala y la acompañase al vestíbulo. Me había mandado llamar el mozo de los zapatos, un anciano encantador a quien conocía desde hacía años. Tenía un brillo pícaro en la mirada.

—Aquí hay algo que creo que te gustará ver, Mineko.

Y de inmediato sacó unos zapatos de corte salón de una caja de cedro. Eran de la reina y estaban decorados con siete diamantes cada uno.

—¿Puedo quedarme un diamante? —pregunté en broma—. ¿Por qué no desmontas uno de cada zapato y me lo das? Apuesto a que no se daría cuenta.

—No digas tonterías —respondió—. Sólo quería que los vieses.

Aproveché el momento para airear mis malos vientos:

—La reina Isabel no ha probado ni un bocado de la comida que le han servido, abuelo. ¿No es espantoso? Con todo lo que debieron de trabajar para preparar esta estupenda cena...

—No seas irrespetuosa, Mineko. En el extranjero comen cosas diferentes, así que es posible que lo que han puesto no le siente bien.

—Eso no tiene sentido. Ya sabes cómo funciona todo en estos casos: acuerdan hasta el menor de los detalles de antemano. Y me da igual que sea reina; sigo pensando que se comporta de forma grosera.

Me refería a que el cocinero del Tsuruya no se había levantado por la mañana y pensado: «¡Anda, hoy viene la reina! ¿Qué cocinaré?» Estaba segura de que el menú se había planeado con meses de antelación y que el personal de la casa real había dado su aprobación. ¿Cómo podía negarse a probar siquiera una comida que había sido preparada para ella en especial? Me parecía inconcebible.

El abuelo intentó animarme.

—Entiendo lo que quieres decir, Mineko, pero no te lo tomes tan a pecho. No es nuestro deseo provocar un incidente internacional, ¿verdad?

Ante su perseverancia, opté por regresar a mi sitio y, ya que no podía entablar conversación sin permiso, permanecí sentada en silencio, esperando que terminase el banquete.

Al cabo de unos minutos, el traductor se acercó a mí.

—Señorita, el duque de Edimburgo desea hablar con usted.

Aquello podía ser interesante, de modo que fui a acomodarme junto al duque. Éste me autorizó a hablarle y escuchó con atención mis respuestas a sus preguntas. Parecía sentir curiosidad por los bailes de Gion Kobu, y también mostró interés por la escuela

Inoue, las diferencias entre las maiko y las geiko y muchos otros aspectos de nuestro estilo de vida. En cierto momento mis ojos se cruzaron sin pretenderlo con los de la reina: su mirada tenía un frío glacial. Se me erizó el vello.

La reina aún no había comido nada y yo seguía departiendo con su esposo. Me acerqué un poco a él y fingí un aire de intimidad que supuse pasaría inadvertido para todos, excepto para cierta persona. La miré de nuevo y ahora sí parecía haber perdido su hieratismo. Me alegró saber que las reinas también son humanas.

Al día siguiente recibí una llamada de Tadashi Ishikawa, el jefe de la Administración del Palacio Imperial.

—¿Qué diablos hizo en el ozashiki de anoche, Mine-chan?

—¿A qué se refiere?

—Lo único que sé es que la pareja real decidió dormir en aposentos separados, y que tuve que remover cielo y tierra para conseguir más personal de seguridad.

—¿Y eso qué tiene que ver conmigo?

—No estoy seguro, pero usted fue la única persona que conversó de forma abierta con el duque. Así que he supuesto que algo habría hecho...

—Fue el duque quien inició el diálogo y me autorizó para responderle. Y, si le soy sincera, creo que disfrutó mucho con nuestro pequeño *tête-à-tête*.

—De modo que era eso. Seguro que fue la causa de la discusión.

—No veo por qué. Yo sólo hacía mi trabajo.

—Por supuesto, pero...

—¿Puedo preguntarle algo, señor Ishikawa? He viajado a varios países y, en cada uno de ellos, siempre he intentado comer lo que mi anfitrión ha tenido la bondad de servirme. Negarme habría sido una grosería, y si yo fuese una visita de estado incluso podrían verlo como una afrenta a la nación. Por no mencionar a las personas que se esforzaron tanto para preparar la comida. ¿Qué piensa usted? ¿No está de acuerdo conmigo?

—Ah, ya entiendo Mine-chan. Y debo decir que es usted una granuja de lo más habilidosa.

En mi opinión, la descortesía no tiene excusa.

35

Durante cinco años creí que Toshio se divorciaría de su esposa y se casaría conmigo, pero en ese tiempo me mintió en dos ocasiones y en ambos casos sobre su familia. La primera vez me explicó que tenía que salir de la ciudad por cuestiones de trabajo, cuando en realidad pasó la noche en Kioto con su mujer, que había viajado desde Tokio para verlo. La segunda vez sucedió cuando regresábamos a Tokio desde San Francisco. Me pidió que bajásemos del avión por separado, pues había oído que había periodistas en el aeropuerto. Yo siempre hacía todo lo posible para evitar el escándalo, así que obedecí. Pero allí no había ningún periodista: tras pasar el control de aduana, vi que su esposa y sus hijos habían ido a recibirlo.

Sé que al principio de nuestra relación yo le había dicho que no toleraría la mentira, aunque la vida nunca es tan sencilla como uno la planea. Una vez que nuestra relación se afianzó, me di cuenta de que Toshio necesitaba tiempo para pensar antes de dar aquel paso definitivo.

Claro que, al cabo de cinco años, comprendí que no estaba dispuesto a darlo y hube de afrontar la situación y aceptar que no estábamos más cerca de convertirnos en una pareja de verdad que aquella noche que pasamos en el Waldorf. Decidí romper con él y empecé a buscar la ocasión propicia para hacerlo. Él me la sirvió en bandeja.

En marzo de 1976, Toshio me mintió por tercera y última vez.

Yo viajaba con frecuencia a Tokio por cuestiones de trabajo. Cuando estaba sola, me alojaba en la planta para señoras del hotel New Otani, pero cuando estaba con Toshio siempre ocupábamos la misma suite del quinto piso del Tokyo Prince. Todavía recuerdo el número de nuestra habitación.

Habíamos quedado en pasar una noche juntos en Tokio, así que, una vez en la ciudad, me dirigí a nuestra suite. Estaba ordenando mis cosméticos y otros artículos de perfumería en el tocador cuando sonó el teléfono. Era Toshio.

—Estoy en una reunión de producción y parece que no va a terminar hasta dentro de varias horas. ¿Te importaría hacer otros planes para cenar? Te veré más tarde.

Llamé a una buena amiga que vivía cerca del hotel y, como estaba libre, quedamos para cenar. Cuando terminamos, decidimos salir a divertirnos, y acabamos por entrar en todos los bares y discotecas de moda de Roppongi. Hacía bastante tiempo que no me desmelenaba, así que lo pasé en grande. Cuando regresé al hotel, a eso de las tres de la madrugada, me aguardaba en el vestíbulo uno de los asistentes de Toshio y, nada más verme, acudió a mi encuentro.

—¿Me estaba esperando? —pregunté.

—Sí, señorita, yo...

—¿Toshio se encuentra bien?

—Sí, sí, está bien; pero sigue en la reunión. Me dio la llave y me pidió que la acompañase a su habitación.

A pesar de que todo aquello carecía de sentido, yo estaba demasiado cansada para preocuparme.

Una vez en el ascensor, mi acompañante apretó el botón de la octava planta.

—Disculpe, pero se equivoca de piso —le indiqué—. Me alojo en el quinto.

—No, no lo creo. Me han dicho que era el octavo.

«Qué raro», pensé mientras el ayudante de Toshio abría la puerta de una habitación que yo no había visto nunca. No era una suite. Me volví para referirle algo, pero él retrocedió la instante hacia la salida, sin dejar de hacer reverencias. Me dio las buenas noches y cerró la puerta a su espalda.

Eché un vistazo alrededor. Allí estaban mis maletas, tal cual las había dejado, y mis artículos de perfumería, dispuestos en el mismo orden sobre el tocador. Tuve la sensación de que me hallaba bajo los influjos de un duende travieso. Demasiado cansada para preguntarme qué pasaba, me di un baño y me metí en la cama.

Toshio llamó a las cuatro.

—La reunión debería terminar dentro de un rato, pero aún estoy aquí.

En otras palabras, no lo vería pronto.

—¿A qué se debe el cambio de habitación?

—Ah, eso; bueno, te lo explicaré después. Aquí hay personas...

Sugirió que no podía hablar delante de la gente, pero no sonó convincente y tuve la impresión de que ocultaba algo. De manera que a la mañana siguiente me faltó tiempo para tratar de averiguar qué pasaba. Le expliqué al recepcionista, que me conocía, que había olvidado la llave y éste ordenó a un botones que me acompañase a la suite y me abriese la puerta.

La habitación estaba vacía, pero era evidente que alguien había pasado la noche allí: la cama estaba sin hacer y había toallas usadas en el suelo del cuarto de baño. Abrí el armario y descubrí que dentro había un abrigo de piel y una maleta de mujer. Huelga decir que no eran míos. Como en teoría estaba en mi habitación, no tuve reparos en abrir el equipaje: había ropa y una pila de retratos de la esposa de Toshio. Era la clase de fotografías que se usan para dedicar a los admiradores. Por lo visto, la noche anterior, después de que yo me marchase, Toshio había mandado retirar mis cosas para que su mujer pudiese ocupar la suite. Me puse furiosa. ¡Cómo se había atrevido! Me daba igual que ella fuese su esposa. ¡Aquella era nuestra habitación! Y yo había llegado antes.

Más tarde me enteré de que Toshio y su mujer habían tenido una entrevista inesperada en un programa de televisión. No obstante, en lugar de trasladar mis cosas, debió reservar otra habitación para ella cuando supo de su llegada.

Me estremecí al darme cuenta de lo que significaba aquello: su mujer tenía prioridad; estaba claro que para él era más importante que yo. ¿Por qué si no había llegado a esos extremos? Si me hubiese dicho que la esperaba, yo me habría ido al hotel New Otani, pero jamás me habría alojado en una habitación de la octava planta del Prince, donde me arriesgaba a encontrarme con ella.

Había llegado a mi límite, de modo que llamé al servicio de mantenimiento del hotel y pedí unas tijeras grandes. Luego, saqué el abrigo de piel del armario y lo corté con ellas en trozos pequeños. Vacié la maleta sobre la cama y, por fin, esparcí las fotografías por encima de la ropa y dejé las tijeras encima de la pila.

—Muy bien, Toshio. Ya has elegido. Ahora atente a las consecuencias. *Sayonara.*

Subí a la octava planta, hice las maletas y, a paso tranquilo, abandoné el hotel. Juré que jamás volvería allí. Toshio no pareció afectado por lo que yo había hecho, bien al contrario, siguió tratándome como si nada hubiese ocurrido y ni siquiera mencionó el incidente.

Yo esperaba que me pidiera explicaciones acerca de mi desvergonzada tropelía. En mis fantasías, yo restituía el abrigo y declaraba mi independencia. En cambio, su negativa a tocar el tema significaba que estábamos en un enfermizo compás de espera, por eso empecé a armarme de valor para romper con él cuanto antes.

En mayo, Toshio me invitó a una excursión familiar a las termas de Yugawara. Fuimos con sus padres, su hermano, que también era un actor famoso, y la novia de éste, otra actriz. A nadie le pareció extraño verme en compañía de aquellos artistas. Por ende, y conscientes del prestigio que daba viajar con una geiko, sus padres me aceptaron de buen grado. Eran una pareja bien avenida y aprobaban mi relación con su hijo.

En el balneario habían preparado un «baño de lirios», un tradicional tratamiento primaveral para revitalizar el cuerpo y la mente. Buscando la soledad, me metí en el baño sola y medité sobre lo que debía hacer y decir, para tratar de decidir cuál era la mejor manera de salir de aquella situación con elegancia. Al final, concluí que lo mejor era no dar explicaciones y, tan sólo, limitarme a no estar siempre a su disposición.

A Toshio le encantaba conducir. Tenía un Lincoln Continental dorado y un Jaguar verde, y los manejaba a toda velocidad. A la mañana siguiente me llevó a Tokio y me dejó en la hostería donde había previsto quedarme. Aunque, en cuanto se marchó, tomé un taxi y me fui al New Otani. Toshio sospechó que pasaba algo, dio una vuelta a la manzana y regresó a buscarme, pero yo ya me había ido.

Me registré en el hotel, subí a la habitación y me tendí en la cama. Permanecí horas allí, llorando, incapaz de hallar consuelo. Todavía intentaba racionalizar la relación. «¿Por qué no puedo aceptar las cosas como son? ¿Qué importa que esté casado?» Pero sí me importaba y no deseaba seguir siendo la otra.

Cuando no me quedaron lágrimas que derramar, llamé a una amiga íntima. En aquella época yo era tan famosa que podía asistir a los combates de sumo sin pagar entrada. Como suele decirse, «entraba por mi cara bonita». Esa noche le pedí a mi amiga que me acompañase y, como no tenía nada que hacer, accedió gustosa.

Nos situamos en primera fila, en los asientos que todos llaman de la «lluvia de arena» ya que algún que otro granito cae sobre ellos desde el cuadrilátero mientras los luchadores se enfrentan. Acabábamos de acomodarnos cuando Toshio entró pavoneándose y me puse tan nerviosa que hube de marcharme de inmediato. Al volver a Kioto, y siguiendo el protocolo, telefoneé a la okasan que había actuado de mediadora y le puse al corriente de nuestra separación.

Toshio se negó a aceptar la ruptura y quiso verme, pero no se lo permití. Hasta su madre intervino. Fue varias veces a la okiya para hablar conmigo y con mamá Masako, y me rogó que reconsiderase mi decisión.

—Está destrozado, Mineko. ¿No podrías cambiar de opinión?

Pero cuanto más suplicaba ella, más me convencía yo de que había obrado como debía.

Al final, los dos se rindieron y todo terminó. Así fue como acabó; así, como maté al amor de mi vida, pues, en mi corazón, Toshio había muerto y ya no era sino Shintaro Katsu, el actor. Y, puesto que estaba sola, empecé a pensar en lograr la auténtica independencia.

Estaba harta del sistema. Había respetado las reglas durante años, pero jamás podría hacer lo que quería si continuaba siendo una pieza más del engranaje. La razón original para sistematizar la organización de Gion Kobu había sido proteger la dignidad y la independencia económica de las mujeres. Sin embargo, las estrictas reglas de la escuela Inoue nos mantenían en una posición subordinada y no quedaba espacio para ninguna manifestación de autonomía.

No sólo no nos permitían enseñar, sino que ni siquiera podíamos bailar lo que se nos antojase y donde quisiéramos. Debíamos consultarlo todo, desde el repertorio hasta qué accesorios de nuestra indumentaria deseábamos lucir. Este sistema arcaico ha permanecido inmutable durante más de un siglo y no existe en él cauce alguno para modificaciones, mejoras o reformas. Quejarse o resistirse es tabú. Como ya he referido, yo había estado intentando hacer cambios desde los quince años. Pero mis esfuerzos habían sido en vano.

Otra cuestión que me subleva es que a los artistas apenas se les paga nada por participar en los espectáculos públicos, ni siquiera por los Miyako Odori, a pesar de su popularidad y de la cantidad de público que atraen. Hay quien asegura que unos pocos elegidos, los maestros, pueden hacer fortuna con estos actos, pero los que salimos al escenario recibimos a cambio una mísera compensación. Y eso después de ensayar durante un mes y trabajar vendiendo entradas. (Vender entradas forma parte de nuestras obligaciones. Yo solía pedir a mis mejores clientes que me comprasen talonarios enteros para regalárselos a sus empleados, de modo que llegaba a colocar dos mil quinientas entradas por temporada.) Por lo tanto, es obvio que la danza no nos mantiene, sino que nosotras la mantenemos a ella. Y no somos venerables eremitas capaces de vivir del aire.

Yo tenía veintiséis años y era responsable de que la okiya saliera adelante. Empecé a entender las presiones que había soportado tía Oima cuando me había encontrado, pero no estaba dispuesta a padecerlas. Debido a mi posición, las jóvenes maiko me acosaban para que me convirtiese en su onesan. Y yo siempre respondía lo mismo:

—Aunque la academia Nyokoba esté reconocida como escuela especializada por el ministerio de Educación, no te otorgará un título de bachiller y por mucho que te esfuerces, acabarás donde empezaste: con un certificado del primer ciclo de la secundaria. No tendrás la preparación ni los documentos necesarios para abrirte camino en el mundo. Incluso si destacas y te dan el título de Maestra en Danza, no te servirá para mantenerte. Hace años que intento cambiar las cosas y hasta ahora nadie me ha escuchado. Así que lo lamento, pero en estas circunstancias, no aceptaré ninguna hermana menor. Sin embargo, si lo deseas, será un placer presentarte a otra geiko que quizás esté dispuesta a apadrinarte.

Sin hermanas menores, era imposible que la okiya creciese. Las geiko de la casa estaban envejeciendo y nuestros ingresos habían disminuido. Yo no quería pedir ayuda económica a mis clientes, aunque muchos me la ofrecieron. No deseaba contraer deudas u obligaciones, pues eso se contradecía con el ideal de mujer independiente que me habían inculcado mis maestras. Y, ya que mis opciones eran limitadas, debía encontrar otra manera de ganar dinero.

En aquella época, una amiga que trabajaba como geiko a tiempo completo abrió su propio club nocturno. Fue una decisión sin precedentes en Gion Kobu, que muchos criticaron por transgresora, pero que a mí me pareció brillante.

Decidí imitarla. ¡Renovaría la okiya y transformaría una parte de la casa en un club nocturno! Cuando empezara a funcionar, usaría las ganancias para mantener a mi familia y yo sería libre para hacer lo que quisiera. Mamá Masako podría ayudar en el club si la necesitaba.

Pero me llevé una enorme sorpresa. ¡Descubrí que no éramos propietarias de la okiya! Sin yo saberlo, la habíamos estado alquilando durante años. Y no podíamos remodelar algo que no nos pertenecía. Traté de convencer a mamá Masako de que comprásemos la casa, pero hizo oídos sordos a mis razonamientos. Su solución para nuestros problemas era ahorrar dinero, no gastarlo. No sabía invertir en el futuro y se contentaba con vivir de alquiler.

Pero yo no estaba dispuesta a renunciar a mis sueños, de manera que actué a sus espaldas. Llamé al banco y, con la garantía de mis ingresos, conseguí una hipoteca y compré la propiedad con mi dinero. Sin embargo, pronto me encontré con otro obstáculo: puesto que la okiya tenía más de cien años, no nos concederían autorización para reformarla. Las ordenanzas exigían que la demoliésemos y construyésemos otra casa. Yo estaba dispuesta a seguir adelante, pero mamá Masako se negó en redondo.

Decidí que no me daría por vencida. Llevaba una carga demasiado pesada, pues actuaba en once festivales diferentes al año. Me encantaba bailar, pero la danza no me daba suficiente dinero para mantener la okiya y la única manera de aumentar los ingresos de la familia era asistir a un número mayor de ozashiki, claro que ya estaba al límite de mis fuerzas. Llevaba años así.

Aunque seguía empeñada en construir un nuevo edificio en el terreno de la okiya, llegué a la conclusión de que tardaría un tiempo en convencer a mamá Masako de que se aviniese a mis planes. Sin embargo, y como de costumbre, fui incapaz de esperar y, mientras tanto, busqué un local de alquiler y varios patrocinadores dispuestos a invertir en un club.

Abrí mi establecimiento, al que llamé Club Malvarrosa, en junio de 1977. Tenía un socio que supervisaba el negocio cuando yo no me encontraba en él, pero no podía evitar acercarme allí cada tarde antes de irme a trabajar, para cerciorarme de que todo estaba en orden. Y todas las noches, cuando salía de los ozashiki, regresaba al club y permanecía allí hasta la hora de cierre.

36

Durante los tres años siguientes planeé cuidadosamente mi retiro. El club nocturno era sólo una medida temporal, pues mi verdadero sueño era crear un negocio para embellecer a las mujeres. Sí, quería ser propietaria de un salón de belleza y desarrollé una estrategia para lograr que fuese realidad.

Lo primero que necesitaba era un lugar y para conseguirlo debía convencer a mamá Masako de que me permitiese construir un edificio en el solar de la okiya. Había planeado que tuviese cinco plantas: ubicaría el club en la planta baja, un salón de belleza y una peluquería en la primera y la segunda, y dividiría los pisos más altos entre nuestra vivienda y habitaciones de alquiler. De este modo, conseguiría unos ingresos complementarios que nos ayudarían a mantener la casa.

A continuación, debía resolver el futuro de las geiko y del resto del personal de la okiya. Mi idea era servir de mediadora a las mujeres que querían casarse y procurar que las demás encontrasen otro puesto o, con mi apoyo, abriesen su propio negocio.

Entonces podría decidir cómo y cuándo retirarme. La prensa aseguraba que yo era la geiko más popular del siglo y deseaba utilizar esa fama con fines positivos. Mi retiro sería un fuerte golpe para el sistema. Esperaba que el impacto de mi partida y sus repercusiones sirvieran como advertencia, y que las conservadoras autoridades se diesen cuenta de que las cosas debían cambiar. Quería que reconociesen que la organización era obsoleta y que Gion Kobu no tendría futuro si no se decidían a introducir reformas.

Desde mi punto de vista, el fin del karyukai era inevitable. La organización estaba tan debilitada que echaba por tierra los propios tesoros que pretendía preservar. El número de okiya y ochaya de Gion Kobu ya había empezado a disminuir, y sus propietarios sólo buscaban ganancias inmediatas; carecían de visión de futuro.

Yo no podía quedarme de brazos cruzados viendo cómo Gion Ko-bu desaparecía. Creí que tal vez aún estaba a tiempo de hacer algo y tomé una decisión drástica: me retiraría antes de cumplir los treinta. En consecuencia, busqué activamente la manera de aumentar mis ingresos.

Debió de ser por aquel entonces cuando recibí una llamada de Keizo Saji, el presidente de Suntory.

—Mineko, vamos a filmar un anuncio de Suntory Old y me preguntaba si podrías dirigir a las maiko. Si estás libre, ¿te parece que nos encontremos mañana a las cuatro en el restaurante Kyoyamoto?

El señor Saji era un excelente cliente, y fue un placer complacerlo.

Para nuestra cita me puse un quimono veraniego de crespón azul con garzas blancas y un obi de cinco colores decorado con filigranas de oro.

Cuando llegué, dos maiko estaban preparándose para el rodaje, que tendría lugar en un salón privado de aquel restaurante tradicional. En una mesita situada junto a la ventana había una botella de whisky Suntory Old, un cubo con hielo, una botella de agua mineral, un vaso anticuado, otro vaso de whisky y un palillo para remover cócteles. Indiqué a las jóvenes cómo preparar una bebida y ellas me imitaron. El director me preguntó entonces si me importaría que me hicieran una prueba.

Me hizo andar por el pasillo del restaurante a paso lento, para que la cámara pudiese seguir mis movimientos. El sol se ponía por el oeste y la pagoda de Yasaka resplandecía sobre el horizonte. Filmaron esta escena varias veces y luego me pidieron que abriese la fusuma del salón privado. Calcularon el tiempo al segundo para que la campana del templo de Chionin sonara en el preciso instante en que yo deslizaba el panel de la puerta corredera.

Me senté a la mesa y empecé a preparar una copa. Improvisando y medio en broma, me dirigí a un actor:

—¿Lo quiere un poco más fuerte?

Cuando la prueba terminó, empezaron el rodaje de verdad y yo me marché.

Unos días después, mientras me hallaba en mi habitación vistiéndome para ir a trabajar y con el televisor encendido, oí de repente una campanada y una voz: «¿Lo quiere un poco más fuerte?» Pensé que aquella frase me resultaba familiar, aunque no estaba prestando atención.

Esa misma noche, cuando me encontraba en un ozashiki, un cliente me comentó:

—Veo que has cambiado de idea.

—¿Con respecto a qué?

—A salir en anuncios.

—No, en absoluto. Aunque el señor Saji me pidió que asesorase a sus modelos para el rodaje de uno. Fue divertido.

—Creo que te jugó una mala pasada.

¡Conque la del anuncio era yo!

«¡Viejo estúpido! —me dije riendo—. Me ha engañado. Ya me parecía extraño que se molestase en ir al rodaje...»

Pero había sido una broma inofensiva y no me importó. «¿Lo quiere un poco más fuerte?» se convirtió en el eslogan de moda. Y la experiencia había resultado, aun sin pretenderlo, liberadora. Llegué a la conclusión de que no me haría daño aceptar ofertas de publicidad, y empecé a aparecer en anuncios de televisión y prensa e, incluso, en programas de entrevistas. Me alegraba poder contar con una fuente de ingresos extra y, además, siempre que me era posible aprovechaba la oportunidad para exponer mis ideas sobre la organización de las geiko.

De modo que añadí a mi ya saturada agenda de trabajo uno más y continué con este ritmo frenético hasta el 18 de marzo de 1980, el día que murió madre Sakaguchi. Su desaparición no sólo marcó un hito en mi vida, sino en la de todo Gion Kobu, pues daba la impresión de que su luz más brillante se había extinguido. Por desgracia, fue la última intérprete de su escuela de percusión: su arte murió con ella.

Esta pérdida me abatió por completo y, si aún mantenía un mínimo de entusiasmo por el estilo de vida de Gion Kobu, ahora se esfumó para siempre. Mi cuerpo ya estaba exhausto y ahora también mi mente. Madre Sakaguchi me había legado un precioso broche para el obi de calcedonia y ónix, y cada vez que lo miraba, me sentía desamparada además de triste, como si me hubiera abandonado mi aliada más incondicional.

Cuatro meses después, el 23 de julio, le pedí a Suehiroya que me acompañase a visitar a la iemoto. Cuando entramos, la gran maestra estaba sola en el escenario. Terminó de bailar y se sentó enfrente de nosotras. Dejé ceremoniosamente el abanico delante de mí.

—He decidido retirarme del servicio activo el 25 de julio —anuncié.

La gran maestra rompió a llorar.

—Mine-chan, te he educado como a una hija. He sido testigo de tus enfermedades y tus éxitos. Por favor, ¿no podrías reconsiderar tu decisión?

Un millar de escenas cruzaron mi mente: la iemoto dándome clases, ensayando conmigo, autorizándome para bailar una pieza u otra en público. Su emoción me conmovió, pero fue incapaz de pronunciar la única frase que yo ansiaba oír: «Hagas lo que hagas, Mineko, no dejes de bailar.» El sistema no lo permitiría y, cuando abandonase mi trabajo de geiko, tendría que dejar de bailar.

Mi decisión era irrevocable. Hice una reverencia y declaré con voz firme:

—Muchas gracias por la bondad que me ha demostrado durante todos estos años. Mi corazón está lleno de gratitud y jamás olvidaré lo mucho que le debo.

Toqué el suelo con la frente. El encargado de vestuario se había quedado sin habla. Volví a casa y les di la noticia a mamá Masako y a Kuniko. Ambas prorrumpieron en sollozos, pero les pedí que se contuvieran, pues teníamos mucho que hacer en las cuarenta y ocho horas siguientes: teníamos que preparar regalos de despedida para todos los miembros de la comunidad.

La gran maestra debió de alertar a la Kabukai nada más irme, porque el teléfono empezó a sonar de inmediato y no paró hasta dos días después. Todo el mundo deseaba saber qué había ocurrido. Los representantes de la Kabukai exigieron una explicación y aunque me suplicaron que no me fuese, tampoco me ofrecieron nada a cambio.

Esa noche asistí a los ozashiki que tenía programados y me comporté como si nada sucediese. Pero todos querían conocer los motivos de mi retirada y hube de satisfacer el interés que demostraban:

—Bueno, puede que estos quince años os hayan parecido cortos, pero para mí han sido una eternidad —les vine a decir, en pocas palabras.

Era más de media noche cuando llegué al Malvarrosa. Estaba a rebosar. De repente, me embargó un profundo cansancio. Cogí el micrófono y anuncié que me retiraba de la profesión. El hecho de expresarlo en voz alta hizo que pareciese más real. Les rogué a todos que se marchasen y cerré el local unas horas antes de lo previsto.

A las ocho y veinte de la mañana siguiente asistí a clase en la academia Nyokoba. La gran maestra y yo trabajamos en *La Isla de Yashima*, uno de los bailes que sólo pueden aprender las alumnas que han recibido el título de Maestra en Danza. La lección de danza se prolongó mucho más de lo habitual. Cuando bajé del escenario, la iemoto me miró a los ojos y dejó escapar un profundo suspiro.

No quedaba nada por decir.

Traté de mantener la compostura e hice una ampulosa reverencia. «Ya está —pensé—. No puedo volverme atrás. Se ha terminado.»

Asistí a una segunda clase con una pequeña maestra, como de costumbre, y luego a una tercera de baile nō y a una cuarta de la ceremonia del té. Presenté mis respetos a las profesoras, me despedí de todos con una reverencia en el genkan y salí por última vez de la academia Nyokoba. Tenía veintinueve años y ocho meses, y mi vida como geiko de Gion Kobu había terminado.

Tal como esperaba, mi retiro causó un profundo impacto en el sistema. Pero no el que yo había previsto, pues los poderes fácticos nada cambiaron. Aunque en los tres meses siguientes otras setenta geiko abandonaron su puesto. Aprecié este gesto, a pesar de que era un poco tarde para demostraciones de solidaridad.

37

La mañana del 25 de julio me desperté sintiéndome libre como un pájaro. Me estiré sensualmente en la cama y cogí un libro. No tenía que ir a clase. Por otra parte, la situación de las mujeres de la casa estaba resuelta y ya sólo tenía que preocuparme por mi familia «verdadera», es decir, Kuniko y mamá Masako.

El sueño de mi hermana era abrir un restaurante, de manera que le prometí ayudarla durante tres años y ahora estaba ocupada haciendo planes para su nueva empresa. Si el establecimiento resultaba un éxito, seguiríamos adelante; si era un fracaso, lo cerraríamos. Decidió llamarlo *Ofukuru no Aji*, «La Comida de Mamá».

La única persona que aún no estaba preparada para volar sola era mamá Masako. Yo le había explicado con paciencia inagotable mis proyectos una y otra vez, pero ella no parecía entenderlos. Estaba acostumbrada a depender de otros y no tenía el más mínimo deseo de construirse una vida propia. Quería que las cosas siguiesen como hasta entonces. ¿Qué iba a hacer con ella? No podía ponerla en la calle. Al ponerme de pie en el juzgado y declarar «quiero pertenecer a la familia Iwasaki», había asumido una importante responsabilidad y, desde el punto de vista de la moral, estaba obligada a cuidar de ella.

Mamá Masako y yo teníamos ideas diferentes de lo que significaba ser atotori. Yo pensaba que mi compromiso con tía Oima significaba que debía llevar el apellido Iwasaki y preservar la integridad artística de la familia. No creía haber hecho la promesa de dirigir la okiya por tiempo indefinido. Pero mamá Masako quería que la okiya siguiese abierta.

—Mine-chan, ya no eres una jovencita. ¿Has empezado a pensar en quién será tu atotori?

Había llegado el momento de dejar las cosas claras, así que le hablé sin ambages:

—Entiéndelo, por favor, mamá. No quiero dirigir la okiya. Estoy cansada de este negocio y me gustaría dejarlo. Si de mí dependiese, cerraría la okiya mañana mismo. Sin embargo, hay otra opción. Si deseas que siga funcionando, renunciaré a mi puesto y podrás buscar otra atotori. Te daré todo lo que tengo en mi cuenta de ahorros. Tú y la siguiente heredera llevaréis la okiya, y yo volveré a ser una Tanaka.

—¿Qué dices? Eres mi hija. ¿Cómo iba a reemplazarte? Si quieres cerrar la okiya, la cerraremos.

No era lo que yo esperaba que dijese. Estaba deseando que aceptara mi oferta y me exonerase de mi responsabilidad para con ella y la okiya. Pero nada en la vida resultan tan fácil.

—De acuerdo, mamá. Lo entiendo. Entonces hagamos un trato. Podrás quedarte conmigo, pero con una condición: quiero que me prometas que no interferirás en mi planes, aunque pienses que me estoy equivocando. Necesito hacer las cosas a mi manera. Si me lo prometes, me haré cargo de ti durante el resto de tu vida.

Esta vez, aceptó, y por fin logré su consentimiento para demoler la casa y hacer realidad mis sueños. No me sentí culpable por cerrar la okiya. Le había dado a Gion Kobu todo lo que tenía, y éste ya no me daba lo que necesitaba. No tenía remordimientos.

Compré un piso grande y vivimos allí mientras construían el nuevo edificio. Envolví los preciosos trajes y objetos que había en la okiya y los guardé a buen recaudo en mi nueva casa. Las obras terminaron el 15 de octubre de 1980. Debido a las sugerencias (o más bien injerencias) de mamá Masako, tuve que cambiar de planes y el edificio acabó teniendo tres plantas en lugar de cinco. Pero eso era mejor que nada.

Abrí un nuevo Club Malvarrosa en la planta baja y Kuniko inauguró La Comida de Mamá. Nos instalamos en el segundo piso. Yo aún deseaba abrir un salón de belleza en el tercero, pero entretanto aprovechamos el espacio para guardar cosas y alojar a los invitados.

Empecé a disfrutar de la tranquilidad de mi nueva vida y, animada por mis clientes, aprendí a jugar al golf. Tomé unas cuantas lecciones particulares y pronto empecé a hacer recorridos de ochenta y noventa golpes. Nadie podía creerlo, pero yo pienso que el golf se me dio bien, igual que el baloncesto, porque el baile me había ayudado a desarrollar el sentido del equilibrio y me había aportado una inusitada capacidad para controlar mis movimientos.

Empecé a investigar con rigor el negocio de la estética y a hacer planes para abrir mi salón de belleza. También probé numerosos productos y conocí a varios expertos en el ramo. Un antiguo cliente se ofreció a presentarme a un peluquero de Tokio que quizá pudiera ayudarme y la esposa de aquél organizó la reunión. Cuando llegué a la ciudad y telefoneé a la señora S. para ultimar detalles, me pidió que fuese a charlar con ella y, como tenía tiempo libre, decidí corresponder a su hospitalidad. La señora S. me recibió con afecto y me hizo pasar al salón. Allí había uno de los cuadros más asombrosos que he visto en mi vida. Era una exquisita imagen de un zorro de nueve colas.

—¿Quién pintó ese cuadro? —pregunté, intuyendo que iba a ocurrir algo importante.

—¿No es maravilloso? Se lo estamos guardando al artista. Se llama Jinichiro Sato. Estudio con él. Está en los inicios de su carrera, pero yo creo que tiene un gran talento.

Tuve una súbita y estremecedora revelación. «Debo dar a conocer a este artista al mundo», pensé. En ese momento supe sin sombra de duda lo que debía hacer. Fue como si me hubiesen encomendando una misión.

Estuve interrogando a la señora S. sobre el pintor hasta que llegó la hora de dejarla, pues había quedado con Toshio para comer, ya que en los últimos años habíamos rescatado una pequeña amistad de las cenizas de nuestra relación. La señora S. y yo debíamos reunirnos con el peluquero por la noche.

—La veré en el Cardinal, en Roppongi, a las diez y media —le confirmé. Y, agradeciéndole una vez más su hospitalidad, me marché.

Después de una agradable comida, Toshio me llevó a su oficina, pues quería que le diese mi opinión acerca de un proyecto en el que estaba trabajando. Vimos algunas secuencias en vídeo y las discutimos. Luego, insistió en acompañarme a Roppongi. Llegué unos minutos tarde. Vi a alguien que me pareció la señora S. (soy miope, igual que Kuniko), pero como estaba sentada con dos personas y no con una, supuse que me había equivocado. Entonces todos empezaron a hacerme señas y me dirigí al grupo sonriendo. Uno de los hombres era muy joven y apuesto.

La señora S. me presentó al peluquero. No era ése. Y luego se volvió hacia el otro hombre.

—Éste es Jinichiro Sato, el artista cuyo cuadro estuvo admirando esta mañana.

—¡Pero es muy joven! —le solté.

—¡De ninguna manera! —replicó con firmeza. (Tenía veintinueve años.)

—Me encantó el cuadro —aseguré. Y, de inmediato, me lancé al ataque—. ¿Hay alguna posibilidad de que me lo venda?

—Oh, puede quedárselo. Lléveselo. Es suyo.

Aquel gesto me dejó estupefacta.

—No; no puedo aceptarlo como obsequio —me disculpé—. Es demasiado valioso. Además, si no lo pago, tendré la impresión de que no me pertenece.

Pero él no atendió a mis razones.

—Si de verdad le gusta tanto, será un placer regalárselo. —Sonaba sincero.

La señora S. estuvo de acuerdo.

—Sea agradecida, querida, y aproveche este amable ofrecimiento.

—Bueno, en tal caso acepto el cuadro con gratitud. Le devolveré el favor en el futuro.

No imaginaba lo proféticas que acabarían siendo esas palabras. Dediqué tan poco tiempo a hablar con el peluquero que tuvimos que concertar otra cita para la noche siguiente.

Durante las semanas siguientes, volví a ver a Jin en varias ocasiones. Se presentaba de improviso cada vez que yo iba a ver a la señora S. Luego, a principios de noviembre, me invitaron a una fiesta en casa de los S., a la que él también acudió. Noté que me miraba a cada momento, pero no le di importancia. La verdad es que me parecía un hombre inteligente y divertido.

El 6 de noviembre recibí una llamada de la señora S.

—Tengo que hablarle de algo importante, Mineko-san. El señor Sato me ha pedido que le transmita sus intenciones: quiere casarse con usted.

Pensé que estaba bromeando y respondí con sarcasmo. Pero ella insistió en que hablaba en serio.

—En tal caso, dígale que no, por favor. Ni siquiera lo pensaré.

Empezó a llamarme todas las mañanas a las diez en punto, para reiterarme la proposición de Jin y casi logró hacerme perder la paciencia. ¡Y por lo visto le estaba haciendo lo mismo a él! Era una mujer muy astuta. Al final, Jin me telefoneó y me gritó que lo dejase en paz. Le respondí airadamente que yo no había hecho nada y llegamos a la conclusión de que todo era obra de la señora S. Dado que los dos nos habíamos puesto violentos, Jin me preguntó si podía verme para disculparse.

Pero en lugar de eso, me propuso matrimonio. También a él le contesté que no, aunque se mostró reacio a aceptar mi negativa. Regresó al cabo de unos días con la señora S. y volvió a la carga: lo rechacé de nuevo. Debo admitir que su insolencia y su seguridad en sí mismo comenzaban a intrigarme. Parecía inmune a mis desaires y no cejaba en sus visitas y en proponerme matrimonio.

Muy a mi pesar, lo cierto es que empecé a pensar en ello, porque aunque casi no conocía a Jin, sabía que tenía las cualidades que yo estaba buscando. Además, quería mantener vivo el prestigio artístico de la familia Iwasaki y tener a un gran artista entre nosotras podía ser una forma de conseguirlo. Jin era un pintor excepcional; no me cabía la menor duda. Ya entonces creía que, tarde o temprano, habrían de declararlo «Tesoro Nacional Viviente». Y no sólo por su talento, pues tenía un título de posgrado en Historia del Arte otorgado por la mejor escuela de arte de Japón, la Geidai de Tokio, y era un erudito en su campo.

Yo ya no era joven, y deseaba tener hijos y experimentar la vida de casada. Por otra parte, Jin era tan agradable... No había nada censurable en él.

Así que, una vez más, decidí empezar de cero. Y la siguiente ocasión que me lo propuso, y era la cuarta, acepté con una condición: le hice prometer que me concedería el divorcio si al cabo de tres meses no me sentía feliz.

Nos casamos el 2 de diciembre, veintitrés días después de conocernos.

Epílogo

¿Qué ocurrió a continuación?

Puesto que yo iba a convertirme en jefa de la familia, mamá Masako adoptó a Jin, que se convirtió en un Iwasaki.

Solicité y me concedieron una licencia de comerciante de arte. Hablé con mis patrocinadores del club y les expliqué lo que quería hacer, y todo el mundo me dio su bendición. Por extraño que parezca, mamá Masako no puso objeciones. Quizá porque Jin era apuesto y encantador. Mamá se encariñó con él enseguida y siempre lo quiso mucho.

Nunca abrí el salón de belleza. En cuanto vi el cuadro de Jin, los planes que durante tanto tiempo había estudiado se volatilizaron y otros ocuparon su lugar. Aquella pintura cambió el rumbo de mi vida.

Vendí el edificio nuevo y cerré el club. Jin y yo nos mudamos a una casa en Yamashina, y poco después me quedé embarazada.

Mamá Masako continuó viviendo en Gion Kobu y trabajando como geiko. Mi hermana Kuniko no resultó ser buena para los negocios y su restaurante no funcionó. Aceptó con dignidad el cambio de circunstancias y se vino a vivir conmigo. Lo cierto es que estaba eufórica con el nacimiento de mi hija.

Mi preciosa Kosuke nació en septiembre. Mamá, aunque todavía trabajaba, iba a visitarnos todas las semanas y estaba muy unida a la familia.

En cuanto a mi esposo, no es sólo un gran pintor, sino también un experto en restauración de cuadros. De manera que, fascinada por ese aspecto de su trabajo, por los profundos conocimientos de arte y técnica que requería, le pedí que me aceptase como alumna.

Y Kuniko, que también quería aprender, se unía a las clases después de acostar a la niña. Las dos seguimos estudiando para conseguir un título.

En 1988 construimos una amplia casa en Iwakura, un barrio residencial situado al norte de Kioto, con grandes estudios para todos. Mi hija creció y se convirtió en una elegante y grácil bailarina.

Creo que aquella fue la época más feliz de la vida de mi hermana Kuniko. Por desgracia, no pudo disfrutarla durante mucho tiempo: falleció en 1996, a los sesenta y tres años.

A finales de la década de los ochenta, mamá Masako comenzó a padecer de la vista, y convinimos en que debía retirarse. Tenía más de sesenta años y ya había trabajado bastante. Ella también disfrutó de sus últimos momentos, y murió en 1998, a la edad de setenta y cinco años.

El 21 de junio de 1997 me desperté a las seis menos cuarto de la mañana con un terrible dolor de garganta. Al cabo de un rato sonó el teléfono: era uno de los ayudantes de Toshio, para comunicarme que éste había muerto hacía unas horas de cáncer de garganta.

Por desgracia, los últimos años de Toshio no fueron felices, pues vivió atormentado por los problemas económicos, la enfermedad que padecía y su adicción a las drogas.

Yo intenté ayudarlo en la medida de mis posibilidades, pero estaba metido en asuntos turbios. Los amigos comunes me aconsejaron que no me involucrase, y les hice caso.

Tres meses antes de morir, Toshio me había pedido que fuese a verlo. Al menos, tuve la ocasión de despedirme de él.

Yaeko se retiró dos o tres años después que yo. Vendió la casa de Kioto y le dio el dinero a su hijo para que construyese otra en Kobe, pensando que así tendría un sitio donde vivir. Pero mi sobrino Mamoru usó el dinero de su esposa para construir la casa y se gastó el de su madre en mujeres. Cuando Yaeko se mudó, se enteró con horror de que no era la propietaria de la vivienda. Su nuera le asignó una habitación del tamaño de un armario y, con el tiempo, la echó a la calle.

En los últimos años Yaeko contrajo la enfermedad de Alzheimer y se puso más difícil que nunca. Ni mis seis hermanos vivos ni yo tenemos contacto con ella. Ni siquiera sé dónde vive. Es una situación triste, pero no puedo evitar pensar que ha recibido su merecido.

Yo vivo libre y sin restricciones. Ya no estoy sometida a las reglas de la escuela Inoue, así que ahora bailo cuando quiero, donde quiero y lo que quiero.

Doy gracias por mi suerte y por los momentos felices de mi vida, pues ha sido un viaje extraordinario. Siempre estaré en deuda con mi padre por el orgullo y la integridad que me inculcó, y que me han guiado hasta esta tranquila costa. Y también con madre Sakaguchi, tía Oima y mamá Masako, por enseñarme a ser libre e independiente.

A menudo me invitan a volver a Gion Kobu. Pero ahora soy una agradecida invitada, en lugar de una artista, y disfruto sobremanera con los refinados placeres de los ozashiki. Siento nostalgia cuando las jóvenes maiko y geiko no me reconocen; aunque saben muy bien quién soy, pues en cuanto pronuncio mi nombre, se ponen nerviosas y preguntan:

—¿La verdadera Mineko? ¿La leyenda? —Me encanta estar con ellas.

El karyukai está cambiando. Cuando me retiré no faltaban los clientes generosos, sociables y bien educados en las sutilezas del oficio. Por desgracia, ya no es así. El futuro de la sociedad japonesa es un misterio, pero creo que no me equivoco al afirmar que ya no quedan tantos individuos ricos, personas con el tiempo libre y los medios necesarios para mantener el «mundo de la flor y el sauce». Me temo que la cultura tradicional de Gion Kobu y los demás karyukai tiene los días contados. Me entristece pensar que el legado de esta gloriosa tradición quedará reducido a poco más que sus manifestaciones superficiales.

15 de abril de 2002
Kioto, Japón

Agradecimientos

No habría podido escribir este libro sin la admirable paciencia y el apoyo incondicional de mi marido, Jin. Desde la inicial expresión de sorpresa en su cara cuando le comuniqué mi deseo de escribir un libro sobre las geiko, hace ya muchos años, hasta el día de hoy, me ha animado continuamente a expresar mis pensamientos. Entre lágrimas, risas y discusiones, he valorado por encima de todo su amabilidad y sus consejos.

También debo dar gracias a mi hija Koko, por ayudarme a analizar los interrogantes que me habían acompañado durante décadas. Me entregó las llaves para abrir las puertas del entendimiento, y le estoy muy agradecida por ello.

También quiero manifestar mi más sincera gratitud a Rande Brown, por su maravillosa capacidad para traducir al inglés las complejidades de la lengua y la cultura japonesas. Fue un gran placer trabajar con ella.

Finalmente, estoy en deuda con Emily Bestler, de Atria Books, quien me asesoró con gran acierto a la hora de corregir y dar forma al texto. Sus inteligentes preguntas sobre la cultura tradicional japonesa han aportado una inestimable dosis de claridad y coherencia al manuscrito.